grafit

Chemnitzer Str. 31, D-44139 Dortmund
Internet: http://www.grafit.de
E-Mail: info@grafit.de

Umschlagfoto: plainpicture/whatapicture
Druck und Bindearbeiten: CPI – Clausen & Bosse, Leck
ISBN 978-3-89425-365-3
1. 2. 3. 4. 5. / 2011 2010 2009

Andreas Hoppert

Der Thule-Code

Kriminalroman

grafit

Der Autor

Andreas Hoppert wurde 1963 in Bielefeld geboren. Nach dem Jurastudium war er zunächst Wissenschaftlicher Mitarbeiter an der Uni/GHS Siegen, seit 1990 ist er Richter am Sozialgericht in Detmold.

Mit dem Politthriller *Der Fall Helms* debütierte Hoppert im Jahr 2002 als Schriftsteller. Es folgten weitere Fälle für Marc Hagen: *Erbfall, Die Medwedew-Variante, Zug um Zug* und *Menschenraub.*

1

»Mein Beileid.« Marc Hagen drückte die Hand, die ihm hingestreckt wurde. »Bitte, nehmen Sie Platz.«

Die Frau, die Stefanie Bloes, Marcs Mitarbeiterin, vor wenigen Sekunden in sein Büro geführt und als Edda Wehking vorgestellt hatte, bedankte sich mit einem Kopfnicken und setzte sich auf einen der beiden Freischwinger vor dem Schreibtisch.

Marc trat an das große Fenster, das den Blick auf die Bielefelder Fußgängerzone freigab. Draußen erwachte in den Cafés und Geschäften lautstark das Leben. Werbeschilder, Stühle, Tische und Sonnenschirme wurden ratternd auf die Straße gezerrt. Zudem sorgten Lkw, die Waren anlieferten, für einen Heidenlärm. Ein makellos blauer Himmel kündete Hitze an, eine leichte Brise trug den Geruch von Diesel vermischt mit dem Duft frischer Brötchen hoch bis in die Kanzlei im ersten Stock.

Marc schloss das Fenster und befragte seine Armbanduhr: fünf Minuten nach acht. Ein neuer Arbeitstag hatte begonnen. Und nichts deutete darauf hin, dass er anders verlaufen würde als der gestrige.

Der Jurist ließ sich in den Drehsessel hinter seinem Schreibtisch fallen und musterte seine Besucherin: Edda Wehking musste etwa in seinem Alter sein, Mitte bis Ende dreißig. Ihre Aufmachung war nach Marcs Geschmack etwas zu jugendlich: ein schwarzes T-Shirt, unter dem sich ihre Brustwarzen abzeichneten, eine schwarze Jeans und weißschwarze Puma-Sneaker. Um ihren Oberarm rankte sich tätowierter Stacheldraht. Sie hatte kurze dunkle, fast schwarze, gelockte Haare, die entgegen der aktuellen Mode aus der

Stirn gekämmt waren. Ein großer Mund, eine große Nase, deren Größe durch einen Diamantsplitter noch betont wurde, große grüne Augen hinter einer rechteckigen schwarzen Brille. Eigentlich war alles an Edda Wehking groß – sie maß mindestens einen Meter achtzig –, trotzdem wirkte sie attraktiv.

»Sie haben meine Nachricht also erhalten«, eröffnete Marc das Gespräch.

Edda Wehking nickte und zog einen zerknitterten Umschlag aus der Umhängetasche, die sie neben sich auf den Boden gestellt hatte. Der Anwalt erkannte das marmorierte Briefpapier seiner Kanzlei.

»Gestern in München«, bestätigte Edda. »Ich habe gleich hier angerufen und den Termin vereinbart. Allerdings habe ich nicht die geringste Ahnung, was das alles zu bedeuten hat.«

Marc lehnte sich in seinem Sessel zurück und verschränkte die Finger auf dem Bauch. »Um Ihnen das zu erklären, muss ich ein wenig ausholen. Ihr Vater war vor zwei Wochen hier und hat mir einen Briefumschlag übergeben. Er hat mir aufgetragen, den Umschlag im Falle seines Todes oder Verschwindens seiner Tochter Edda, also Ihnen, auszuhändigen. Ihr Vater wollte sich alle zwei Tage telefonisch in der Kanzlei melden. Beim Überschreiten des Termins um mehr als einen Tag sollte ich Sie benachrichtigen.«

»Aber mein Vater ist doch schon vor über einer Woche gestorben«, wunderte sich Edda. »Warum haben Sie sich erst gestern bei mir gemeldet?«

Marcs Gesicht brannte vor Verlegenheit. »Also, da ist in der … äh … innerkanzleilichen Kommunikation etwas suboptimal gelaufen. Ich hatte meiner Sekretärin aufgetragen, mir sofort Bescheid zu geben, wenn sich Ihr Vater *nicht* mehr meldet, und sie hat es wohl so verstanden, dass sie mir

Bescheid geben sollte, *wenn* er anruft. So bin ich, obwohl ich nichts mehr gehört habe, davon ausgegangen, dass alles in Ordnung ist. Bis ich vor drei Tagen zufällig die Todesanzeige in der Zeitung gesehen habe. Da habe ich mich natürlich sofort an die Anweisung Ihres Vaters erinnert.«

Edda schüttelte ungläubig den Kopf. »Das hört sich an wie in einem schlechten Film«, sagte sie. »Sie wissen schon – wie wenn jemand zum Taxifahrer sagt: Folgen Sie diesem Fahrzeug!«

Marc nickte. »Ich fand seinen Wunsch auch sehr merkwürdig. Ihr Vater hatte offenbar den Eindruck, er sei in Gefahr. Darf ich fragen, wie er ums Leben gekommen ist?«

»Es war ein Verkehrsunfall. Der Autofahrer, der ihn überfahren hat, hat behauptet, mein Vater sei, ohne zu schauen, auf die Straße gelaufen und er habe nicht mehr ausweichen können.«

»Was meint die Polizei dazu?«

»Die Ermittlungen laufen noch. Mein Vater ist noch nicht beerdigt worden, weil er erst obduziert werden soll. Aber soweit ich weiß, spricht bis jetzt nichts gegen einen Unfall. Merkwürdig sind nur die Zeit und der Ort des Unfalls. Mein Vater ist morgens um drei Uhr in einer gottverlassenen Gegend im tiefsten Münsterland verunglückt. Niemand weiß, wie er dorthin gekommen ist und was er dort wollte.«

»Hatte Ihr Vater etwas getrunken?«

Edda hob die Schultern. »Ich glaube nicht. Aber das wird wohl durch die Rechtsmediziner zweifelsfrei geklärt werden.«

»Auf mich hat Ihr Vater einen sehr seriösen Eindruck gemacht«, sagte Marc. Und er hat die Rechnung sofort und in bar gezahlt, fügte er in Gedanken hinzu. »Deshalb habe ich mich auch bereit erklärt, seiner Bitte nachzukommen.«

»Sonst hat mein Vater nichts gesagt?«, wollte Edda wissen. »Was das alles soll und was sich in dem Umschlag befindet?«

»Tut mir leid. Ich glaubte, Sie würden die Hintergründe kennen.«

Edda fuhr sich mit einer hektischen Geste durch die Haare. »Nein. Ich hatte in den letzten Jahren nur sporadischen Kontakt zu meinem Vater.« Ihr T-Shirt rutschte hoch und Marc konnte über der rechten Leiste eine weitere Tätowierung aufblitzen sehen. Irgendetwas Längliches, überlegte er. Vielleicht ein Schwert oder Dolch.

»Kannten Sie meinen Vater vorher schon?«, unterbrach Edda Marcs Gedanken.

Er schüttelte den Kopf. »Ich hatte ihn noch nie gesehen. Allerdings habe ich die Kanzlei auch erst vor drei Monaten übernommen. Meine Vorgängerin Frau Dr. von Kleist hat sich zur Ruhe gesetzt. Ich habe in den Akten zwar keine Anhaltspunkte dafür gefunden, aber vielleicht war Ihr Vater ein Mandant von ihr.«

Edda sah sich skeptisch in dem kleinen Büro um. »Das bezweifle ich«, meinte sie dann. »Soweit ich weiß, hat mein Vater immer mit der Kanzlei *Dr. Reinhard, Busse und Partner* in Enger zusammengearbeitet. Die sind seit Jahrzehnten die Firmenanwälte des Unternehmens meiner Eltern. Herr Dr. Reinhard ist auch der Testamentsvollstrecker meines Vaters.«

»Dann war es vielleicht ein reiner Zufall, dass Ihr Vater gerade mich aufgesucht hat. Die Kanzlei liegt in der Fußgängerzone und ich habe relativ viel Laufkundschaft.« Er biss sich auf die Zunge. ›Relativ viel‹ war ein Euphemismus. Die Geschäfte der Kanzlei liefen schlecht. Sehr schlecht, um genau zu sein. Und dabei schien sein Leben vor einem Vierteljahr endlich eine positive Wendung zu nehmen. Er hatte seine Anwaltszulassung zurückbekommen, die ihm einige Jahre zuvor wegen finanzieller Schwierigkeiten entzogen worden war. Kurz darauf hatte sich Irene von Kleist, für die er als Angestellter gearbeitet hatte, ins Privatleben zurückgezogen und Marc ihre Rechtsanwaltskanzlei übergeben. Leider hatte sich mit der Anwältin auch ein Großteil der Mandanten verabschiedet.

»Kann ich den Umschlag dann haben?«, brachte sich Edda Wehking in Erinnerung.

Marc schrak hoch. »Natürlich, deshalb sind Sie schließlich hier.«

Er ging zu dem Schrank, in dem der kleine Kanzleisafe eingebaut war, tippte den Code ein und die Stahltür öffnete sich. Marc nahm das Kuvert und reichte es seiner Besucherin.

»Schon komisch, so etwas in der Hand zu halten«, meinte Edda nachdenklich. »Wie eine Botschaft aus dem Reich der Toten. Darf ich den Umschlag sofort öffnen?«

Marc hob beide Arme zu einer entwaffnenden Geste. »Selbstverständlich.« Er langte nach einem Brieföffner und schob ihn auf die andere Seite des Tisches. »Soll ich Sie allein lassen?«

Edda schüttelte stumm den Kopf. Sie schlitzte das Kuvert auf und entnahm ihm ein DIN-A4-Blatt. Nach wenigen Sekunden hatte sie die Lektüre beendet. Die Verwirrung stand ihr deutlich ins Gesicht geschrieben.

»Verstehen Sie das?«, fragte sie, während sie Marc den Brief gab.

Der nahm das Blatt und begann zu lesen:

Die Irminsul weist dir den Weg
Betrachte sie und gehe vier Schritte zurück
Dann wirst du das Schicksal erkennen
Die alte Schrift wird dir helfen

»Mhm«, sagte Marc. »Vielleicht eine Art verschlüsselte Anweisung? Aber wozu? Sie müssten damit doch etwas anfangen können. Schließlich ist die Botschaft für Sie bestimmt.«

Edda holte tief Luft. »Das sagt mir gar nichts.«

Marc nickte bedächtig. »Ich denke, wenn Sie wissen wollen, was Ihr Vater Ihnen mitteilen wollte, müssen Sie systematisch vorgehen. Lassen Sie uns das Schreiben Zeile für Zeile betrachten. Also: Die Irminsul weist dir den Weg. Was könnte das bedeuten?«

Edda zuckte die Achseln. »Ich habe nicht die geringste Ahnung.«

»Dann müssen wir uns unser Wissen woanders beschaffen.« Marc zog den Laptop, der am Rande seines Schreibtisches auf seinen Einsatz wartete, zu sich heran. Er loggte sich ins World Wide Web ein und ging auf die Homepage des Internet-Lexikons Wikipedia. Als Suchbegriff gab er *Irminsul* ein und schon nach wenigen Sekunden erschien ein Artikel.

Marc las laut vor: »Die Irminsul (die ›emporgeschossene Säule‹), oder auch Irmensäule oder Irmensul, war ein altsächsisches Hauptheiligtum und soll eine große Eiche, Fichte oder Holzsäule gewesen sein. Sie symbolisierte wahrscheinlich den Weltenbaum der germanischen Mythologie und ist mit der immergrünen Weltesche Yggdrasil aus der *Edda* zu vergleichen. Ihr genauer Standort ist unbekannt, wahrscheinlich befand sie sich aber in der Nähe der Eresburg bei Obermarsberg, wie die Formulierungen in den *Annales regne Francorum* (Fränkische Reichsannalen) zum Jahr 772 nahelegen. Als weitere mögliche Standorte gelten u. a. die Externsteine, der Desenberg bei Warburg, die Iburg bei Bad Driburg, der Tönsberg bei Oerlinghausen und die Velmerstot. Die Irminsul wurde von den Franken auf Veranlassung Karls des Großen im Jahr 772 während der Sachsenkriege zerstört.«

Marc sah wieder auf. »Hilft Ihnen das weiter?«

Edda nickte. »Ich glaube schon. Mein Vater hat sich sehr für Geschichte und für germanische Mythologie interessiert.

Mein Name ist kein Zufall: Edda, Sie wissen schon, diese Sammlung altnordischer Götter- und Heldenlieder. Mein Vater hat lange versucht, mich für sein Hobby zu begeistern, aber spätestens als Teenager hat mich das überhaupt nicht mehr interessiert. Deshalb habe ich auch praktisch alles wieder vergessen, was er mir eintrichtern wollte.«

»Offenbar sollen Sie sich aber nun dafür interessieren und diese Irminsul betrachten. Denn der zweite Satz der Botschaft bezieht sich doch eindeutig auf den ersten, oder?«

»Das sehe ich genauso«, bestätigte Edda. »Aber wie soll ich diese Irminsul betrachten, wenn sie schon im Jahr 772 von Karl dem Großen zerstört wurde?«

»Hier steht noch mehr«, sagte Marc mit Blick auf seinen Laptop und zitierte: »Eine (Rest-)Version einer Irminsäule, offenbar römischen Ursprungs, befindet sich heute im Hildesheimer Dom. Ein Bezug zu *der* Irminsul ist unklar.« Marc sah Edda an. »Vielleicht spielt Ihr Vater auf die Irminsul im Hildesheimer Dom an?«

»Ich weiß nicht. Wie sieht so eine Irminsul eigentlich aus?«

»Hier gibt es zwei Bilder. Eine Fantasie-Darstellung der Irminsul in Anlehnung an das neuheidnische Symbol und das Emblem des SS-Ahnenerbe.«

Marc drehte den PC in Eddas Richtung und deutete auf die Zeichnungen. »Sieht aus wie ein großes Y.«

Edda betrachtete die Abbildungen. »Sie haben recht. Aber da steht noch etwas: 1929 hat ein Wilhelm Teudt behauptet, das Kreuzabnahmerelief der Externsteine zeige in Gestalt eines Sessels die zum Zeichen für den Sieg des Christentums gebogene Irminsul. Teudt hat mit seinen Freunden die Irminsul als Abzeichen geführt und ab 1936 hat das Ahnenerbe der SS das Symbol der Irminsul als Emblem und Gegensymbol zum christlichen Kreuz übernommen.« Sie rieb sich den Nacken. »Bringt uns das weiter?«

In Marcs Kopf schossen die Gedanken wild durcheinander, doch auf einmal rastete ein Rädchen ein. »Geben Sie mir doch bitte noch einmal den Umschlag«, sagte er.

Edda kam seinem Wunsch nach und Marc unterzog das Kuvert einer gründlichen Untersuchung.

»Sie müssen zu den Externsteinen fahren«, sagte er schließlich bestimmt. »Ich bin davon überzeugt, dass sich dort die Irminsul befindet, die Ihr Vater gemeint hat.«

»Wie kommen Sie darauf?«, wollte Edda wissen.

»Es kam mir gleich merkwürdig vor, dass Ihr Vater eine Briefmarke auf den Umschlag geklebt hat«, erklärte Marc. »Schließlich hat er den Brief persönlich bei mir abgegeben. Und jetzt schauen Sie, welches Motiv auf der Briefmarke ist: die Externsteine! Auf dem Kreuzabnahmerelief der Externsteine soll sich doch eine Darstellung der Irminsul befinden. Ich glaube nicht, dass das ein Zufall ist.«

Edda kniff die Augen zusammen und betrachtete die olivenfarbene Marke. *Externsteine Horn-Bad Meinberg* stand in winziger lilafarbener Schrift am rechten Rand der Marke.

»Ob Sie da nicht zu viel hineininterpretieren? Vielleicht wollte mein Vater den Brief ursprünglich mit der Post versenden und hat ihn deshalb frankiert. Dann hat er es sich anders überlegt, weil er sichergehen wollte, dass er auch ankommt.«

»Das glaube ich nicht«, widersprach Marc eifrig. »Sehen Sie, was am linken Rand der Marke steht: *Deutsche Bundespost*. Die gibt es doch schon seit Mitte der Neunzigerjahre nicht mehr, da wurde die Bundespost in die Deutsche Post AG umgewandelt. Die Marke ist also mindestens vierzehn Jahre alt und damit ungültig.«

»Hört sich überzeugend an«, musste Edda zugeben. »Und für die Externsteine spricht noch etwas anderes: Ich war als Kind einige Male dort. Mein Vater war von den Steinen völlig fasziniert. Ich soll also zu den Externsteinen fahren und dort diese Irminsul betrachten. Aber wie geht es dann weiter?«

»Weiß nicht. Um das zu erfahren, müssen Sie hinfahren.«

»Mhm.« Edda betrachtete Marc. »Haben Sie nicht Lust, mich zu begleiten?«, fragte sie schließlich. »Ich glaube, Sie könnten mir eine große Hilfe dabei sein, den Sinn dieses Schreibens zu entschlüsseln.«

Marc rieb sich nachdenklich das Kinn. Er musste zugeben, dass ihn die Sache interessierte. Außerdem hatte Günther Wehking ihn sehr großzügig für die Verwahrung des Umschlags entlohnt und Marc hatte Edda gegenüber ein schlechtes Gewissen, weil er die Vereinbarung mit ihrem Vater vergessen und sich erst so spät bei ihr gemeldet hatte.

Er drückte einen Knopf auf der Gegensprechanlage, die sein Büro mit dem Vorzimmer verband. »Stefanie, habe ich heute noch Termine?«, fragte er.

»Den nächsten um 14.30 Uhr«, bekam er zur Antwort.

Marc sah auf die Uhr. Zwanzig vor neun. Die Externsteine befanden sich in der Nähe von Detmold, etwa eine Autostunde von Bielefeld entfernt.

»Warum nicht?«, sagte er also zu Edda. »Haben Sie sofort Zeit, Frau Wehking?«

Edda machte ein erfreutes Gesicht. »Natürlich. Aber nennen Sie mich bitte Edda. Wenn Sie Frau Wehking sagen, denke ich immer, Sie sprechen mit meiner Mutter.«

Marc nickte. »Okay, ich heiße Marc.« Er aktivierte erneut die Gegensprechanlage. »Stefanie, ich verlasse jetzt die Kanzlei. Wenn jemand anruft, ich bin spätestens um vierzehn Uhr zurück.«

2

Richard von Sebottendorff betrat die elegant geschwungene Freitreppe, die die Schlafräume im ersten Stock seiner Villa mit der großen Halle im Erdgeschoss verband. Um seine Lippen spielte ein feines Lächeln.

Heute war Ragnarök, der Tag des letzten Kampfes, und morgen würde jeder Mensch auf der Welt seinen Namen kennen.

Richard von Sebottendorff war ein groß gewachsener, schlanker, ja asketisch wirkender Mann, der gerade siebzig Jahre alt geworden war. Die vollen silberweißen Haare ließen ihn aber mindestens zehn Jahre jünger wirken. Er war als vermögender Privatier bekannt, allerdings wusste niemand so genau, wie er zu seinem Reichtum gekommen war. Auf den Partys der Glamourwelt ließ er sich nicht blicken, deshalb erschien sein Name auch nur äußerst selten in den bunten Blättern.

Und was erst recht nicht bekannt war: Er hatte eine zweite Identität. Für die zwölf Mitglieder des innersten Kreises der Thule-Gesellschaft war er Odin, der oberste Führer des Geheimbundes.

Die erste Thule-Gesellschaft war im Jahr 1918 in München gegründet worden. Die Thule, wie die legendäre Vereinigung von den Mitgliedern kurz genannt wurde, war ein völkischer, antidemokratischer und antisemitischer Bund. Obwohl sie in deutlichem Gegensatz zu den Freimaurern stand, war sie im Stile einer freimaurerischen Loge organisiert. So gab es bestimmte Rituale, die Einteilung in verschiedene Grade und strenge Geheimhaltungsregeln. Wurde ein Kandidat für würdig befunden, unterzog man ihn einem

Einweihungsritual, das der Freimaurerei entlehnt, aber ›germanisch‹ umgestaltet worden war.

Zu den Mitgliedern der ersten Thule gehörte die Crème de la Crème der damaligen Münchner Gesellschaft: Anwälte, Richter, hohe Polizeibeamte, Aristokraten, Universitätsprofessoren sowie reiche Geschäftsleute.

Den Höhepunkt ihrer Bedeutung erreichte die Thule am Ende des Ersten Weltkrieges nach dem Sturz der Monarchie in dem Kampf gegen die kommunistische Münchner Räterepublik, deren Führer fast ausschließlich Juden gewesen waren: Kurt Eisner, Ernst Toller, Gustav Landauer, Erich Mühsam.

Allerdings bedeutete der größte Triumph der Thule – die Niederwerfung der Räteherrschaft in München – auch gleichzeitig den Beginn ihres Niedergangs. Schon ab Juni 1919 verlor sie zunehmend an Einfluss und ihre Aktivitäten kamen praktisch zum Erliegen. Unterschiedliche Auffassungen führten zu Auseinandersetzungen und die Gesellschaft zerfiel in Gruppen, die untereinander geradezu verfeindet waren.

Zu ihren Hochzeiten hatte die Thule bis zu eintausendfünfhundert Mitglieder gehabt, im Jahr 1922 waren es noch dreiundneunzig, Anfang 1925 einundvierzig, 1926 gerade noch fünf. Im Juni 1930 wurde die Thule-Gesellschaft aus dem Vereinsregister gelöscht, um 1970 von Richard von Sebottendorff und einigen Gesinnungsgenossen wieder ins Leben gerufen zu werden.

Innerhalb der ›neuen‹ Thule-Gesellschaft war man sich weitgehend darüber einig, dass die Situation Deutschlands Ende der Sechziger- und Anfang der Siebzigerjahre der Lage entsprach, die in Deutschland nach dem Ende des Ersten Weltkrieges und der Abschaffung der Monarchie geherrscht hatte: eine Zeit der Gefahr für die germanische Rasse.

Deutschland wurde von einer Welle fremdrassiger Gastarbeiter überflutet. Schon 1964 war der millionste von ihnen begrüßt worden. So ging es nicht weiter! Die Gefahr der Überfremdung musste bekämpft werden, um die Vorherrschaft der germanischen Rasse zu sichern. Und diesen Kampf sollte wieder die Thule-Gesellschaft führen.

Allerdings tauchte die neue Thule-Gesellschaft im Gegensatz zu dem Original in keinem Vereinsregister auf. Die neue Thule war eine Geheimgesellschaft, die sich abschottete und deren Existenz niemandem außerhalb der Gesellschaft bekannt war.

Sehr behutsam wurden neue Mitglieder geworben, nur auf persönliche Empfehlung eines Mitgliedes des innersten Kreises, der sämtliche Geschicke der Gesellschaft lenkte, durfte man der Gesellschaft beitreten. Das Wachstum beschleunigte sich ab Mitte der Siebzigerjahre, als verstorbene Thule-Mitglieder einen Großteil ihres Vermögens über Tarnorganisationen dem Geheimbund zukommen ließen.

Seither war die Gesellschaft immer größer und mächtiger geworden, inzwischen hatte sie ein Vermögen von weit über einer Milliarde Euro angehäuft. Und all das völlig unbemerkt von der Öffentlichkeit.

Richard von Sebottendorff betrat die mit weißem Marmor ausgelegte Eingangshalle und steuerte auf die Haustür zu, wo sein Chauffeur schon auf ihn wartete.

Der Lenker der Thule nickte seinem Angestellten kurz zu und ließ sich die Hintertür des gepanzerten Maybach öffnen, der auf der kiesbelegten, kreisförmigen Auffahrt geparkt war.

Der Chauffeur stieg vorne ein und drehte sich mit einem fragenden Gesichtsausdruck zu seinem Chef um.

Von Sebottendorff sagte nur ein Wort: »Asgard!«

Dann ließ er die getönte Trennscheibe nach oben fahren.

3

Jürgen Berger, Leitender Kriminaldirektor im Bundeskriminalamt, war mit sich und der Welt zufrieden. Auch am zweiten Tag des G8-Gipfels lief alles nach Plan. Gut, gestern Abend hatte es schwere Ausschreitungen in Dortmund gegeben, aber das war nicht sein Bier.

Berger war ›nur‹ zuständig für die Überwachung der sogenannten Zone I, auch rote Zone genannt, rund um das eigentliche Tagungshotel. Das Areal war mit einem zweieinhalb Meter hohen und dreißig Kilometer langen Sicherheitszaun mit Stacheldraht, Kameraüberwachung und Bewegungsmeldern umgeben.

Zwar kam sich Berger wegen des Zauns manchmal wie ein Tier im Zoo vor, aber ihm war nur zu bewusst, dass die uniformierten Kollegen der nordrhein-westfälischen Polizei auf der anderen Seite der Absperrung die weitaus unangenehmere Aufgabe hatten. Die mussten sich mit den teilweise gewaltbereiten Demonstranten herumschlagen, während er und seine Männer die Annehmlichkeiten eines Luxushotels genießen konnten.

Gestern waren die G8-Staats- und Regierungschefs angereist und vom Flughafen Dortmund, der für die Dauer des Gipfels für den kommerziellen Flugverkehr gesperrt war, mit Hubschraubern direkt zum Landeplatz des *Schlosshotels Wagnerhof*, einer 6-Sterne-Luxusenklave inmitten der unberührten Landschaft des Sauerlandes, gebracht worden.

Das Schlosshotel verfügte über zweihundertfünfzig Zimmer und Suiten, verteilt auf mehrere Häuser. Fünfhundert Tonnen feinsten Carrara-Marmors waren verbaut, fünfzehn Kilometer Außenstuck gespachtelt worden. An den Wänden schimmerten handbemalte Seidenteppiche, die Schuhe versanken in tiefen Orientteppichen, ausgewählte kostbare Antiquitäten und englische Originalgemälde waren sorgfältig verteilt worden. Den Gästen stand eine dreitausend Quadratmeter große Wellnessoase mit Hallenbad, Fitnessraum und finnischer Edelsauna, Dampfbad, Aromabad, Eisgrotte und Whirlpool zur Verfügung. Für die Damen gab es außerdem einen Beauty-Bereich mit ayurvedischen und Fußreflexzonenmassagen.

Die Bundeskanzlerin hatte natürlich die schönste Suite des Hotels bekommen, die *Royal Suite* mit einer Größe von einhundertfünfzig Quadratmetern. Die anderen Gipfelteilnehmer waren in Suiten, abgestuft nach Wichtigkeit, untergebracht. So logierte der amerikanische Präsident mit Gattin in der einhundertzwanzig Quadratmeter großen *Imperial Suite* in einem Nebengebäude, die französischen, britischen und japanischen Regierungschefs mussten sich mit den knapp achtzig Quadratmeter großen *Premier-*, *Grand-* und *President-*Suiten begnügen.

Damit ging es ihnen allerdings immer noch besser als den Staats- und Regierungschefs der afrikanischen Staaten und denen der großen Schwellenländer Brasilien, China, Indien und Mexiko, die teilweise mit Junior-Suiten vorliebnehmen mussten, die nicht viel größer als ein normales Doppelzimmer waren.

Im Restaurant *The Grill,* in dem ein Dreisternekoch für die Gipfelteilnehmer Spezialitäten aus heimischen Produkten zubereitete, wurde gerade Kaffee serviert. Anschließend standen Arbeitssitzungen im umgebauten Rittersaal des Schlosshotels auf dem Programm.

Berger sah auf die Uhr und lockerte die Nackenmuskeln, um die Anspannung zu lösen. Seine Leute waren seit zwei Jahren mit der Vorbereitung des Gipfels beschäftigt, seit einem halben Jahr machte er nichts anderes mehr. Er hatte alles getan, was in seiner Macht stand, um einen reibungslosen Ablauf des Gipfels zu gewährleisten. Der Luftraum für die zivile Luftfahrt war im Umkreis von dreißig nautischen Meilen komplett gesperrt, Polizeihelikopter führten pausenlos Aufklärungsflüge durch, zwei Tornados der Luftwaffe kreuzten über dem Hotel. Sechs weitere Abfangjäger, die binnen drei Minuten in der Luft sein konnten, standen in Bereitschaft, genauso wie vier Hundertschaften Bundespolizei und drei SETs der GSG 9. Ja, er, Jürgen Berger, hatte an alles gedacht.

Die Bundeskanzlerin hatte sich vor einer Woche bei ihm persönlich über den Stand der Vorbereitungen informiert und war hochzufrieden gewesen. So zufrieden, dass sie mit Berger sogar einige private Worte gewechselt und erfahren hatte, dass der BKA-Mann ein großer Fan von Richard Wagner war und seine Lieblingsoper *Parsifal* hieß. Die Kanzlerin hatte geschmunzelt und gemeint, sie habe gute Beziehungen nach Bayreuth. Mal sehen, was sich machen ließe. In seinen Tagträumen sah sich der Leitende Kriminaldirektor schon im Festspielhaus auf dem Grünen Hügel sitzen und den Klängen von *Parsifal* lauschen.

Berger kehrte in die Realität zurück, als sich die Türen des Restaurants öffneten und die ersten Teilnehmer in den langen Flur traten, der entfernt an den Spiegelsaal von Versailles erinnerte.

Der amerikanische Präsident kam im entspannten Small Talk mit der Bundeskanzlerin an dem BKA-Mann vorbei. Berger lächelte. Wenn es so weiterging, würde dieser Gipfel in die Geschichte eingehen.

4

Edda und Marc erreichten die Externsteine um kurz vor zehn Uhr. Marc zahlte einen Euro, dann öffnete sich eine Schranke und er durfte seinen Golf auf dem von dichtem Wald umgebenen Parkplatz abstellen.

Die Externsteine waren ein beliebtes Ausflugsziel, aber davon war um diese Uhrzeit noch nichts zu bemerken. Auf dem Parkplatz stand außer Marcs Golf nur ein Reisebus mit Dresdener Kennzeichen. Edda und Marc stiegen aus und folgten den Wegweisern. Als Erstes trafen sie auf einen Kiosk, in dem Andenken und Eis verkauft wurden. Marc erstand eine schmale Broschüre über die Externsteine und blätterte sie schnell durch, während sie das Restaurant *Felsenwirt* passierten und auf einen Waldweg gelangten.

Am Rande des Weges saßen zwei junge Männer auf einem großen Baumstamm, der die Form eines Reptils hatte. Als die Männer Edda und Marc erblickten, begannen sie, wild auf ihre Trommeln einzuschlagen, als hinge das Überleben der Menschheit davon ab.

Marc wusste, dass die Externsteine ein Wallfahrtsort für Esoteriker, Hexen, Druiden, Neuheiden und Neonazis waren, die in den Steinen einen ›Kraftort‹ mit außergewöhnlichen spirituellen Eigenschaften oder aber ein vorchristliches germanisches Heiligtum sahen. Insbesondere am 30. April, der Walpurgisnacht, und am 21. Juni, dem Tag der Sommersonnenwende, tummelten sich hier Massen von Menschen. Die beiden Trommler sahen aus, als seien sie nach der letzten Walpurgisnacht vergessen worden: Sie trugen das blonde Haar bis weit auf den Rücken und waren in grobe Kutten und Umhänge aus Wollstoff gewandet.

Edda warf eine Münze in den vor den Männern aufgestellten Becher und wechselte einige Worte mit ihnen.

»Man kann nicht allen helfen«, bemerkte Marc, der vorausgelaufen war.

»Das ist richtig«, bestätigte Edda, »ist aber keine Entschuldigung dafür, niemandem zu helfen. Außerdem habe ich so eine wertvolle Information erhalten.«

Marc hob die Augenbrauen. »Tatsächlich?«

»Der eine hat Ihre Broschüre gesehen und gesagt, Sie dürften den Angaben darin nicht glauben. Die Externsteine seien nicht vor siebzig Millionen Jahren durch eine Eruption entstanden, sondern wie der Name ›extern‹, also ›von außerhalb kommend‹, besage, von den Göttern aus Asgard hier aufgestellt worden.«

Marc verdrehte die Augen und zog es vor zu schweigen. Doch als der Waldweg hundert Meter weiter endete und sich der Blick auf eine parkähnliche Landschaft öffnete, aus der eine grauschwarze Felswand wie aus dem Nichts fast senkrecht bis zu vierzig Meter hoch aufragte, war er fast geneigt, den beiden Spinnern Glauben zu schenken.

Langsam gingen sie weiter auf die bizarre Felsformation zu. Erst jetzt war zu erkennen, dass die ›Wand‹ aus fünf einzelnen, zerklüfteten Sandsteinfelsen bestand, durch deren Mitte ein Weg führte.

Neben dem äußersten rechten Felsen hatte man einen kleinen Fluss zu einem von dichtem Wald umstandenen Teich aufgestaut, auf dessen olivgrüner Wasseroberfläche sich unzählige Lichtflecken sprenkelten.

Marc schaute sich um. Sie waren die einzigen Besucher, auch von der Reisegruppe aus Dresden war nichts zu sehen.

Er steuerte auf die drei großen Felsen zwischen Weg und Teich zu, traf aber auf ein Drehkreuz, das ihm eine weitere Annäherung verwehrte. Wenn man die Felsen besichtigen und besteigen wollte, musste man 1,50 Euro Eintrittsgeld entrichten.

Edda und Marc bezahlten und stellten sich vor den breitesten der drei Felsen direkt neben der Teichanlage, der in der Broschüre als Fels I bezeichnet wurde.

Das aus dem Stein gehauene, etwa fünf mal fünf Meter große monumentale Relief auf der Vorderseite des Felsens, das die Kreuzabnahme Christi zeigte, war nicht zu übersehen.

Marc hielt das Heftchen vor Augen. »Es handelt sich um eines der größten und bekanntesten Werke mittelalterlicher Bildhauerkunst, das um 1130 von Paderborner Mönchen geschaffen worden ist«, las er vor. »Die Darstellung des Reliefs geht auf das Johannes-Evangelium 19,38 bis 42 zurück: Zwei Männer bemühen sich um den gekreuzigten Christus. Nikodemus, ein Oberster der Juden, steht auf einem gebeugten und stilisierten Baum, hat den Leichnam Christi vom Kreuz gelöst und übergibt ihn dem Ratsherrn Josef von Arimathia.«

Edda zeigte mit dem ausgestreckten Zeigefinger auf das Relief. »Dieser gebeugte Baum mit dem gabeligen Ende, auf dem Nikodemus steht, muss das Objekt sein, das von diesem Teudt als Irminsul gedeutet wurde«, meinte sie.

Marc nickte. »Ja, das sieht aus wie ein zur Seite geneigtes Y und ähnelt sehr den Irminsul-Darstellungen auf der Wikipedia-Seite. Wir haben die Irminsul also gefunden und betrachten sie. Nach der Botschaft Ihres Vaters müssen wir jetzt vier Schritte zurückgehen und können dann das Schicksal, was auch immer das sein mag, erkennen.«

»Aber von welchem Punkt aus sollen wir zurückgehen?«, fragte Edda.

Marc hob die Schultern. »Das müssen wir ausprobieren.« Er lief ein paar Schritte zurück und unterzog das Relief einer erneuten eingehenden Betrachtung. »Also, ich kann da nichts

Neues sehen«, verkündete er dann. »Wollen Sie es mal versuchen?«

Edda stellte sich direkt vor den schmiedeeisernen Zaun, der das Relief vor den Besuchern schützte, dann trat sie genau vier Schritte zurück. Nach wenigen Sekunden schüttelte sie enttäuscht den Kopf. »Ich habe nicht die geringste Ahnung, was wir da erkennen sollen. Außerdem ist das ›Schicksal‹ doch unsichtbar, oder?«

Marc rieb sich unschlüssig den Nacken. »Wahrscheinlich ist das mit dem Schicksal nicht so wörtlich gemeint. Was es bedeuten soll, weiß ich allerdings auch nicht.«

»Vielleicht würde es helfen, wenn wir mehr über den Inhalt des Reliefs und die Personen darauf wüssten«, meinte Edda.

»Also von Josef von Arimathia habe ich schon gehört«, erwiderte Marc. »Schließlich habe ich *Indiana Jones und der letzte Kreuzzug* gesehen. Josef von Arimathia war der Mann, der bei der Kreuzigung das Blut Christi in einem Kelch, dem Heiligen Gral, aufgefangen haben soll. Über diesen Nikodemus weiß ich allerdings nichts.«

»Schauen Sie doch in Wikipedia nach«, schlug Edda vor und zog ein Mobiltelefon aus ihrer Umhängetasche. »Ich habe ein internetfähiges Handy.«

Marc nickte angemessen beeindruckt und nahm ihr das Handy ab. Dann ließ er sich von Edda die Funktion erklären und stellte die Verbindung zum Internet her. Der Text ließ sich einfach mit der Touchscreen-Tastatur eingeben, Bilder und Seiten mit Fingergesten problemlos verkleinern und vergrößern. Es dauerte nicht lange und Marc hatte den Artikel über *Nikodemus* vor sich.

»Nikodemus ist der Name einer Person aus dem Johannes-Evangelium im Neuen Testament der Bibel«, zitierte Marc. »Nach Johannes 3,1 gehört Nikodemus zur jüdischen Gruppe der Pharisäer und wird darüber hinaus als ein Führer der Juden bezeichnet. Er besuchte Jesus des Nachts und wurde von ihm über die Notwendigkeit einer geistigen Wiedergeburt belehrt.« Marc überflog stumm den weiteren Text. »Es gibt sogar ein Nikodemus-Evangelium«, verkündete er dann. »Zumindest wird die apokryphe christliche Schrift *Acta Pilati,* die Pilatusakten, seit dem Mittelalter auch als Nikodemus-Evangelium bezeichnet.«

Marc ließ sich in dem Internet-Lexikon die Seite der *Acta Pilati* anzeigen und las weiter vor: »Auf die Pilatusakten geht die im Mittelalter populäre Erzählung des zum Christentum bekehrten Soldaten Longinus zurück, welcher Jesus mit dem Speer in die Seite gestochen haben soll.« Marc googelte die Suchwörter *Longinus*, *Jesus* und *Speer* und gelangte auf eine weitere Seite: »Der Speer des Longinus, oft auch Heilige Lanze, Gottesspeer oder Speer des Schicksals genannt, ist die Lanze, mit der der römische Hauptmann Longinus dem gekreuzigten Jesus in die Seite stach. Später wurde Longinus selbst zum Christen und Märtyrer. Wer die Lanze besitzt, so die Legende, ist unbesiegbar und hält mit ihr das Schicksal der Welt in den Händen. Der Speer des Schicksals galt im Mittelalter als Kriegsreliquie und war eine der mächtigsten Schutzreliquien des Heiligen Römischen Reiches Deutscher Nation. Sogar die Spur der Eigentümer der Lanze lässt sich angeblich zurückverfolgen. Darunter sollen unter anderem Kaiser Konstantin, Karl der Große, König Heinrich I. und Kaiser Barbarossa gewesen sein. Auch Hitler hat das Teil haben wollen, das damals im Besitz der Wiener Hochburg war. Nach der Annexion Österreichs 1938 ließ Hitler den ›Speer des Schicksals‹ zusammen mit anderen Kunstschätzen nach Nürnberg bringen. Nach Kriegsende wurde die Lanze in Nürnberg vom US-Militär beschlagnahmt und nach Wien zurückgebracht. Heute steht sie wieder im Raum 11 der Wiener Hofburg. Sie wurde allerdings nachweislich erst im 8. Jahrhundert geschmiedet, was auch den Nazis bekannt war.« Marc sah wieder auf. »Was für ein Schwachsinn! Eine Lanze, die unbesiegbar macht. Und wir sind keinen Schritt weiter gekommen.«

»Vielleicht doch.« Edda wirkte auf einmal wie elektrisiert. »Schritt, natürlich! Der letzte Satz der Anweisung meines Vaters: Die alte Schrift wird dir helfen. Ich glaube, ich weiß jetzt, was damit gemeint ist: die Bibel. Das Kreuzabnahmerelief stellt doch eine Szene aus dem Johannes-Evangelium 19,38 dar. Das muss der Ausgangspunkt sein.«

Edda googelte das Suchwort *Bibel* und gelangte auf die Seite *bibel-online.net*. »Die Szene 19,38 spielt unmittelbar nach der Kreuzigung von Jesus«, sagte sie Sekunden später und zitierte: »Als das geschehen war, bat Josef von Arimathia Pilatus um die Erlaubnis, den Toten vom Kreuz abzunehmen. Josef war ein Jünger Jesu, aber nur heimlich, weil er vor den führenden Männern Angst hatte. Pilatus überließ ihm den Leichnam und Josef ging und nahm ihn vom Kreuz ab. Auch Nikodemus, der Jesus einmal nachts aufgesucht hatte, kam mit.«

»Ja, und?«, meinte Marc. »Das ist doch nicht neu. Das ist die Szene, die auf dem Relief dargestellt ist.«

»Sie müssen die Anweisung meines Vaters richtig lesen!«, erwiderte Edda eifrig. »Betrachte die Irminsul, also das Relief, und gehe vier Schritte zurück! Das Relief stellt die Szene Johannes 19,38 dar. Wenn wir vier Schritte zurückgehen, gelangen wir zu Johannes 19,34. Und was lesen wir da?« Edda scrollte den Text zurück: »Aber einer der Soldaten stach ihm mit seinem Speer in die Seite. Da kam Blut und Wasser heraus.«

»Das war dieser Longinus«, erkannte Marc.

»Genau«, bestätigte Edda. »Nun haben wir schon zwei ›alte Schriften‹, die uns auf Longinus hinweisen: das Evangelium des Nikodemus, der auf dem Relief abgebildet ist, und die Bibel selbst.«

»Gut, so weit sind wir uns einig. Aber was ist das Schicksal, das wir jetzt angeblich erkennen können?«

»Das Schicksal ist der Speer, mit dem Longinus Jesus in die Seite gestochen hat, ist doch klar«, antwortete Edda. »Sie haben es doch eben selbst vorgelesen: Der Speer des Longinus wird auch als Speer des Schicksals bezeichnet. Ich bin mir sicher, dass es um diesen Speer geht, den mein Vater mit Schicksal gemeint hat.«

»Aber dieser Speer ist doch eine Fälschung!«

»Ja, der Speer, der in der Wiener Hofburg ausgestellt ist. Vielleicht wusste mein Vater, wo sich der echte Speer befindet, oder er hat ihn sogar besessen.«

Marc runzelte die Stirn. »Das ist doch Unsinn! Wir reden nicht über verbriefte Historie, sondern über eine Legende.«

»Es gibt viele Legenden, die heute Geschichte sind, weil man ihre Existenz bewiesen hat. Denken Sie nur an Troja.«

Marc war nicht überzeugt. »Und wie soll Ihr Vater in den Besitz dieses Speeres gekommen sein, mal unterstellt, dass er tatsächlich existiert?«, fragte er.

»Als ich klein war, hat mir mein Großvater vor dem Einschlafen Geschichten erzählt. Viele davon handelten vom Heiligen Gral. Mein Großvater hat gesagt, dass er den Gral gesucht hat, als er noch jung war.«

Marc lächelte milde. »Das waren doch nur Geschichten«, meinte er.

»Das glaube ich nicht«, widersprach Edda heftig. »Vielleicht hat mein Großvater bei seiner Suche zwar nicht den Gral, dafür aber etwas anderes gefunden und irgendwann an meinen Vater weitergegeben.«

»Sie meinen, den Speer des Longinus?«

»Könnte doch sein.«

»Aber warum ist davon nie etwas bekannt geworden? Ich meine, wenn er den Speer tatsächlich gefunden hat, warum hat er den Fund nicht öffentlich gemacht? Damit wäre er so berühmt geworden wie Schliemann.«

Edda zuckte die Achseln. »Ich weiß es nicht«, musste sie zugeben. »Aber ich bin mir sicher, dass mir mein Vater etwas über diesen Speer mitteilen wollte. Die Hinweise lassen keine andere Deutung zu.« Edda schloss für einen Moment die Augen. »Der Speer, mit dem Christus in die Seite gestochen wurde«, sinnierte sie. »Können Sie sich vorstellen, was es bedeuten würde, wenn wir den wirklich finden würden? Das wäre die Sensation des Jahrhunderts, wenn nicht des Jahrtausends. Und was so ein Speer wohl wert ist? Ich denke, es gibt viele Museen, die dafür Millionen zahlen würden. Vom Vatikan ganz zu schweigen.«

»Da gibt es ein kleines Problem«, versuchte Marc, ihre Begeisterung zu bremsen. »Selbst wenn wir wirklich einen Speer finden sollten: Wie wollen Sie beweisen, dass er echt ist? Gerade im Mittelalter sind unzählige Reliquien gefälscht worden. Jemand hat mal ausgerechnet, dass man allein aus den Holzsplittern, die angeblich aus dem Kreuz Christi stammen und die irgendwo auf der Welt verehrt werden, ein drei Meter hohes und drei Meter breites Kreuz zimmern könnte.«

Aber Edda wollte jetzt keine Bedenken hören. »Ach, irgendwie wird man das schon überprüfen können. Und vielleicht hatten ja schon mein Großvater oder mein Vater Beweise dafür gefunden, dass es sich um den echten Speer des Schicksals handelt, und diese Beweise zusammen mit dem Speer versteckt.«

Marc seufzte. »Also gut. Vielleicht geht es wirklich um diesen Speer des Schicksals. Aber wo und wie sollen wir weiter danach suchen?«

Edda atmete tief durch. »Es muss einen weiteren Hinweis

geben. Ich kann nicht glauben, dass mein Vater uns hierher führt und uns zeigt, *was* wir suchen sollen, und keine weiteren Anweisungen hinterlässt, *wo* wir es finden können.«

Marc zog den Brief, den der Verstorbene ihm zur Verwahrung gegeben hatte, aus seiner Jackentasche, wendete das Blatt hin und her und hielt es gegen die Sonne, um eine eventuelle versteckte Botschaft entdecken zu können. »Nichts«, verkündete er schließlich.

»Dann muss mein Vater irgendwo hier eine weitere Anweisung versteckt haben«, folgerte Edda und zog mit dem rechten Arm einen weiten Halbkreis über die Landschaft.

»Und wo wollen Sie anfangen zu suchen?«, fragte Marc spöttisch. »Das ist doch ein riesiges Areal.«

»Wenn wir gleich aufgeben, werden wir mit Sicherheit nichts finden«, gab Edda ärgerlich zurück. »Wie wäre es denn mit diesen Höhlen? Die wären doch ein idealer Ort, eine Botschaft zu hinterlassen.«

Sie zeigte auf die drei miteinander verbundenen künstlichen Grotten neben und hinter dem Kreuzabnahmerelief. Marc trat näher und versuchte, in dem Halbdunkel etwas zu erkennen. »Man darf die Grotten nicht betreten«, sagte er. »Und von außen ist nichts zu sehen.«

Plötzlich wurde es hinter ihnen unruhig. Die aus annähernd zwanzig weißhaarigen Touristen bestehende Busreisegruppe hatte den Fels I erreicht und versammelte sich auf dem kleinen Platz vor dem Kreuzabnahmerelief. Stimmen mit sächsischem Dialekt summten durch die warme Mailuft.

Ein etwa fünfzigjähriger Mann zwängte sich durch die Gruppe und baute sich vor den anderen auf.

»Wir befinden uns vor dem sogenannten Kreuzabnahmerelief am Felsen I der Externsteine«, begann er zu dozieren. Marc und Edda hörten schon Bekanntes. Der Vortrag gab ihnen Zeit nachzudenken.

Plötzlich stoppte das eintönige Gerede und der Führer sah sich um. »Hat bis hierher jemand Fragen?«

Zwanzig weißhaarige Köpfe wurden geschüttelt.

»Schön. Einige Experten glauben im Übrigen, dass die Externsteine ursprünglich ein altes heidnisches germanisches Heiligtum waren und sich die Irminsul tatsächlich hier befand. Die Irminsul soll in einer Vertiefung über der Höhenkammer, auch obere Kapelle genannt, die Sie in der Spitze dort oben besichtigen können, verankert gewesen sein.«

Der Mann zeigte mit dem ausgestreckten Arm auf den schlanken und ein wenig schief stehenden Fels II, der den direkt danebenstehenden Fels I um etwa zehn Meter überragte. »Dort, bei ihrem Heiligtum, sollen die Germanen unter Arminius dem Cherusker, besser bekannt als Hermann der Cherusker, allerdings historisch nicht korrekt, ihrem Gott Opfer für den gewaltigen Sieg dargebracht haben, den sie vor genau zweitausend Jahren über die römischen Legionen im Jahre 9 nach Christus errungen haben. Wie Sie ja vielleicht wissen, ist das Denkmal des Arminius, das Hermannsdenkmal, das wir anschließend besichtigen werden, nur etwa acht Kilometer von hier entfernt.«

Marc stieß Edda in die Seite und nickte mit dem Kinn zu Fels II hin. »Haben Sie das gehört? Dort oben auf Fels II soll sich die Irminsul befunden haben.«

»Na und?«

»Denken Sie an das Schreiben Ihres Vaters: Die Irminsul weist dir den Weg. Vielleicht hat das eine doppelte Bedeutung. Einmal die symbolische Irminsul auf dem Relief, zum anderen die wirkliche auf Fels II. Lassen Sie uns oben mal gucken.«

5

Nach einer fast neunzigminütigen Fahrt rollte der Maybach auf den kopfsteingepflasterten Innenhof von Asgard.

Richard von Sebottendorff hatte die im Münsterland gelegene Burg aus dem 16. Jahrhundert im Jahr 1977 für die Thule gekauft, allerdings wurde die Gesellschaft während der Verkaufsverhandlungen und im Vertrag nie genannt. Von Sebottendorff hatte eine Stiftung in Liechtenstein gegründet, die von Treuhändern einer Liechtensteiner Bank geführt wurde und als Käufer auftrat.

Bei der Suche nach einem geeigneten Treffpunkt für den innersten Kreis der Thule-Gesellschaft hatte von Sebottendorff darauf geachtet, dass es in der Nähe einen Flughafen gab, auf dem die Mitglieder mit ihren Privatmaschinen landen konnten. So befand sich nicht weit der Burg der Flughafen Münster/Osnabrück.

Am wichtigsten für die Kaufentscheidung war aber gewesen: Von Sebottendorff benötigte eine Burg, die er nach seine Pläne frei umgestalten konnte. Deshalb kam ein denkmalgeschütztes Gebäude, selbst wenn es für eine Mark zu haben gewesen wäre, nicht infrage.

Nun hatte er einen ordentlichen Preis gezahlt, dafür aber auch genau das Objekt bekommen, das er gewollt hatte: eine zu einer Festung ausgebaute Burg mit einem kreisrunden Turm, dessen Höhe und Durchmesser fast exakt dem des berühmten Nordturms der Wewelsburg entsprach.

Richard von Sebottendorff sah sich auf dem Burghof um, auf dem zahlreiche Limousinen parkten. Die meisten anderen Mitglieder der Führungsspitze der Thule-Gesellschaft waren schon eingetroffen. Der innerste Kreis bestand ausnahmslos aus Persönlichkeiten, die der Elite der deutschen Gesellschaft angehörten. Dennoch wäre niemand von ihnen auf die Idee gekommen, jemals von Sebottendorffs Führungsanspruch infrage zu stellen. Das hatte nicht nur etwas mit seinen unbestreitbaren Fähigkeiten und Verdiensten für die Gesellschaft zu tun. Wichtiger noch war seine Herkunft: Richards Vater, Rudolf von Sebottendorff, war der Gründer der ersten Thule-Gesellschaft im Jahr 1918 gewesen und mit seinem Ausstieg ein Jahr später begann auch deren Niedergang.

1934 war Rudolf von Sebottendorff in die Türkei zurückgekehrt, wo er bereits vor 1918 lange Jahre gelebt hatte. Offiziell blieb sein späterer Lebensweg ungeklärt, allerdings gab es einen Menschen, der darüber genau Bescheid wusste: sein Sohn Richard.

Im Frühjahr 1936 lernte Rudolf von Sebottendorff in Istanbul, wie die türkische Hauptstadt seit 1930 hieß, Richards Mutter kennen und lieben. Klara Voigt war damals vierundzwanzig Jahre alt und die Tochter eines Diplomaten der deutschen Botschaft. Allerdings war ihre Familie mit der Verbindung zu dem siebenunddreißig Jahre älteren Mann keineswegs einverstanden. Es sprach auch nicht für ihn, dass er keiner geregelten Arbeit nachging und praktisch mittellos war. Erst als Klara Voigt 1938 schwanger wurde, willigte ihr Vater in eine Ehe mit Rudolf von Sebottendorff ein, die noch vor der Geburt des kleinen Richard im Jahr 1939 in Istanbul geschlossen wurde.

Nach dem Ausbruch des Zweiten Weltkriegs arbeitete Rudolf von Sebottendorff auf Vermittlung seines Schwiegervaters für den deutschen Geheimdienst. Seine Frau verließ mit dem fünfjährigen Richard im September 1944 Istanbul, Rudolf von Sebottendorff blieb und erhielt ein bescheidenes Gehalt, das ihm noch für ein knappes Jahr das Überleben sicherte. Am 9. Mai 1945, einen Tag nach der Kapitulation

Deutschlands, stürzte sich Rudolf von Sebottendorff in das Wasser des Bosporus und ertrank.

Klara von Sebottendorff zog mit ihrem Sohn nach München und heiratete dort 1948 einen begüterten Kaufmann, der den kleinen Richard adoptierte. Richard Weißgerber, wie der Junge jetzt hieß, wuchs in großbürgerlichen und wohlbehüteten Verhältnissen auf. Nach dem Besuch des Gymnasiums studierte er Jura und arbeitete anschließend als Anwalt in einer renommierten Münchener Kanzlei. Anfang der Sechzigerjahre heiratete er eine frühere Kommilitonin, die ihm zwei Kinder schenkte. Ein geordnetes, aber auch langweiliges Leben lag vor ihm.

Doch dann kam der Tag, der Richard von Sebottendorffs Leben von Grund auf änderte.

Am 7. Juli 1968, von Sebottendorff würde dieses Datum nie vergessen, erschien ein neuer Mandant in der Kanzlei. Der etwa achtzigjährige Mann erzählte ihm, er sei ein ehemaliges Mitglied der Thule-Gesellschaft und habe mehr oder weniger zufällig herausgefunden, dass Richard Weißgerber eigentlich Richard von Sebottendorff heiße und Sohn des Gründers der Thule-Gesellschaft sei.

Richard fiel aus allen Wolken. Er hatte seinen leiblichen Vater praktisch nicht gekannt und seine Mutter hatte nie von ihm gesprochen, sondern alle Fragen des jungen Richard abgewehrt.

Noch am Abend des 7. Juli 1968 stellte Richard seine Mutter zur Rede und nach kurzem Zögern erzählte sie ihm, was sie von Rudolf von Sebottendorff und von der Thule-Gesellschaft wusste. In den nächsten Tagen und Wochen verschlang Richard alles, was er über die Thule in die Finger bekommen konnte, und führte stundenlange Gespräche mit dem alten Mann, der ihm die Augen über seinen leiblichen Vater geöffnet hatte.

Richard fühlte sich wie neu geboren. Er hatte immer gespürt, dass seinem Leben etwas gefehlt hatte: eine richtige Aufgabe. Und jetzt war er davon überzeugt, diese Aufgabe gefunden zu haben: Er war dazu ausersehen, das Lebenswerk seines Vaters zu vollenden.

Ein Mann näherte sich dem obersten Burgherrn. Prof. Dr. Johannes Vogler war ein bekannter Schönheitschirurg, bei den Mitgliedern des innersten Kreises der Thule hieß er Tyr, wie der germanische Gott des Krieges.

»Sieg und Heil, Odin«, begrüßte er Richard von Sebottendorff, während er ihm die Hand schüttelte. »Es ist alles vorbereitet.«

Odin nickte zufrieden.

6

Nach einem mühsamen Aufstieg über vierundneunzig steile Stufen – Marc hatte jede einzelne gezählt – auf Fels III, den sogenannten Treppenfelsen, erreichten Edda und Marc die eiserne Brücke, die die Felsen II und III miteinander verband.

Die Sonne hatte in der letzten Stunde erheblich an Kraft gewonnen und Marc spürte die Wärme auf seinem Gesicht. Er lockerte seinen Krawattenknoten und öffnete den obersten Hemdknopf. Für einen Moment genoss er die Stille und die fantastische Aussicht auf die große grüne Wiese unterhalb der Steine und das bewaldete Umland.

Edda hatte die Brücke bereits überquert und inspizierte die Höhenkammer im Kopf von Fels II.

»In der Broschüre steht, dass die Höhenkammer ursprünglich überdacht war und irgendwann eingestürzt ist«, sagte sie, als Marc zu ihr aufgeschlossen hatte. Sie hob den Blick in den blauen Himmel. »Davon ist jetzt nichts mehr zu sehen. Und wenn die Irminsul nicht mehr da ist, kann sie uns auch nicht den Weg weisen.«

»Aber sie war doch angeblich hier oben«, insistierte Marc. »Also gibt es vielleicht einen Hinweis. Wir müssen nur danach suchen.«

In die Ostwand der Höhenkammer war ein kreisrundes Fenster über einem steinernen Altar eingelassen. Der Altar selbst und auch die große Felswand links davon waren mit aufgemalten oder eingeritzten Sprüchen und modernen Graffiti übersät. Die meisten Sprüche waren eher einfallslos: *Ich war hier am 3.6.99* oder *Dustin war hier am 24.9.2004*, *Nicole B. 20.9.93*, *F.F. 20.9.93*, *Ruf mich an*, dann folgte eine Handynummer.

»Diese Graffiti sind teilweise ja uralt«, meinte Edda, die die Inschriften näher in Augenschein nahm. »Hier ist sogar ein eingeritzter Spruch aus dem Jahr 1857.«

»Das ist ja alles schön und gut, bringt uns aber nicht weiter. Ich fürchte, hier oben ist tatsächlich nichts«, gestand Marc ein. »Lassen Sie uns wieder runtergehen.«

Er wollte sich an den Abstieg machen, als er Eddas vor Erregung zitternde Stimme in seinem Rücken hörte. »Ich glaube, ich habe etwas gefunden.«

Er kehrte um und stellte sich neben Edda, die auf eine Stelle an der Felswand starrte. Marc folgte ihrem Blick. Und dann sah er es auch, direkt unter der Inschrift aus dem Jahr 1857. *Günther Wehking war hier* hieß es dort in weißer Schrift.

»Das ist die zweite Botschaft meines Vaters!«, sagte Edda und deutete auf die steilen und eckigen Zeichen, die unter der Inschrift in der gleichen weißen Schrift in mehreren Linien auf den Fels aufgemalt worden waren.

Marc fuhr mit den Fingerspitzen darüber. »Was sind das für Zeichen?«, fragte er.

»Runen«, antwortete Edda. »Mein Vater hat sich jahrelang intensiv damit beschäftigt.«

Marc nickte langsam. »Die alte Schrift wird dir helfen«, sagte er. »Ihr Vater scheint ein Meister der Doppeldeutigkeit gewesen zu sein. Mit der ›alten Schrift‹ in seiner Botschaft war nicht nur die Bibel gemeint, das war auch ein Hinweis auf das alte Graffito direkt über seiner Nachricht und auf die Runen, eine alte Schrift.« Er hielt inne. »Können Sie das lesen?«

Edda verneinte. »Zwar hat mein Vater versucht, mir auch das nahezubringen, aber das hat mich noch weniger als germanische Mythologie interessiert.«

»Und ich kenne auch niemanden, der das entziffern könnte«, bedauerte Marc.

»Ich glaube, ich habe eine Idee.« Edda zückte ihr Handy und zog sich ein paar Schritte zurück. Marc sah sie telefonieren, konnte aber nicht verstehen, was gesagt wurde.

»Bitte«, sagte Edda, als sie ihr Telefonat beendet hatte, und drückte Marc ihr Handy in die Hand.

»Was soll ich damit?«, fragte er verdutzt.

»Sie machen jetzt ein möglichst schönes Foto von diesen Runen. Anschließend muss ich nach Paderborn. Wie sieht es aus? Haben Sie Lust, mich zu begleiten?«

Marc warf einen Blick auf seine Armbanduhr. Kurz nach elf. Einerseits hatte ihn diese Sache mittlerweile so gefangen genommen, dass auch er wissen wollte, wie die zweite Botschaft von Eddas Vater lautete, andererseits durfte er seine Kanzlei nicht vernachlässigen. Er konnte seine Mandanten schon jetzt fast an den Händen abzählen. Und wenn er nach Paderborn fuhr, war nicht gewährleistet, dass er es bis vierzehn Uhr zurück nach Bielefeld schaffen würde.

Edda bemerkte sein Zögern. »Ich mache Ihnen einen Vorschlag«, sagte sie. »Wenn Sie mir weiterhin helfen, biete ich Ihnen eine Beteiligung in Höhe von fünfundzwanzig Prozent des Wertes an, von was auch immer wir finden werden. Fünfundzwanzig Prozent! Sie können sich selbst ausrechnen, was für Sie herausspringt, wenn wir tatsächlich den Speer des Schicksals finden.«

Das konnte Marc und deshalb stand seine Entscheidung fest. »Ich komme mit«, verkündete er.

7

Richard von Sebottendorff hatte sein Arbeitszimmer im zweigeschossigen Wohnbau von Asgard vor einer Viertelstunde betreten. Die Burg war nach dem im Jahr 1978 abgeschlossenen Umbau auf diesen Namen getauft worden: Asgard, der Wohnort des Göttergeschlechts der Asen in der nordischen Mythologie. Nach der *Edda* bestand Asgard aus den zwölf Palästen der Götter und war von unbezwingbaren Mauern umgeben. In der Burg wirkten die zwölf Götter als Richter über das Menschenschicksal.

Und exakt darin sah Richard von Sebottendorff die Aufgabe des innersten Kreises der Thule. Dabei war von äußerster Bedeutung, dass dieser Kreis immer aus genau zwölf Mitgliedern bestand. Wenn ein Mitglied ausschied, und dies war praktisch nur durch Tod möglich, musste es sofort ersetzt werden, damit die göttliche Zahl Zwölf, das Symbol der Vollkommenheit und der Einheit, weiter wirken konnte. Und heute war es wieder so weit: Ein neues Mitglied sollte in den innersten Kreis aufgenommen werden. Vorher konnte die ›Operation Ragnarök‹ unmöglich durchgeführt werden.

Von Sebottendorff saß hinter seinem Schreibtisch und las einen Bericht über den letzten Stand der Vorbereitungen.

Ein Diener betrat lautlos den Raum, stellte eine Tasse Tee auf den Tisch und entfernte sich wieder. Von Sebottendorff trank einen Schluck und lächelte. Wenn die Bediensteten von Asgard auch nur im Entferntesten ahnten, was in der Burg geplant wurde, hätten sie schon lange das Weite gesucht. Aber sie dachten wahrscheinlich wie die Chauffeure, es handele sich um Treffen eines exklusiven Herrenclubs.

Das Klingeln des Telefons durchschnitt die fast klösterliche Stille der Burg.

Von Sebottendorff ließ es mehrmals schellen und wartete, dass es aufhörte. Schließlich seufzte er, zog das Telefon zu sich heran und nahm ab.

»Ja?«, bellte er in den Hörer.

Er lauschte der Stimme am anderen Ende der Leitung. Nach dreißig Sekunden nahm er den Hörer in die andere Hand.

»Sag das noch mal.«

Er hörte erneut zu, dann sagte er: »Ich wünsche eine lückenlose Überwachung und will ständig auf dem Laufenden gehalten werden.«

Von Sebottendorff legte auf, ohne sich zu verabschieden. Für mehrere Sekunden starrte er auf das Telefon, als könnte er nicht glauben, was er soeben gehört hatte. Er legte den Kopf in den Nacken und schloss die Augen. Wenn das wahr war, was er gerade vernommen hatte, eröffneten sich für die Operation auf einmal ganz neue Möglichkeiten.

Von Sebottendorff atmete tief durch. Er hatte eine Entscheidung getroffen.

Erneut nahm er den Hörer von der Station und tippte eine Nummer ein, die ihn mit einem anderen Arbeitszimmer auf Asgard verband.

»Tyr?«, sagte er, als am anderen Ende abgenommen wurde. »Mimir hat gerade angerufen. Thor hat seiner Tochter verschlüsselte Nachrichten hinterlassen. – Natürlich werden die Nachrichten sie dorthin führen, warum sollte er sie sonst hinterlassen haben? – Ja, ich denke, die Chance ist groß. Auf jeden Fall müssen wir noch einmal über Ragnarök reden. Sind mittlerweile alle eingetroffen? – Gut, dann sollen alle kommen, die schon da sind. In zehn Minuten im großen Saal.«

Er legte auf und lächelte. Ragna rök, dachte er, die Schicksale der Götter. Und das Schicksal geht manchmal seltsame Wege.

Dann gab er eine weitere Nummer ein. »Hugin?«, sagte er. »Hier ist Odin. Wir brauchen dich. Sofort!«

8

»… ist es gestern in Dortmund nach einer Demonstration gegen den G8-Gipfel zwischen etwa dreitausend Autonomen des sogenannten Schwarzen Blocks und fünftausend Polizisten zur schlimmsten Straßenschlacht seit Jahren gekommen mit Hunderten Verhaftungen und zahlreichen Verletzten auf beiden Seiten, brennenden Autos und verwüsteten Geschäften. Der Gipfel am Möhnesee geht indes planmäßig weiter. Nach der gestrigen Ankunft der G8-Staats- und Regierungschefs stehen heute erste Arbeitssitzungen und bilaterale Gespräche auf dem Programm. Morgen …«

Marc reduzierte die Lautstärke des Autoradios. Sie befanden sich auf der B 1, die Horn-Bad Meinberg und Paderborn miteinander verband.

»Was für ein Irrsinn«, meinte Marc. »Ein G8-Gipfel im Sauerland! Warum finden diese Treffen eigentlich immer mitten in der Einöde statt? Ich erinnere mich noch an Gleneagles in Schottland. Da gab es rund um das Tagungshotel auch nur Felder, Wiesen, Berge und Seen.«

»Die Bundeskanzlerin weiß eben, wo es schön ist«, erwiderte Edda. »Und diese Schönheit will sie mit ihren Kollegen teilen. In Wahrheit stammt die Idee mit dem G8-Gipfel im Sauerland angeblich von Franz Müntefering, der aus Arnsberg stammt und die Wirtschaft in der Region ankurbeln wollte. Wenn er gewusst hätte, was er seiner Heimat damit antut, hätte er das wahrscheinlich nicht vorgeschlagen.«

»Möglich«, stimmte Marc zu. »Der größte Polizeieinsatz in der Geschichte der Bundesrepublik Deutschland. Im Sauerland herrscht seit Tagen praktisch Ausnahmezustand. Na ja, zum Glück kriegen wir davon hier in der Gegend nicht allzu viel mit.«

In diesem Moment meldete sich sein Handy. Marc schaltete das Autoradio aus und drückte die grüne Taste.

»Ja?«

»Hallo, Marc. Melanie hier.«

Für einen Moment herrschte angespanntes Schweigen. Marc und seine Freundin waren gestern im Streit auseinandergegangen. »Jaaa?«, fragte er vorsichtig, um ihre Stimmung zu testen.

»Frau Bloes hat mir gesagt, dass du nicht in der Kanzlei bist. Ich wollte dich fragen, ob du Lizzy von der Schule abholen kannst?«

Marc atmete erleichtert durch. Melanies Laune schien sich wieder gebessert haben. Er war seit zwei Monaten mit ihr zusammen und so glücklich wie seit Jahren nicht mehr, allerdings machte Melanies Eifersucht ihm manchmal schwer zu schaffen. Marc wusste, dass sie von ihrem Exmann jahrelang belogen und betrogen worden war, und versuchte deshalb, ihr Misstrauen nicht zu persönlich zu nehmen, auch wenn das nicht immer leicht war.

Das einzig Gute, was aus Melanies Ehe hervorgegangen war, war die heute siebenjährige Lizzy, die Marc von ihrer ersten Begegnung an in sein Herz geschlossen hatte und praktisch schon als seine eigene Tochter ansah.

»Würde ich gerne machen«, sagte er also. »Leider habe ich gerade heute absolut keine Zeit. Ich bin mit einer Mandantin unterwegs.«

»Seit wann machst du Ausflüge mit Mandanten? Ist sie wenigstens hübsch?«

Marc zuckte kurz zusammen. Melanies Ton war schon wieder spitz geworden.

Er warf Edda einen kurzen Seitenblick zu. »Nein«, log er, um keinen neuen Streit zu provozieren.

»Bei dieser Mandantin handelt es sich aber nicht zufällig um Britta Gerland, oder?«

Marc verzog den Mund, als habe er auf eine Zitrone gebissen. »Nein, es handelt sich *nicht* um Britta Gerland«, sagte er in möglichst sachlichem Ton. »Ich hatte dir bereits gestern erklärt, dass Britta nur eine alte Studienfreundin ist, die sich nach Monaten das erste Mal wieder bei mir gemeldet hat.«

»Dann verstehe ich nicht, warum du in einem so komischen Ton mit ihr telefoniert hast, als ich gekommen bin.«

»Was für ein komischer Ton?«

»›Ja, hihihihihi, mhm, nein, das ist jetzt ganz schlecht.‹ *Diesen* Ton. Du hast mit ihr gesprochen, als wäre ich ein Idiot, der nichts mitkriegen darf.«

Marc schaute zu Edda, die angestrengt so tat, als hörte sie nicht zu. Wahrscheinlich war es am besten, das Gespräch schnell zu beenden, aber den Vorwurf konnte er so nicht stehen lassen.

»Ich habe Britta gesagt, dass du gekommen bist!«, entgegnete Marc schärfer, als er beabsichtigt hatte. »Oder hättest du es lieber gehabt, wenn ich noch eine Viertelstunde länger mit ihr telefoniert hätte?«

»Ja, das wäre mir allerdings lieber gewesen. Wenn du in normalem Ton mit ihr gesprochen hättest. Ich telefoniere doch auch ganz normal mit Carmen, wenn du bei mir bist.

Und wenn Gabriel dich anruft, sprichst du doch auch ganz normal mit ihm, obwohl ich anwesend bin.«

»Willst du mit mir jetzt ernsthaft darüber diskutieren, wie ich mit wem zu telefonieren habe?«

»Nein, ich will mit dir darüber diskutieren, wie du mich behandelst, wenn diese Frau anruft.«

Marc seufzte schwer. So kamen sie nicht weiter. »Hör zu, Melanie«, sagte er. »Lass uns ein anderes Mal darüber sprechen, okay?«

Am anderen Ende herrschte Schweigen.

»Melanie?«

»Wie du meinst.«

Dann war die Leitung tot. Marc starrte das Handy an, dann legte er es auf die Mittelkonsole, griff wieder danach, überlegte es sich jedoch anders und zog die Hand zurück. Er warf seiner Beifahrerin ein entschuldigendes Lächeln zu. »Tut mir leid, dass Sie das mitbekommen haben«, sagte er.

»Kein Problem«, winkte Edda ab. »Ich kenne diese Art Gespräche.«

»Darf ich endlich erfahren, wo es genau hingeht?«, wechselte Marc das Thema. Edda hatte ihm bisher nur gesagt, er solle von den Externsteinen aus in Richtung Paderborn fahren.

»Wir haben einen Termin bei Professor Dr. Zeidler«, antwortete sie bereitwillig. »Zeidler ist Professor für Germanistik an der Universität Paderborn und war früher einige Jahre Assistent meines Großvaters.«

»Ihr Großvater war Germanist?«

»Sogar ein sehr bekannter. Er war viele Jahre Ordinarius an der Uni Münster. Prof. Dr. Wehrmann, vielleicht sagt Ihnen der Name etwas?«

Edda sah Marc fragend an, aber der schüttelte den Kopf. »Sollte er das?«

»Ist auf jeden Fall nicht auszuschließen. Es gab 1992 einen riesigen Skandal, als herauskam, dass mein Großvater nach dem Krieg einen neuen Namen angenommen hatte. Bis 1945 hieß er Wehking.«

»Ich fürchte, ich verstehe nicht …«

»Unsere Familie heißt erst seit 1993 wieder Wehking«, fuhr Edda fort. »Vorher hießen mein Vater, meine Mutter und ich Wehrmann, genauso wie mein Großvater. Als der Skandal hochkochte, hat mein Vater darauf bestanden, aller Welt zu zeigen, dass wir hinter meinem Großvater stehen.«

Marc nickte langsam. »Ich vermute, sein Namenswechsel nach dem Krieg hatte etwas mit dem Dritten Reich zu tun?«

»Ja, mein Großvater war Angehöriger des sogenannten Ahnenerbes. Haben Sie davon schon mal etwas gehört?«

Marc überlegte. »Kann sein. War das nicht die Organisation, die die Irminsul als Wappen hatte?«

»Ja, aber das weiß ich auch erst seit heute Morgen aufgrund des Wikipedia-Artikels. Ich hatte vom Ahnenerbe früher auch keine Ahnung, aber als der Skandal durch die Presse ging, habe ich mich natürlich damit beschäftigt. Das Ahnenerbe war eine Organisation, die Mitte der Dreißigerjahre des letzten Jahrhunderts gegründet worden ist. Es ging um Forschungen auf dem Gebiet der germanischen Frühgeschichte. Eine Abteilung hat sich mit Runenkunde befasst und dort hat mein Großvater gearbeitet. Er war noch sehr jung, als er 1936 Mitarbeiter des Ahnenerbes wurde, gerade mal achtundzwanzig. Er hatte Germanistik studiert und war frisch promoviert.«

»Das hört sich doch alles ganz harmlos an«, wunderte sich Marc. »Wieso musste er seinen Namen ändern?«

»Das Ahnenerbe ist von Heinrich Himmler gegründet worden. Ursprünglich war es ein unabhängiges Institut, wurde dann aber Ende der Dreißigerjahre voll in die SS integriert.

Die Akademiker des Ahnenerbes bekleideten SS-Ränge und trugen SS-Uniformen. Mein Großvater war Hauptsturmführer. Er befürchtete, nach dem Krieg als ehemaliges SS-Mitglied verhaftet und interniert zu werden. Außerdem war er überzeugt, als Lehrer oder Wissenschaftler nie wieder eine Stelle zu bekommen. Mein Großvater war Germanist, etwas anderes hatte er nicht gelernt. So hat er eine andere Identität angenommen. Und das ja auch sehr erfolgreich.«

»Bis dann irgendwann alles aufflog.«

»Ja, Gerüchte gab es an der Uni Münster schon immer, aber niemand ist denen nachgegangen. Erst Anfang der Neunziger begann ein Journalist zu recherchieren. Mit einem Schlag wurde alles anders. Mein Großvater war ein äußerst beliebter und respektierter Professor, sowohl bei seinen Studenten als auch bei seinen Kollegen. Auf einmal wollte niemand mehr etwas mit ihm zu tun haben. Mein Großvater war 1992 natürlich schon lange pensioniert, trotzdem wurde eine Untersuchungskommission eingesetzt, seine Ernennung zum Landesbeamten wurde widerrufen, das Bundesverdienstkreuz aberkannt und er verlor seine Pension. Mein Großvater hätte von Sozialhilfe leben müssen, wenn mein Vater ihn nicht finanziell unterstützt hätte. Ich glaube, für meinen Vater war das Ganze ein noch viel größerer Schock als für meinen Großvater. Mein Vater hat seinen Vater uneingeschränkt bewundert, er war für ihn eine Art Gott.«

»Das muss für Ihre Familie eine sehr schwere Zeit gewesen sein«, sagte Marc, um überhaupt etwas zu sagen.

»Allerdings«, bestätigte Edda. »Aber richtig schlimm wurde es ein Jahr später. 1993 hat sich mein Großvater umgebracht, weil er die Scham nicht mehr ertragen hat. Ich glaube, ab diesem Moment hat mein Vater diesen Staat gehasst. Er meinte, der deutsche Staat habe nach dem Zweiten Weltkrieg doch auch seinen Namen für einen Neuanfang geändert, warum sollte das bei meinem Großvater falsch gewesen sein? Er konnte einfach nicht verstehen, worin das Verbrechen meines Großvaters bestand. Andere Ahnenerbe-Mitarbeiter sind schließlich schon in den Fünfzigerjahren wieder an deutschen und österreichischen Universitäten tätig gewesen, ja sogar ehemalige Gestapo-Angehörige durften wieder in den öffentlichen Dienst.«

»Wie standen Sie zu der Geschichte?«

»Natürlich etwas distanzierter. Deshalb habe ich mich dann auch völlig mit meinem Vater zerstritten. Das Ahnenerbe bestand nämlich keineswegs nur aus so harmlosen Abteilungen wie Runenkunde, Märchenforschung und Volkstanz. Es gab auch Abteilungen für Medizin, Biologie und verschiedene andere Naturwissenschaften. Und spätestens mit Kriegsbeginn 1939 wuchs die Bedeutung dieser Abteilungen. Es kam zu grausamen medizinischen Experimenten in Konzentrationslagern wie Unterdruck- und Unterkühlungsversuchen, Fleckfieberimpfstoff- und Sterilisationsexperimenten, die häufig tödlich verlaufen sind. Unter anderem hat man auch einhundertzwölf Juden töten lassen, um sie für eine ›rasseanthropologische Skelett-Sammlung‹ präparieren zu können.«

»Mein Gott, das ist ja schrecklich«, stieß Marc hervor.

»Allerdings«, gab Edda zurück.

»War Ihr Großvater denn an diesen Verbrechen beteiligt?«

»Er hat das immer bestritten. Ja, er hat sogar behauptet, von diesen Aufgaben des naturwissenschaftlichen Zweiges des Ahnenerbes nichts gewusst zu haben. Ob das stimmt, kann ich nicht beurteilen, das Gegenteil ist ihm auf jeden Fall nie nachgewiesen worden. Und deshalb hat mein Vater auch immer die Auffassung vertreten, man könne ihm keinerlei Vorwurf machen. Unser Streit war so schlimm, dass wir jahrelang überhaupt keinen Kontakt zueinander hatten.

Ich bin 1993 zu Hause ausgezogen und nach München gegangen, um dort Mathematik zu studieren. Nach meinem Studium bin ich dort hängen geblieben. Erst als meine Mutter schwer an multipler Sklerose erkrankt ist, so vor vier, fünf Jahren, haben mein Vater und ich uns wieder etwas zusammengerauft.«

Edda hielt inne und zeigte auf ein Hinweisschild, auf dem *Universität Paderborn* stand.

»Ich glaube, wir sind gleich da«, sagte sie.

9

Marc parkte den Golf auf dem großen Parkplatz vor der Universität Paderborn, einem Konglomerat aus Glas und Beton, das die Hochschule auf den ersten Blick als typische funktionale Neugründung der Siebzigerjahre auswies.

Durch den Haupteingang gelangten Edda und Marc in eine große Halle mit einem gläsernen Informationsschalter. Dort erfuhren sie, dass sich die Fakultät für Kulturwissenschaften im dritten Stock im Gebäudeteil H befand.

Sie fuhren mit dem Fahrstuhl nach oben und erreichten einen langen Gang, von dem nach rechts und links grün gestrichene Türen abgingen. Sie folgten dem Flur, bis sie neben einer Tür die Aufschrift lasen: *Raum H3 320 Institut für Germanistik und Vergleichende Literaturwissenschaft, Prof. Dr. Zeidler.*

Edda klopfte an und öffnete die Tür, ohne eine Antwort abzuwarten. Das Büro war sonnendurchflutet, denn das Fenster gegenüber der Tür nahm die gesamte Wandfläche ein. Die Wände rechts und links waren mit Regalen bedeckt, in denen Aktenordner und Bücher untergebracht waren. An der Decke hingen Neonröhren, ein Schreibtisch, vier Stühle und eine Yucca-Palme komplettierten die Einrichtung des Raumes.

Hinter dem Schreibtisch saß ein Mann mit hoher Stirn und Knollennase, den Marc auf Ende fünfzig, Anfang sechzig schätzte. Sein dünnes graues Haar hatte der Mann sorgfältig über seine kahlen Stellen gekämmt. Mit seiner mürrischen Miene, dem mausgrauen Anzug und der dezenten blauen Krawatte wirkte er wie das Musterbeispiel eines akademischen Langeweilers.

Als er Edda erblickte, hellte sich sein Gesicht auf und er erhob sich, um seine Besucher zu begrüßen.

»Sie müssen Frau Wehking sein«, stellte Professor Zeidler fest. Er schüttelte Edda die Hand und musterte sie eingehend. »Also, um ganz ehrlich zu sein: Wenn Sie sich nicht angemeldet hätten, hätte ich Sie nicht erkannt. Als ich Sie das letzte Mal gesehen habe, waren Sie etwa so groß ...«, Zeidler hielt die Hand einen knappen Meter über den Boden, »und hatten blonde Locken. Aber Sie haben sich durchaus zu Ihrem Vorteil verändert, wenn ich das sagen darf.«

Marc registrierte, dass Edda rot anlief. »Ich wusste gar nicht, dass wir uns schon einmal getroffen haben«, bekannte sie.

»Anfang der Achtzigerjahre haben Sie mich hier einige Male in Begleitung Ihres Vaters besucht. Aber wahrscheinlich waren Sie zu jung, um sich noch daran zu erinnern. Ihr Vater war wie Ihr Großvater fasziniert von germanischer Mythologie und hat intensiv darüber geforscht. Ich habe nie verstanden, warum er nicht zu Ende studiert hat.«

Edda zuckte mit den Achseln. »Die Eltern meiner Mutter besaßen ein Maschinenbauunternehmen in Enger. Mein Vater hat seinem Schwiegervater versprochen, das Unternehmen nach dessen Tod weiterzuführen. Deshalb hat er sein Studium abgebrochen und sich mit germanischer Mythologie nur noch als Hobby befasst.«

Auf einmal schien ihr bewusst zu werden, dass sich noch jemand im Raum befand, denn sie wandte sich zu Marc.

»Das ist Herr Hagen«, stellte Edda ihn vor. »Herr Hagen ist Anwalt und hilft mir bei der Regelung des Nachlasses meines Vaters.«

Zeidler nickte Marc kurz zu und setzte eine betrübte Miene auf. »Ich habe gehört, dass Ihr Vater kürzlich verstorben ist. Mein herzliches Beileid.«

»Danke«, gab Edda knapp zurück und kam auf ihr eigentliches Anliegen zu sprechen: »Sie hatten sich freundlicherweise bereit erklärt, uns ein paar Fragen zu beantworten.«

Zeidler nickte. »Ich würde mich sehr freuen, wenn ich der Enkelin meines hochverehrten Lehrers helfen könnte.«

Er räumte zwei Stapel Schnellhefter von den Stühlen, die gegenüber seinem Schreibtisch standen, und hieß Edda und Marc, darauf Platz zu nehmen.

»Also, was wollen Sie wissen?«, fragte er.

»Wie ich schon am Telefon sagte, geht es um Runen«, hob Edda an. »Soweit ich weiß, kennen Sie sich damit sehr gut aus.«

»Das ist stark übertrieben«, wehrte Zeidler bescheiden ab. »Ich habe mich damit nur ganz am Rande befasst. Sehen Sie, seit 1945 ist Runenforschung in diesem Land nicht mehr en vogue. Dabei sind Runen viel älter als das Dritte Reich und gehören genauso zu unserer kulturellen Vergangenheit wie die germanische Mythologie und das Nibelungenlied. Außerdem sind Runen für uns Sprachwissenschaftler eine äußerst wichtige Quelle der Erforschung der deutschen Sprache und ihrer Wurzeln. Ohne Runen könnten wir die Herkunft vieler deutscher Wörter nicht verstehen.«

»Schade«, meldete Marc sich zu Wort. »Wir hatten gehofft, Sie könnten uns bei der Entzifferung eines Textes helfen, der in Runenschrift geschrieben ist.«

»Lassen Sie es mich versuchen«, gab Zeidler zurück. »Runen waren die große Leidenschaft Ihres Großvaters und ich habe ein wenig von seinem riesigen Wissen und Erfahrungsschatz profitieren können.« Er rieb sich die Hände, als wolle er sie waschen. »Also, was haben Sie für mich?«

Edda zog ihr Handy aus der Tasche. »Die Zeilen haben wir an den Externsteinen gefunden. Höchstwahrscheinlich handelt es sich um eine Nachricht meines Vaters.« Sie reichte Zeidler das Gerät über den Tisch, aber der schüttelte nach wenigen Sekunden den Kopf.

»Auf dem winzigen Display ist nichts zu erkennen«, sagte er. »Einen Moment, bitte.« Der Professor verband das Mobiltelefon mit dem PC auf seinem Schreibtisch und drückte ein paar Tasten. Einige Mausklicks später erschien ein Foto auf dem Bildschirm. Zeidler druckte das Bild zweimal aus und gab einen DIN-A4-Ausdruck an Edda weiter.

»Das sieht doch schon mal ganz anders aus«, murmelte der Forscher zufrieden, während er das Foto betrachtete. »Ich kann Ihnen zunächst einmal bestätigen, dass es sich tatsächlich um Runen handelt. Das Wort Rune bedeutet übrigens ›geheim‹ oder ›verborgen‹ und ist eng verwandt mit dem deutschen Wort ›raunen‹, was in etwa synonym ist mit ›ein Geheimnis flüstern‹. Runen sind die Schriftzeichen der alten germanischen und nordischen Völker. Wann und wie die Runen entstanden sind, ist unklar. Man schätzt, dass sie zwischen zweihundert vor und zweihundert nach Christus entwickelt wurden und bis circa fünfhundert nach Christus in Gebrauch geblieben sind, in einigen nordischen Ländern noch wesentlich länger. Wie Sie sehen, werden Runen durch scharf voneinander getrennte Linien gebildet, die man auf Metall, in Stein oder in Holz, insbesondere in Buchenholzstäbchen, ritzte. Daraus ist später das heutige Wort Buchstabe entstanden, das also nichts mit Büchern, sondern mit Buchen zu tun hat.«

»Das ist alles hochinteressant«, unterbrach Marc den Redefluss des Professors. »Und was bedeuten speziell diese Runen?«

»Oh, es ist sehr, sehr schwierig, alte Runen zu übersetzen.«

Edda und Marc wechselten einen enttäuschten Blick. »Aber es handelt sich doch gar nicht um alte Runen, sondern um eine Nachricht meines Vaters«, versuchte Edda, den Professor zu motivieren. »Ich bin mir sicher, dass er mir keine Botschaft hinterlassen hätte, die unverständlich ist.«

Zeidler nickte bedächtig. »Das könnte ein Ansatzpunkt sein«, meinte er. »Ich werde etwas ausprobieren. Ich bin gleich zurück.«

Edda und Marc nickten synchron und Zeidler verließ den Raum mit dem Fotoausdruck in der Hand.

Erst eine knappe Viertelstunde später kehrte er zurück und lächelte. »Wie ich vermutet hatte«, sagte er. »Ein relativ simpler Austausch- oder Substitutionscode, wenn Sie so wollen. Es gibt ein Runenalphabet, Futhark genannt. Das klassische ältere Futhark besteht aus vierundzwanzig Runen. Was das Runenalphabet ganz wesentlich vom lateinischen Alphabet unterscheidet, ist die Tatsache, dass jede Rune einen phonetischen Laut, einen numerischen Wert, einen Namen und darüber hinaus eine symbolische Bedeutung hat. So steht beispielsweise die erste Rune *Fehu* nicht nur für den Laut F, sondern auch für das Wort Vieh und die Zahl Eins. Außerdem können Runen im Gegensatz zur lateinischen Schrift auch von rechts nach links gelesen werden, was Sie sonst vom Hebräischen oder Arabischen kennen. Haben Sie das bis hierher verstanden?«

Edda und Marc nickten.

»Gut, dann weiter. Man kann den einzelnen Runen lateinische Buchstaben zuordnen. Das ist allerdings nicht als exakte Entsprechung, sondern als Hilfskonstruktion zu verstehen.

Wie ich schon sagte, bilden die Runen Lautwerte und bei der Umsetzung von lateinischer Schrift in Runenschrift richtet man sich nach diesem Laut. So steht A zum Beispiel für die Rune Ansuz, B für die Rune Berkana, C für Kenaz und so weiter. Ich habe das mal für Sie aufgeschrieben.«

Er überreichte Marc einen Zettel, auf dem jeder der vierundzwanzig Runen des Futharks ein lateinischer Buchstabe zugeordnet war. Marc warf einen Blick auf den Zettel und steckte ihn in seine Hosentasche.

Zeidler fuhr fort: »Und wenn man diese Zuordnung jetzt Rune für Rune bei dem Text Ihres Vaters umsetzt, kommt das dabei heraus.«

Er legte einen weiteren Zettel auf den Tisch.

Marc und Edda steckten die Köpfe zusammen und lasen gemeinsam:

Verfolge die Ahnenreihe zurück
Dann wirst du den Mittelpunkt finden
Dort steht die Irminsul
Sie zeigt dir den Feind und den Sieger

Marc warf Edda einen fragenden Blick zu, doch die hob nur resignierend die Achseln.

»Haben Sie eine Ahnung, was das bedeuten soll?«, wandte sich Marc daraufhin an Zeidler.

»Ich bin mir nicht sicher«, gab der zurück. »Ich müsste mehr über den Kontext erfahren.«

Marc sah Edda erneut an, die mit einem Nicken ihr Einverständnis signalisierte.

»Herr Wehking hat seiner Tochter nicht nur diese Nachricht hinterlassen«, erklärte Marc. »Es gibt noch eine weitere.«

Er übergab Zeidler den Zettel mit der ersten Botschaft und erklärte, was sie bisher herausgefunden hatten.

»Sehr mysteriös«, bemerkte Zeidler, nachdem er den Zettel gelesen hatte.

»Ich denke, wenn wir den zweiten Text verstehen wollen, müssen wir wieder mit dem ersten Satz beginnen«, überlegte Marc. »Was soll das heißen: Verfolge die Ahnenreihe zurück?«

»Vielleicht meint mein Vater den Stammbaum unserer Familie«, schlug Edda vor. »Ich fange bei mir an, dann muss ich zu meinen Eltern zurückgehen, von ihnen zu meinen Großeltern und so weiter. Aber das verzweigt sich ja bis ins Unendliche und wo soll ich aufhören?«

»Ich glaube, ich weiß, was das bedeuten soll«, meldete Zeidler sich zu Wort. »Es geht um die alte germanische Ahnenreihe. Dafür spricht unter anderem, dass Ihr Vater die Nachricht in Runenschrift verfasst hat, der Schrift der alten Germanen. Außerdem hat er in beiden Botschaften den Begriff Irminsul verwendet. Ist Ihnen bekannt, was das ist?«

»Ja«, bestätigte Marc. »Ein altes sächsisches Heiligtum, das die Weltesche Yggdrasil aus der germanischen Mythologie symbolisieren soll.«

»Korrekt«, sagte Zeidler. »Ist Ihnen auch klar, dass es noch heute eine Irminsul gibt, die wir alle verwenden?«

»Heute noch?«, staunte Marc.

»Ja, oder was glauben Sie, woher die Tradition stammt, zu Weihnachten einen Weihnachtsbaum aufzustellen?«

»Ich … äh …«

»Unser Weihnachtsbaum ist ein Abbild des immergrünen Weltenbaums, das Symbol für die Verbindung des Menschen mit anderen Welten, genauso wie die gewaltige Esche Yggdrasil in der germanisch-nordischen Mythologie Himmel, Erde und Unterwelt verbindet und zusammenhält.«

»Da habe ich mal wieder etwas dazugelernt«, musste Marc zugeben und deutete auf den Zettel, um Zeidler zur Ausgangsfrage zurückzuführen. »Aber noch mal zur germanischen Ahnenreihe. Was ist das?«

Zeidler lehnte sich tief in seinen Sessel und legte die Fingerspitzen aneinander. »Nach dem sogenannten völkischen Geschichtsbild, das insbesondere zu Beginn des zwanzigsten Jahrhunderts bis zum Ende des Dritten Reiches in Deutschland sehr populär war, beginnt die germanische Ahnenreihe direkt bei Odin in Walhall und geht über Arminius den Cherusker und den Sachsenherzog Widukind bis zu König Heinrich I. Diese Ahnenreihe oder ›Geisterreihe‹ wird sogar in einigen völkischen Romanen der Zwanziger- und Dreißigerjahre des letzten Jahrhunderts thematisiert, so zum Beispiel in dem Roman *Die Stedinger* von Wolfgang Schreckenbach aus dem Jahr 1936.«

»Und was hat das mit meinem Vater oder mit mir zu tun?«, fragte Edda skeptisch.

Zeidler schmunzelte. »Nun, das ist ein weiterer Grund, warum ich überzeugt bin, dass Ihr Vater *diese* Ahnenreihe gemeint hat. Er glaubte, direkt von diesen Ahnen abzustammen.«

Edda schüttelte den Kopf. »Davon habe ich noch nie etwas gehört«, sagte sie ungläubig.

»Ich kann Ihnen das erklären«, entgegnete Zeidler. »Mich hat die Theorie Ihres Vaters damals sehr beeindruckt. Es ist bekannt, dass eine große Zahl germanischer Fürstenhäuser ihre Herkunft direkt auf Odin zurückgeführt hat. Daher kann man Odin durchaus als Ahnherrn des Cheruskerfürsten Arminius ansehen. Nach Arminius' Tod wurde sein Neffe Italicus, der Sohn seines Bruders Flavus, was so viel wie ›der Flachsblonde‹ heißt, König der Cherusker. Die Cherusker nannten Italicus in ihrer Sprache Witte-Kind, den ›Sohn des Weißen‹ oder ›Kind des Fahlen‹, womit gleichzeitig ein neuer Stammesname, die West- und Ost-Falen, und der Herrschername Wittekind oder Widukind entstand. Der Sachse Widukind, der im achten Jahrhundert nach Christus gegen die Franken Karls des Großen kämpfte, führte die Stammesreste der Cherusker und ist somit ein Nachfahre der Cheruskerfürsten Arminius und Italicus. Mathilde, die Frau von König Heinrich I., war wiederum eine Ur-Ur-Urenkelin Widukinds. Und so haben wir der Theorie Ihres Vaters zufolge eine direkte Ahnenreihe von Odin bis Heinrich I.«

»Ich verstehe immer noch nicht, was das mit meiner Familie zu tun haben soll.«

»Nun, Ihre Familie heißt Wehking. Und Wehking oder Weking ohne h ist nichts anderes als ein anderer Name für Widukind.«

»Aber es gibt doch viele Menschen, die Wehking heißen«, gab Marc zu bedenken. »Warum sollten gerade diese Wehkings von Widukind abstammen?«

»Eine gute Frage. Die Namen Wehking oder Wedeking sind in Ostwestfalen recht verbreitet. Aber Frau Wehkings Vater führte auch noch Folgendes an: Widukinds Nachfahrin Mathilde, die Frau Heinrichs I., stammt aus der Gegend von Enger, der Geburtsstadt von Herrn Wehking. Mathilde hatte in Enger sogar ein Stift gegründet. Herr Wehking war felsenfest davon überzeugt, dass er ein direkter Nachkomme Mathildes ist. Ob es ihm gelungen ist, das nachzuweisen, weiß ich allerdings nicht.«

»Gut, lassen Sie uns davon ausgehen, dass die Ahnenreihe Odin–Arminius–Widukind–Heinrich I. mit der Ahnenreihe in der Botschaft gemeint ist. Aber wie kommen wir jetzt weiter?«

»Vielleicht sollten wir die vier mal jeden für sich betrachten«, schlug der Professor vor. »Ich werde Ihnen mal ein bisschen was erzählen: Odin, auch Wotan oder Wodan genannt, war natürlich keine reale Person, sondern Anführer des Göttergeschlechts der Asen und der höchste Gott der germanisch-nordischen Mythologie und Religion. Odin wohnt in Asgard in seinem Palast Walhall, von wo aus er über die Welt und die Menschen waltet. Odin weiß, dass es eines Tages zum Endkampf der Götter gegen die feindlichen Riesen kommen wird. Da Odin dafür rüsten muss, treibt er die Menschen unten auf der Erde in den Kampf, um seine Streitmacht aus den Tapfersten zu rekrutieren, die er vom Schlachtfeld auflesen lässt. Diese gefallenen Helden werden von den Walküren nach Walhall, der Halle der Gefallenen, geholt und Teil von Odins persönlicher Armee, der Einherier. In Walhall erwarten die Einherier unter fortwährendem Festgelage mit Unmengen Fleisch, Met und Sportwettkämpfen die Götterdämmerung Ragnarök, das Ende der Welt. Dann wird Odin sie zur letzten großen Schlacht aufrufen. Odin war es übrigens auch, dem als Erstem die Geheimnisse und die Bedeutung der Runen offenbart wurden und der die Runen in die Welt eingeführt hat. Nach der *Edda* hat Odin sich selbst mit einem Speer verwundet, dann hing er neun Nächte lang an der Weltesche Yggdrasil und bekam durch dieses qualvolle Selbstopfer die Weisheit der Runen geschenkt.«

»Der Nächste in der Reihe ist Arminius«, versuchte Marc, das Tempo zu forcieren. »Der hat im Jahr 9 nach Christus, also vor genau zweitausend Jahren, die römischen Legionen unter Varus bei der Schlacht am Teutoburger Wald besiegt. Von Widukind weiß ich nur, dass er ein Sachsenherzog war und gegen Karl den Großen gekämpft hat. Und über Heinrich I. weiß ich gar nichts.«

»Heinrich I. war nach dem völkischen Geschichtsbild der Gründer des deutschen Reiches, ansonsten kann ich Ihnen über den auch nur wenig erzählen. Ich bin Germanist, kein Historiker. Aber warten Sie mal.«

Zeidler griff zum Telefon und tippte eine Nummer ein. Er wartete ein paar Sekunden, dann sagte er: »Hallo, Martin, Hans hier. Hast du einen Moment Zeit? – Das ist schön. – Nein, wir brauchen einen Experten für Geschichte. Kannst du kommen? – Ja, ich bin in meinem Büro. Bis gleich.«

Er legte auf und wandte sich wieder seinen Besuchern zu. »Das war Prof. Dr. Dr. Geissler vom Historischen Institut. Er kommt gleich. Ich bin mit meinem Wissen leider am Ende. Außerdem muss ich mich langsam verabschieden, ich habe noch einen Termin. Aber wenn Ihnen jemand weiterhelfen kann, dann ist es Professor Geissler.«

10

Alle schon eingetroffenen Mitglieder der Thule hatten sich im großen Saal von Asgard versammelt. Von Sebottendorffs Handy piepste die Ouvertüre von *Tannhäuser*. Er hielt das Telefon dicht an sein Ohr und wandte sich zur Seite, um besser hören zu können.

»Hier ist Hugin«, meldete sich eine Stimme. »Ich habe den Anwalt überprüft. Zumindest so weit, wie das in der kurzen Zeit möglich war.«

Von Sebottendorff warf einen unwirschen Blick in die Runde seiner munter miteinander plaudernden Freunde. Er stand auf, verließ den Raum und schloss die schwere Eichentür hinter sich. Sofort umgab ihn wohltuende Ruhe.

»Und, hat der Anwalt eine Schwachstelle?«, fragte er.

Sein Gesprächspartner lachte. »Man könnte sagen, dieser Hagen ist eine einzige Schwachstelle. Geboren am 20. Juli 1971 in Bielefeld. Dort ist er auch aufgewachsen, zur Schule gegangen und hat Jura studiert. Nach dem Zweiten Juristischen Staatsexamen wollte er promovieren, hat die Promotion aber nicht abgeschlossen. Es gibt einige Veröffentlichungen von ihm aus dieser Zeit. Sobald ich Kopien habe, faxe ich sie nach Asgard. Kurz nach dem Weggang von der Uni hat er eine Stelle als Richter beim Sozialgericht Detmold angetreten.«

»Bis jetzt vermag ich keine Schwachstelle zu erkennen«, unterbrach von Sebottendorff.

»Nur Geduld, denn jetzt beginnt Hagens Absturz. Nach einigen Monaten hat er sein Richteramt an den Nagel gehängt. Warum, habe ich noch nicht herausgefunden. Auf jeden Fall hat er sich im Januar 2001 in Bielefeld als Rechtsanwalt selbstständig gemacht. Allerdings nicht allzu erfolgreich, um es freundlich auszudrücken, er hat in relativ kurzer Zeit fünfzigtausend Euro Schulden angehäuft. Deswegen hat er im Dezember 2002 auch seine Anwaltszulassung verloren. Offizielle Begründung: Vermögensverfall.« Hugin räusperte sich. »Und jetzt startet Hagens kriminelle Karriere. Am 25. Mai 2003 hat Hagen seinen eigenen Tod vorgetäuscht und sich auf die Karibikinsel Antigua abgesetzt. Seine Freundin Jana Wittland hat 1,3 Millionen Euro aus Hagens Lebensversicherung kassiert und ist ihm nach Antigua gefolgt.«

»Jana Wittland«, überlegte von Sebottendorff laut. »Der Name kommt mir irgendwie bekannt vor.«

»Jana Margarete Wittland«, bestätigte Hugin. »Geboren am 15. Juni 1977. Ab 1983, also mit sechs Jahren, Mitglied der Wotan-Jugend, ab 1995 Jungmädel- und Jungfrauenführerin der WJ.«

Von Sebottendorff nickte. Er hatte ja gewusst, dass er den Namen schon einmal gehört hatte. Die Thule-Gesellschaft beobachtete viele Organisationen des rechtsextremen Spektrums, darunter auch die Wotan-Jugend. Ziel war es, aus den tapfersten, fähigsten und entschlossensten Köpfen dieser Vereinigungen Nachwuchs für die Thule zu rekrutieren und sich auf diese Weise wie einst Odin für den bevorstehenden Endkampf zu rüsten.

»Anfang 2003 ist Jana Wittland aus der Wotan-Jugend ausgestiegen und hat Hagen kennengelernt«, setzte Hugin seinen Vortrag fort. »Die beiden sind ein Paar geworden und Hagen hat die Wittland zur Begünstigten seiner Lebensversicherung eingesetzt. Nach Hagens vorgetäuschtem Tod haben die beiden bis Ende 2004 auf Antigua gelebt. Anfang Dezember 2004 hatten die beiden auf Antigua einen schweren Autounfall, bei dem Jana Wittland ums Leben gekommen ist. Dadurch wurde Hagen enttarnt und Ende Dezember 2004 nach Deutschland ausgeliefert. Am 10. Mai 2005 wurde er vom Landgericht Bielefeld wegen Vortäuschens einer Straftat und Betruges zu einer zweijährigen Freiheitsstrafe auf Bewährung verurteilt. Noch im gleichen Monat hat Hagen eine Stelle als Angestellter bei der Bielefelder Anwältin Dr. Irene von Kleist angetreten. Ohne Zulassung konnte er dort nicht als Anwalt arbeiten und hat wohl so etwas wie juristische Hilfsdienste verrichtet. Vor etwa drei Monaten hat er seine Anwaltszulassung zurückbekommen, fast gleichzeitig hat sich Irene von Kleist ins Privatleben zurückgezogen und ihm ihre Kanzlei übergeben. Seitdem arbeitet Hagen erneut als selbstständiger Anwalt. Und schon wieder nicht sonderlich erfolgreich, wie man hört. Der Kreis scheint sich also zu schließen.«

»Mhm.« Von Sebottendorff dachte nach. Der Mann bot tatsächlich viele Angriffspunkte. Fast die Qual der Wahl. »Wie sieht es mit seinem Privatleben aus?«, wollte er wissen.

»Er lebt allein in einer kleinen Wohnung in Bielefeld. Zu seinen Eltern hat er anscheinend kaum noch Kontakt. Seit dem Tod von Jana Wittland hatte er lange keine feste Beziehung. Doch seit zwei Monaten ist er mit einer ehemaligen Mandantin zusammen, einer Melanie Schubert, achtundzwanzig Jahre alt. Die Frau hat ein siebenjähriges Kind mit in die Beziehung gebracht. Die Sache hat in der Presse einen Riesenwirbel verursacht.«

»Wieso? Ist es so ungewöhnlich, dass ein Anwalt ein Verhältnis mit einer Mandantin beginnt?«

»Im Allgemeinen nicht. In diesem speziellen Fall schon. Sie sind doch Jurist. Haben Sie schon mal was vom *Haustyrannenfall* gehört?«

Von Sebottendorff dachte einen Moment nach. »Nein«, bekannte er.

Hugin lachte erneut. »Na, dann passen Sie mal auf …«

11

Es klopfte an der Tür, die gleich darauf geöffnet wurde.

Marc hatte einen weiteren grauhaarigen Professor im Anzug erwartet, sah sich aber getäuscht. Der Mann, der das Büro von Zeidler betrat, war einige Jahre jünger als er selbst, wahrscheinlich noch keine dreißig. Er war blond, bartlos und rosawangig. Bekleidet war er mit einem Holzfällerhemd, ausgewaschenen Jeans und klobigen Wanderschuhen.

Vielleicht noch gar nicht der Professor, sondern nur eine studentische Hilfskraft, ging es Marc durch den Kopf.

»Das ist Prof. Dr. Dr. Geissler«, stellte Zeidler den Neuankömmling nicht ohne Stolz vor. »Ich sehe das Erstaunen in Ihren Augen, aber er ist es wirklich. Herr Geissler ist der jüngste Professor Deutschlands. Er hat nicht nur in Geschichte, sondern auch in Philosophie promoviert. Außerdem …«

»Das reicht«, unterbrach Geissler seinen älteren Kollegen und schüttelte Edda die Hand.

»Wehking«, stellte sie sich vor und deutete auf Marc. »Das ist Herr Hagen.«

Geissler nickte ihm zu. »Wie kann ich helfen?«, fragte er.

»Frau Wehking ist die Enkelin meines ehemaligen Lehrers Professor Wehking von der Universität Münster«, erklärte Zeidler.

Geissler betrachtete Edda noch eine Spur interessierter. »Ich habe viel von Ihrem Großvater gehört.«

Edda machte ein etwas unglückliches Gesicht und wusste offensichtlich nicht, was sie sagen sollte.

Zeidler rettete die Situation. »Ich habe Frau Wehking und Herrn Hagen von der alten germanischen Ahnenreihe Odin–Arminius–Widukind–Heinrich I. erzählt. Wie du ja weißt, sind meine historischen Kenntnisse begrenzt und da habe ich gedacht, du könntest den beiden besser helfen.«

»Ich kann es zumindest versuchen«, gab Geissler zurück. »Auch wenn mein Spezialgebiet eigentlich die Zeit des Nationalsozialismus und insbesondere Heinrich Himmler ist. Allerdings haben die genannten Personen der Ahnenreihe für Himmler eine nicht unbeträchtliche Rolle gespielt. Wenn natürlich auch ohne ihr Wissen.« Geissler grinste breit.

»Sie sehen, Sie sind bei meinem Kollegen in den besten Händen.« Zeidler erhob sich. »Fühlen Sie sich hier wie zu Hause und bleiben Sie, solange Sie möchten. Martin, nimm Platz.«

Der Germanist deutete auf seinen Drehsessel. Dann schüttelte er Edda und Marc zum Abschied die Hand.

»Haben Sie vielen Dank«, sagte Edda. »Vielen Dank für Ihre Hilfe.«

»Kein Problem. Es wäre nett, wenn Sie mir bei Gelegenheit mal berichten würden, wohin die Botschaften Ihres Vaters Sie geführt haben. Ich muss zugeben, ich bin ein bisschen neugierig geworden.« Er warf einen schnellen Blick auf seine Uhr. »So, jetzt muss ich aber wirklich los. Viel Glück.«

Er verließ das Büro und Professor Geissler nahm den

Platz hinter Zeidlers Schreibtisch ein. »Schießen Sie los«, forderte er Edda auf.

Edda fasste die Geschehnisse des Tages zusammen. »Und von Ihnen würden wir jetzt gern mehr über diese germanische Ahnenreihe erfahren«, beendete sie ihren Vortrag.

»Nun, Arminius, Widukind und Heinrich I. haben eines gemeinsam: Heinrich Himmler hat sie sehr bewundert, um nicht zu sagen verehrt. Im Falle des Arminius ist der Grund dafür offensichtlich: Er hat im Jahr 9 nach Christus durch seinen Sieg gegen die Römer die untereinander zerstrittenen und verfeindeten nordgermanischen Stämme erstmals geeint und damit, wenn man so will, den Vorläufer für Deutschland geschaffen. Widukind war der Anführer der Sachsen, die in den Jahren 772 bis 785 gegen die Franken Karls des Großen gekämpft haben. Himmler hat an Widukind bewundert, dass der sich so lange der Einführung des Christentums widersetzt hat. Himmler hat die Christen gehasst und war der Auffassung, das Christentum habe die germanischen Wurzeln vernichtet und dem deutschen Volk Wesen, Lehre und Ahnen eines fremden Volkes, dem der Juden, untergeschoben. Deshalb wollte Himmler nicht nur das Christentum abschaffen, sondern auch eine neugermanische Ersatzreligion einführen.«

»Aber hat sich Widukind nicht schließlich doch taufen lassen?«, erinnerte sich Edda.

Geissler nickte. »Das war nach Himmlers Meinung Widukinds einziger Fehler. Und sein Taufpate war ausgerechnet Karl der Große gewesen, den Himmler als Verantwortlichen der Christianisierung der Sachsen besonders verachtete. Himmler hat sogar durch das Ahnenerbe Nachforschungen anstellen lassen, ob die Taufe Widukinds vielleicht gar nicht stattgefunden hat, dass also an der entsprechenden Stelle die fränkischen Reichsannalen gefälscht worden sind. Das erhellt übrigens sehr schön Himmlers Geschichtsverständnis: Sein Ahnenerbe sollte zwar pro forma die germanische Geschichte unter Anwendung exakter wissenschaftlicher Methoden erforschen, tatsächlich ging es aber um das genaue Gegenteil: Die wissenschaftliche Praxis von Himmler sah so aus, dass er eine einmal gefasste These wie ein feststehendes Axiom behandelt hat, zu dem die beweiskräftigen Fakten selektiert werden mussten. Tatsachen, die eine These nicht stützten, wurden entweder ignoriert oder abgeändert. Nach diesem Muster ist Himmler auch mit Heinrich I. verfahren.«

»Inwiefern?« Marc seufzte innerlich. Dass diese Wissenschafter sich nicht kurz fassen konnten.

»Heinrich I., auch Heinrich der Vogler genannt, war von 919 bis zu seinem Tod am 2. Juli 936 König des Ostfrankenreichs. Genau eintausend Jahre später, am 2. Juli 1936, hat Himmler die damals leere Gruft Heinrichs I. im Quedlinburger Dom besucht. Anschließend hat er den SS-Obersturmführer Dr. Höhne mit der Nachforschung über den Verbleib der Gebeine Heinrich I. beauftragt. Höhne wusste natürlich, was von ihm erwartet wurde, und hat prompt Heinrichs Überreste im Untergrund der Krypta des Quedlinburger Doms gefunden. Ein Jahr später, 1937, erfolgte auf persönliche Anweisung Himmlers in einer feierlichen Prozession die Grablegung der angeblichen Gebeine Heinrich I. im Quedlinburger Dom. Himmler hat sich dann in den Folgejahren bis 1944 an jedem Todestag Heinrich I. nach Quedlinburg aufgemacht und sein großes Idol besucht.«

»Was hat Himmler denn an Heinrich I. so fasziniert?«, wollte Marc wissen.

»Da war zum einen die Ostpolitik Heinrich I. Er galt als Slawenbezwinger, also genau das, was der Polenhasser Himmler auch werden wollte. Als Christenhasser hat Himmler an Heinrich I. bewundert, dass er der einzige König seiner Zeit war, der die kirchliche Salbung, obwohl ausdrücklich von der Kirche angeboten, abgelehnt hat. Himmler hat sich Heinrich I. so eng verbunden gefühlt, dass er sich sogar als Reinkarnation Heinrich I. gesehen und behauptet hat, im Halbschlaf erscheine ihm der Geist König Heinrichs und gebe ihm wertvolle Ratschläge. Und dann soll Heinrich I. auch den sogenannten Speer des Longinus in seinem Besitz gehabt haben. Dabei handelt es sich um den Speer, den der römische Hauptmann Longinus der Legende zufolge dem gekreuzigten Christus in die Seite gestochen hat. Himmler hat sich natürlich eine Kopie dieses Speers anfertigen lassen.«

Der Speer des Schicksals! Marc war sofort hellhörig geworden.

»Auf diesen Speer sind wir heute schon mal gestoßen«, ermunterte er den Historiker fortzufahren.

»Nun, Himmler war fest davon überzeugt, dass der Speer tatsächlich existierte. Wie er im Übrigen auch fest an die Existenz des Heiligen Grals glaubte. In gewisser Weise hatte Himmler den gleichen Ansatz wie Schliemann. Für ihn waren Sagen wie die *Edda* keine Fantasieprodukte, sondern ›das Gesagte, die Chronik‹. Himmler glaubte, man müsse nur die Zeugen der Geschichte ›aus den Sagen‹ und ›aus dem Boden‹ herausholen. Genau das sollte das Ahnenerbe für ihn übernehmen. Himmler hat sogar den damals berühmtesten Gralsforscher, Otto Rahn, dazu bringen können, für ihn zu forschen. Rahn unternahm für das Ahnenerbe mehrere Forschungsreisen und bei einigen dieser Reisen hat ihn Frau Wehkings Großvater begleitet, wie man nach seiner … nun ja … Enttarnung festgestellt hat.«

Edda und Marc wechselten einen schnellen Blick. Die Wahrscheinlichkeit stieg, dass die geheimnisvollen Botschaften von Eddas Vater sie tatsächlich zum Speer des Longinus führen würden.

Edda reichte Geissler den Zettel mit der zweiten Anweisung ihres Vaters. »Das ist die Nachricht meines Vaters, von der ich Ihnen eben schon erzählt habe«, erläuterte sie. »Wie kommen wir weiter?«

Der Historiker reichte den Zettel zurück. »Nun, ich denke, Sie sollen genau das tun, was dort steht: Verfolgen Sie die Ahnenreihe zurück. Wenn Sie das tun, landen Sie bei Odin. Dann werden Sie den Mittelpunkt finden, was auch immer das sein mag.«

»Das verstehe ich nicht. Was hat Odin mit einem Mittelpunkt zu tun?«

Geissler hob die Schultern. »Ich fürchte, da kann ich Ihnen nicht helfen. Für mythologische Gestalten bin ich der falsche Ansprechpartner.«

»Vielleicht haben wir die Anweisung falsch verstanden«, dachte Marc laut. »›Verfolge die Ahnenreihe zurück‹ kann auch bedeuten, dass wir die Orte aufsuchen sollen, die heute noch an die Personen der Ahnenreihe erinnern. Wenn ich Sie richtig verstanden habe, liegen die angeblichen Gebeine Heinrich I. in Quedlinburg.«

»Das ist korrekt«, bestätigte Geissler. »Und die angeblichen Gebeine Widukinds befinden sich in der Stiftskirche in Enger.«

»Okay«, meinte Marc. »Nun wird es schwierig. Soweit mir bekannt ist, weiß niemand, wo Arminius begraben ist.«

Er warf Geissler einen fragenden Blick zu.

»Das ist richtig«, bestätigte der. »Wir wissen, dass Arminius im Jahr 21 nach Christus ermordet wurde, aber seine Grabstätte ist unbekannt. Allerdings weiß jeder, wo sein Denkmal steht: das Hermannsdenkmal bei Detmold.«

»Vielleicht hat Frau Wehkings Vater das gemeint«, stimmte Marc zu. »Aber damit ist der Weg wohl endgültig zu Ende. Ein Grab Odins existiert natürlich nicht. Und ein Odin-

Denkmal gibt es meines Wissens auch nicht. Genauso wenig wie Walhall.«

»Da muss ich entschieden widersprechen«, sagte Geissler zu Marcs Erstaunen. »Walhall existiert, sogar ganz hier in der Nähe. Wenn Sie gleich losfahren, können Sie in einer halben Stunde da sein.«

Edda und Marc starrten ihn an. »Was?«

Geissler schmunzelte. »Nun, es handelt sich natürlich nicht um das richtige Walhall, aber der Ort wird im Volksmund so genannt: die Wewelsburg bei Büren.«

»Von der habe ich schon gehört«, sagte Marc. »Ist die nicht von der SS umgebaut worden?«

»Ja, Himmler wollte aus der Wewelsburg eine Ordensburg der SS machen. Er sah in der SS so etwas wie einen zweiten Deutschen Ritterorden und Vorbild der Wewelsburg war die Marienburg der Deutschritter in Westpreußen. Die Deutschritter haben ihre berühmtesten Toten unter dem Chor der Schlosskirche begraben. Entsprechend gibt es Hinweise, dass es Himmlers Wunsch war, nach seinem Tod unter der Wewelsburg begraben zu werden. So hat er in der Wewelsburg eine Krypta bauen lassen und diese Krypta wird im Volksmund Walhall genannt. Daneben gibt es natürlich auch noch die Walhalla bei Regensburg.«

»Dabei fällt mir auf«, überlegte Marc langsam, »bis auf Quedlinburg liegen alle Orte, auf die die Ahnen der Ahnenreihe verweisen, in Ostwestfalen-Lippe. Das Grab von Widukind in Enger und das Hermannsdenkmal bei Detmold. Da passt die Wewelsburg genau ins Bild.«

»Das ist kein Zufall, dass Himmler den Ort für sein Walhall gerade hier bestimmt hat«, ergänzte Geissler. »Das heutige Ostwestfalen-Lippe war für die Nazis altes germanisches Kernland. Hier stehen die Externsteine, die die Nazis als germanisches Heiligtum interpretiert haben, hier hat Arminius in der Varusschlacht die Römer besiegt, hier hat der Sachse Widukind gegen Karl den Großen gekämpft. Im Frühmittelalter befand sich ›Sachsen‹ nämlich hier, in Ostwestfalen, und nicht um Leipzig oder Dresden.«

»Gut, wir haben die Ahnenreihe bis Walhall zurückverfolgt«, zog Marc ein Fazit. »Dann müssen wir jetzt dorthin fahren, also zur Wewelsburg, um diesen ominösen ›Mittelpunkt‹ zu finden.«

12

Professor Dr. Zeidler saß in seinem Fünfer-BMW auf einem Parkplatz der Autobahn A 44. Sein Blick verlor sich in unbestimmter Ferne, während er durch die Windschutzscheibe nach vorn starrte.

Vor dreiunddreißig Jahren war er fast in der gleichen Situation gewesen, damals hatte er allerdings in einem Audi gewartet.

Er hatte an der Universität Münster als Wissenschaftlicher Assistent am Lehrstuhl für Germanistik von Prof. Dr. Wehking gearbeitet, der damals allerdings noch unter dem Namen Wehrmann bekannt gewesen war, und versucht, seiner Habilitation den letzten Schliff zu verpassen. Zeidler war stolz gewesen, diese Stelle bekommen zu haben, galt Wehrmann doch als *der* Experte für Sprachforschung in Deutschland. Allerdings waren Zeidler bald die Gerüchte zu Ohren gekommen, wonach Professor Wehrmann im Dritten Reich eng mit den Nazis verbandelt gewesen war.

Und es dauerte nicht lange, bis Zeidler die Gerüchte bestätigt fand. Insbesondere wenn der Professor dem Alkohol zugesprochen hatte – was nicht ganz selten vorkam –, wurde er redselig und erzählte von glorreichen vergangenen Zeiten, die so gar nicht zu seinem offiziellen Lebenslauf passen wollten. Häufig hielt er bei diesen Gelegenheiten auch mit seinem Frust über die gegenwärtige deutsche Politik, über die Übervölkerung durch Ausländer und seinem Hass auf die Juden nicht hinterm Berg.

Zeidler empfand sich selbst zwar nicht als ausgesprochenen Opportunisten, andererseits wusste er natürlich, wie sehr ein kleiner Wissenschaftlicher Assistent von dem Wohlwollen seines Professors abhängig war. Deshalb beeilte sich Zeidler stets, seinem Chef beizupflichten, wenn dieser mit seinen Tiraden gegen Ausländer und Juden begann. Natürlich aber immer nur unter vier Augen.

Kurz vor seiner Pensionierung im Herbst 1974 nahm Professor Wehrmann Zeidler zur Seite und fragte ihn, ob er Interesse habe, Mitglied einer Geheimgesellschaft zu werden, die schon zahlreiche Wissenschaftler, Politiker, Professoren und Industrielle, kurz: die Elite der deutschen Gesellschaft, in ihren Reihen habe.

Zeidler hatte nicht lange gezögert und zugesagt, auch wenn er sich vorstellen konnte, wes Geistes Kind diese Thule-Gesellschaft war. Er war an Politik nie sonderlich interessiert gewesen. Ihm ging es darum, im Wissenschaftsbetrieb Karriere zu machen. Er stellte sich die von Wehrmann erwähnte Geheimgesellschaft als eine Art Burschenschaft vor, also als System, mit dem man Beziehungen zum gegenseitigen Vorteil aufbauen und so gezielt die beruflichen Aufstiegschancen der Mitglieder beeinflussen konnte.

Während der nächsten beiden Jahre hatte Zeidler sich von Professor Wehrmann viele Vorträge über die Thule und ihre Ziele anhören müssen. Zeidler hatte in seinem Leben noch nie so viel Schwachsinn auf einmal gehört, ja, er zweifelte sogar zeitweilig an dem Geisteszustand seines Lehrers. Trotzdem ertrug er geduldig den stundenlangen Sermon und die Hasstiraden, denn er wollte unbedingt Mitglied dieser geheimnisvollen Gesellschaft werden.

Nach zwei Jahren musste er eine Art Prüfung ablegen, bei der er nachzuweisen hatte, dass er sich in der *Edda* auskannte. Das fiel ihm als Germanisten und Sprachwissenschaftler nicht schwer, hatte er doch schon etliche Seminare über nordische Mythologie abgehalten.

An einem Tag im Herbst 1976 erhielt er dann einen Anruf, nach dem er sich zu einer bestimmten Zeit an einer bestimmten Autobahnraststätte einzufinden hatte. Zeidler hatte die Anweisungen befolgt und in seinem Auto gewartet.

Ein Mann war auf dem Rücksitz eingestiegen, Zeidlers Augen waren verbunden worden, dann war er in seinem eigenen Wagen stundenlang durch die Gegend kutschiert worden.

Als sie am Ziel angekommen waren, hatte man ihm, immer noch mit verbundenen Augen, einen langen Pilgermantel angezogen. Anschließend war er einen Weg entlanggeführt worden, bis man ihm die Binde abnahm und er sich in einem großen, von unzähligen Kerzen erleuchteten Saal wiedergefunden hatte, in dem sich zwölf vermummte Gestalten aufhielten. Die Gestalten trugen Kutten und spitze Hauben mit Sehschlitzen, die Zeidler an den Ku-Klux-Klan erinnerten, allerdings waren diese Gewänder schwarz und nicht weiß. In der Mitte des Saales war ein Baldachin aufgebaut, an der Wand prangte ein schwarzes Sonnenrad, durch den Raum flutete Musik aus dem *Parsifal,* der Gralsoper.

Eine der schwarzen Gestalten, wohl der Anführer, saß auf einem thronähnlichen Stuhl unter dem Baldachin, flankiert an beiden Seiten von zwei weiteren Gestalten, die sich auf ein Schwert stützten. Die anderen Personen stellten sich im Halbkreis um Zeidler herum auf. Der Mann unter dem Baldachin, der sich Odin nannte, proklamierte die deutsch-arische Weltanschauung der Thule-Gesellschaft. Eine ›heilige Flamme‹ wurde entzündet und Odin ergriff ›Wotans Speer‹ und hielt ihn vor sich, während die beiden Männer neben ihm ihre Schwerter darüber kreuzten. Eine Reihe von Anrufen und Antworten, begleitet von der Musik aus *Parsifal*, bildete Zeidlers Eid. Zeidler gelobte Tapferkeit und Mut, Stillschweigen und Geheimhaltung, Kühnheit und Wahrhaftigkeit bis zur Todesverachtung gegen jeden Feind der Thule-Gesellschaft. Er gelobte, Opfer für ein großes Ziel zu bringen und Befehlen unbedingt Folge zu leisten. Er versicherte, dass in seinen Adern kein Tropfen jüdischen oder farbigen Rasseblutes floss, und schwor Odin und der Thule-Gesellschaft absolute Treue.

Am Ende hatte er von Odin seinen Initiationsnamen zugewiesen bekommen: Alwis, ein weiser Zwerg.

Zeidler hatte angesichts dieses Mummenschanzes erhebliche Mühe gehabt, ernst zu bleiben, aber am Ende doch alles mit ausdruckslosem Gesicht ertragen. Schließlich ging es um seine Karriere.

Zwei Jahre später hatte er dann zum ersten Mal leibhaftig die Macht der Thule erleben können. Zeidler hatte sich auf eine Stelle als Professor an der erst sechs Jahre zuvor gegründeten Gesamthochschule Paderborn beworben. Eigentlich war diese Stelle weit unter seinem Niveau, aber wie es der Teufel wollte, hatte er sich verliebt. In eine Frau aus dem Paderborner Umland, die um nichts auf der Welt ihre Heimat verlassen wollte.

Und da Zeidler diese Frau sogar noch wichtiger als seine Karriere war, war er bereit, sich mit der Professur in Paderborn zufriedenzugeben. Aufgrund seiner langjährigen Tätigkeit bei dem renommierten Professor Wehrmann war Zeidler sich sicher gewesen, die Professur zu bekommen.

Zuerst lief auch alles nach Plan. Die von der Hochschule eingesetzte Berufungskommission hatte eine Vorauswahl unter den Bewerbern getroffen und drei Kandidaten, darunter Zeidler, zu einem Probevortrag eingeladen. Gut, Vorlesungen waren nicht gerade Zeidlers Stärke und er hatte bei dem sogenannten ›Vorsingen‹ in Paderborn auch nicht seinen besten Tag gehabt, aber seiner Ansicht nach hatten seine beiden Mitkonkurrenten sowieso keine Chance gegen ihn. Umso überraschter war er dann gewesen, als er auf der ›Dreierliste‹, die die Berufungskommission nach den Probevorträgen erstellt hatte, in der Rangfolge nur als Dritter und Letzter genannt wurde. In seiner Verzweiflung hatte er sich an Professor Wehrmann, seinen einzigen Kontakt zur Thule, mit der Bitte um Hilfe gewandt.

Und er war nicht enttäuscht worden.

Die nächsten sechs Tage gingen als ›Schwarze Woche‹ in die Geschichte der Gesamthochschule Paderborn ein. Die Erstgenannte auf der Liste, eine junge Germanistin aus Köln, wurde einen Tag später tot aufgefunden. Selbstmord lautete das offizielle Ermittlungsergebnis der Staatsanwaltschaft, obwohl nie ein Abschiedsbrief gefunden wurde und sämtliche Freunde und Verwandte der Frau Stein und Bein schworen, ein Suizid sei ausgeschlossen. Als der Ruf auf die Professur dann an den Zweitplatzierten auf der Liste ergehen sollte, verschwand der spurlos und tauchte nie wieder auf. Seine Vermieterin berichtete, der Mann habe mit kalkweißem Gesicht seine Sachen zusammengepackt, sei förmlich aus der Wohnung geflohen und habe sich mit unbekanntem Ziel verabschiedet.

Und so war es gekommen, dass Zeidler Professor in Paderborn geworden war.

In den folgenden Jahren hatte er sich innerhalb der Thule immer weiter hochgedient. Dagegen war seine wissenschaftliche Karriere ins Stocken geraten. Aber vor Kurzem war Zeidlers Frau gestorben und jetzt hielt ihn nichts mehr in der westfälischen Provinz. Was ihm vorschwebte, war ein krönender Abschluss seiner Karriere. Und dabei sollte ihm wieder die Thule helfen.

Zunächst hatten seine alten Freunde nicht reagiert. Aber dann hatte er vor einigen Tagen einen Anruf erhalten. Eine männliche Stimme hatte ihm mitgeteilt, er sei auserwählt worden, Mitglied des innersten Kreises der Thule zu werden. Zeidlers Begeisterung hatte keine Grenzen gekannt. Wenn die Gesellschaft schon für ein einfaches Mitglied so viel tun konnte, was würde sie da erst für einen ihrer obersten Führer erreichen können? In seinen Tagträumen sah Zeidler sich schon als Präsident des Goethe-Instituts oder in einer vergleichbaren Position.

Zeidler schrak zusammen. Die hintere Tür seines BMW wurde aufgerissen und zwei Gestalten nahmen auf dem Rücksitz Platz.

Zeidler bewegte reflexhaft die Schulter, wurde aber sofort angezischt. »Nicht umdrehen!«

Er schloss die Augen und wartete darauf, dass ihm eine Augenbinde angelegt wurde.

13

Edda und Marc hatten das Unigebäude verlassen und näherten sich dem Parkplatz. Bevor Marc in den Golf einstieg, nahm er seine Krawatte ab, zog sein Jackett aus und legte beides auf den Rücksitz. Dann kurbelte er beide Seitenscheiben herunter. In dem Wagen war es mittlerweile so heiß, dass man kaum das Lenkrad anfassen konnte.

Marc sah auf die Uhr. 13.30 Uhr. Der Aufenthalt in Paderborn hatte länger gedauert als gedacht. Er aktivierte sein Handy und gab die Nummer der Kanzlei ein.

»Stefanie?«, sagte er, als sich seine Sekretärin meldete. »Wer ist der Mandant, der um halb drei kommen wollte?«

Er lauschte ihrer Antwort. »Gut, dann rufen Sie Herrn Schreiner bitte an und verlegen den Termin. Sagen Sie ihm, ich sei krank, oder denken Sie sich irgendetwas anderes aus. Ich kann hier jetzt nicht weg. Ich melde mich später noch einmal.«

Er drückte den roten Knopf, legte das Handy zur Seite und startete den Motor des Golf.

Edda konnte sich kaum noch zurückhalten. »Haben Sie das gehört?«, platzte sie heraus, während der Wagen langsam vom Parkplatz rollte.

»Was?«

»Die Geschichten, die mein Großvater mir als Kind erzählt hat, beruhen auf Tatsachen. Er hat gemeinsam mit Otto Rahn den Heiligen Gral gesucht.«

Marc musste wider Willen grinsen. »Und dabei hat er den Speer des Schicksals und den Schatz von Captain Jack Sparrow gefunden.«

Edda zog einen Schmollmund. »Machen Sie sich nur lustig«, fauchte sie.

»Nein, im Ernst«, versuchte Marc, sie zu beruhigen. »Wenn Rahn und Ihr Großvater den Speer gefunden hätten, hätte Himmler mit Sicherheit davon erfahren und die Sache publik gemacht. Ein Speer, der unbesiegbar macht, hätte doch eine enorme symbolische Bedeutung gehabt, gerade im Krieg. Die Nazis hätten das propagandistisch bis ins Letzte ausgeschlachtet.«

»Vielleicht hatte mein Großvater Gründe dafür, die Entdeckung geheim zu halten«, erwiderte Edda trotzig. »Es kann doch sein, dass er den Speer erst kurz vor Kriegsende gefunden hat, als schon alles in Trümmern lag und in Deutschland das Chaos herrschte. Deshalb hat er den Speer versteckt und später an meinen Vater weitergegeben. Und jetzt will mein Vater den Speer an mich weiterreichen.«

»Und warum gerade jetzt? Und warum gerade an Sie? Ich denke, Sie hatten in den letzten Jahren kaum Kontakt.«

»Aber ich bin immer noch seine nächste lebende Verwandte. Offenbar hat sich mein Vater bedroht gefühlt, sonst hätte er sich nicht an Sie gewandt. Irgendetwas muss da sein, was sehr brisant ist.«

»Vielleicht«, erwiderte Marc nur. »Aber wenn Ihr Vater den Speer besessen hat, hat er ihm nichts genützt.«

Edda warf Marc einen fragenden Blick zu.

»Nun, er hat ihn nicht unbesiegbar gemacht.«

14

Die Konferenz war beendet und die Teilnehmer verließen den großen Sitzungssaal des Schlosshotels. Bergers Handy meldete sich in dem Moment, als der italienische Ministerpräsident an ihm vorbeilief.

Der Leitende Kriminaldirektor drückte die grüne Taste und die Melodie von *Parsifal* verstummte. Stattdessen vernahm er laute, undefinierbare Hintergrundgeräusche und dann eine hektische Stimme.

»Neumann hier, Einsatzleiter Polizei NRW. Ich stehe mit meinen Männern am nördlichen Checkpoint. Die Demonstranten sind direkt am Zaun. Einige vermummte Chaoten haben die Stacheldrahtabsperrung entfernt und machen sich jetzt mit Zangen am eigentlichen Zaun zu schaffen. Die Stimmung ist hoch aggressiv. Und die verdammte Hitze macht alles noch schlimmer. Hören Sie mal.«

Offenbar hielt Neumann sein Telefon in die Luft, denn die Hintergrundgeräusche wurden deutlicher. Ein Polizeiführer brüllte durch ein Megafon: »Achtung! Achtung! Hier spricht die Polizei! Ich fordere Sie zum letzten Mal auf, das ganze Gebiet im Umkreis von zweihundertfünfzig Metern des Zaunes zu räumen, oder wir werden Wasserwerfer einsetzen!«

Die Antwort war lautes Hohngelächter und »Haut ab, haut ab!«-Rufe, untermalt von dem Donnern der Hubschrauber, die über der Blockade kreisten, und dem Wiehern der Pferde der berittenen Polizei. Berger kam sich vor, als hörte er einen Bericht aus einem Bürgerkriegsgebiet.

»Wie konnten die Demonstranten so dicht an den Zaun kommen?«, fragte er. »Ich denke, da herrscht Versammlungsverbot.«

»Das können Sie den Demonstranten gerne persönlich erklären, wenn Sie sich hierher bemühen«, hörte er wieder Neumanns aufgebrachte Stimme. »Die G8-Gegner sind in kleinen Gruppen über die Felder gekommen. Auf Kommando rennen sie in verschiedene Richtungen auseinander. Mit unserer schweren Ausrüstung konnten wir den versprengten Gruppen nicht folgen. Die sind besser organisiert als wir.«

Berger stöhnte und rieb sich heftig die Stirn. Die Demonstranten haben nicht brav die Straße benutzt, wo sie von der Polizei hätten eingesammelt werden können, sondern sind über die Felder gekommen! Als ob man das nicht hätte voraussehen können!

»Unser V-Mann hat uns berichtet, dass zurzeit beraten wird, ob der Zaun gestürmt werden soll«, drang Neumanns Stimme wieder an Bergers Ohr. »Der Schwarze Block ist dafür, die Organisatoren sind dagegen. Wir wissen nicht, wer sich durchsetzt. Unser V-Mann ist erkannt und verprügelt worden. Wir haben also keine Ahnung, wie es weitergeht.«

»Das tut mir leid«, meinte Berger aufrichtig. »Aber ich fürchte, ich kann Ihnen nicht helfen. Für den Schutz des

Zaunes und des Bereichs davor ist ausschließlich Landespolizei zuständig.«

»Es wird Ihnen erst richtig leidtun, wenn der Zaun gestürmt wird und zehntausend Demonstranten das Tagungshotel stürmen!«, motzte Neumann.

Berger atmete tief durch. Dieser Neumann hatte natürlich recht. Wenn der Zaun erst durchbrochen war, würde nichts und niemand die Demonstranten aufhalten können. Und das wäre die Katastrophe, der absolute Super-GAU. »Was soll ich tun?«, fragte er also.

»Wir haben hier nicht genügend Leute. Es herrscht ein einziges Chaos. Einheiten sind zu Orten geschickt worden, an denen nichts passiert, andere ohne Auftrag irgendwohin verlegt worden. Und diese Leute fehlen uns jetzt. Wir brauchen Bundespolizei zur Unterstützung. Mindestens drei Hundertschaften. Die haben Sie doch, oder?«

Berger dachte kurz nach. Ja, die hatte er. Und dazu noch die GSG9-Spezialeinsatzteams. »Neumann, hören Sie. Meine Männer können in fünfzehn Minuten bei Ihnen sein. Halten Sie so lange durch?«

Als Antwort kamen nur noch unverständliche und verstümmelte Laute. Berger beendete das Gespräch und gab eine neue Nummer ein. Scheiße, dachte er.

15

Eine knappe halbe Stunde nach ihrem Aufbruch in Paderborn erreichten Edda und Marc das Dorf Wewelsburg. Die gleichnamige Burg, die ›einzige Dreiecksburg Deutschlands‹, wie Marc schon bei der Anfahrt auf unzähligen Hinweis- und Werbeschildern gelesen hatte, erhob sich direkt neben dem Ort auf einem Felsvorsprung über dem Almetal.

Marc stellte den Golf vor der Burgmauer auf einem kopfsteingepflasterten Platz ab. Er war froh, den stickigen Wagen, der über keine Klimaanlage verfügte, endlich verlassen zu können, aber im Freien war die Luft nicht viel besser. Die Schwüle lastete schwer über der kleinen Ortschaft und kein Windhauch machte die Hitze erträglich.

Edda fächelte sich mit einer Broschüre Luft zu. »Wie gehen wir jetzt vor?«, wollte sie wissen.

Marc hob die Schultern. »Wenn wir die Anweisung Ihres Vaters richtig verstanden haben, muss irgendwo hier der ›Mittelpunkt‹ sein, was immer das sein soll. Und diesen Mittelpunkt müssen wir finden.«

Er sah sich um und zeigte auf ein großes Haus am Rande des Platzes. »Am besten, wir beginnen dort«, schlug er vor.

Nach wenigen Schritten erreichten sie das ehemalige Wachgebäude der SS, das 1936/1937 im Zusammenhang mit dem von Himmler befohlenen Ausbau der Burg Wewelsburg errichtet worden war, wie ein Hinweisschild verriet. Jetzt beherbergte es das Kreismuseum Wewelsburg mit den Abteilungen *Zeitgeschichtliche Dokumentation Wewelsburg 1933 bis 1945* und *Deutsche im Östlichen Mittelmeerraum.*

»Ich denke, wir sollten uns zuerst einmal kundig machen«, sagte Marc und deutete auf das Toilettenzeichen neben dem Eingang. »Außerdem muss ich dringend aufs Klo.«

Eintritt wurde nicht verlangt. Marc steuerte als Erstes die Toiletten im Untergeschoss an. Anschließend schlenderten er und Edda langsam durch die Ausstellung, die auf sechs Räume verteilt war. In Raum sechs war der Arbeitsplatz eines Mitgliedes der SS-Bauverwaltung zu sehen, bestehend aus einem SS-Schreibtisch, einem SS-Stuhl und einem SS-Leuchter. In einer Glasvitrine im Raum fünf hing die Originalkleidung eines Häftlings des Wewelsburger Konzentrationslagers an der Wand. In Raum vier stießen sie auf ein

Modell des Konzentrationslagers sowie auf einen rekonstruierten hölzernen Prügelbock. Marc entnahm dem daneben angebrachten Schild, dass Häftlinge bei den geringsten disziplinarischen Verstößen auf diesen Bock geschnallt wurden und anschließend fünf bis fünfundzwanzig Stockschläge auf Gesäß und Rücken erhielten, wobei gezielte Schläge in die Nierengegend oft zu Verletzungen der inneren Organe führten.

Marc schüttelte sich vor Entsetzen und lief schnell weiter. Edda stand schon in Raum drei, wo sie wie vom Donner gerührt auf einen großen Lageplan an der Wand starrte.

»Was ist los?«, fragte Marc.

Edda streckte den Zeigefinger aus. »Schauen Sie.«

Marc sah sich den Plan genauer an. Er war betitelt mit: *Entwurf zur SS-Burg Wewelsburg mit Siedlung.* Daneben war ein Schild angebracht, auf dem zu lesen war, dass es sich um den letzten, von Himmler im Juni 1944 genehmigten Plan zum Aus- und Umbau der Wewelsburg handelte.

»Ja und?«, fragte Marc.

»Ja, sehen Sie es denn nicht?«, erregte sich Edda. »Dort, der riesige Speer.«

Und endlich fiel auch bei Marc der Groschen. Aus der Vogelperspektive bildete der dreieckige Burgkern tatsächlich die äußerste Spitze eines gigantischen Speeres, dessen Schaft eine kilometerlange Zufahrtstraße war, die schnurgerade auf die Spitze zulief.

»Himmler leitete den Umbau der Wewelsburg«, sagte Edda leise. »Und er war von Heinrich I. und dem Speer des Schicksals besessen. Das kann kein Zufall sein. Sind Sie endlich auch überzeugt, dass wir nach dem Speer des Longinus suchen?«

»Ich weiß nicht«, gab Marc unbestimmt zurück. »Ich glaube eher, Ihre Fantasie macht Überstunden. Warten Sie mal.«

Marc begab sich zu dem kleinen Glaskabuff am Eingang des Museums und erstand die Broschüre *Die Wewelsburg – Geschichte und Bauwerk im Überblick.* Damit kehrte er zu Edda zurück, die noch immer vor dem Lageplan stand.

Marc blätterte das schmale Büchlein durch, bis er die richtige Seite fand. »Hier steht was zu dem Plan«, sagte er. Er las vor: »Nach den letzten, 1944 von Himmler genehmigten Plänen blieb der Nordturm weiterhin im Zentrum der geplanten dreiviertelkreisförmigen neuen Wewelsburg. Ihn nannten die beteiligten Architekten Mittelpunkt der Welt. Den unveränderten Kern der Planung hatte Hermann Bartels ...«

Edda starrte ihn an. »Stopp! Wiederholen Sie das!«, forderte sie.

Marc seufzte und vertiefte sich wieder in die Broschüre. »Nach den letzten, 1944 von Himmler genehmigten Plänen blieb der Nordturm weiterhin im Zentrum der geplanten dreiviertelkreisförmigen neuen Wewelsburg. Ihn nannten die beteiligten Architekten Mittelpunkt der Welt.«

»Ja, verstehen Sie denn nicht?« Edda schrie fast. »Verfolge die Ahnenreihe zurück und du wirst den Mittelpunkt finden! Der Mittelpunkt ist der Nordturm!«

»Da ist was dran«, sagte Marc langsam. »Kommen Sie.«

Edda folgte Marc zu dem Museumsshop, wo Marc sich an die Verkäuferin wandte.

»Ist der Nordturm der Wewelsburg zu besichtigen?«

»Nur von außen«, war die Antwort. »Es sei denn, Sie nehmen an einer Führung teil.«

»Verraten Sie uns auch, wann die nächste Führung stattfindet?«

»Sie haben Glück«, erwiderte die Frau. »In genau drei Minuten. Die Gruppe trifft sich hier in diesem Raum. Möchten Sie mitgehen?«

Edda nickte heftig und Marc zahlte die verlangten sechs Euro für die beiden Karten.

Wenige Augenblicke später füllte sich der kleine Raum mit etwa dreißig Menschen, die sich gegenseitig die Luft zum Atmen nahmen.

Eine junge Frau trat als Letzte ein und hob die Stimme: »Aufgrund der Vielzahl der Teilnehmer müssen wir Sie in zwei Gruppen teilen«, verkündete sie. »Etwa fünfzehn Personen bleiben bitte hier bei mir. Wir besichtigen zuerst das Museum. Die andere Hälfte folgt bitte draußen meinem Kollegen, der mit der Besichtigung der Burg beginnt. Sie müssen keine Angst haben, alle sehen dasselbe, nur in unterschiedlicher Reihenfolge.«

Da Edda und Marc sich ausschließlich für den Nordturm interessierten, gingen sie nach draußen. Ihre Gruppe bestand aus vier vielleicht vierzehn- oder fünfzehnjährigen Jugendlichen, die ihre Hände tief in ihren Jeans vergraben hatten und einen eher gelangweilten Eindruck machten, zwei Pärchen in den Vierzigern, einem Rentnerpaar, zwei befreundeten Frauen und einem blonden, etwa dreißigjährigen Mann mit einem auffälligen dunkelroten Feuermal im Gesicht. Marc bemerkte, dass sich der Mann dauernd über das Feuermal rieb. Wahrscheinlich wegen der Hitze, dachte Marc. Oder das ist ein Tic.

»Mein Name ist Felix Günther«, stellte sich ein dunkelhaariger Mann Ende dreißig vor. »Ich bin Historiker an der Universität Bielefeld. Wie meine Kollegin schon sagte, beginnen wir zunächst mit der Besichtigung der Burg, anschließend werden wir die Ausstellung im Museum besuchen und danach das Gelände des ehemaligen Konzentrationslagers. Hat jemand Fragen?«

Er schaute in die Runde und schob seine viereckige randlose Brille hoch. »Das scheint nicht der Fall zu sein. Dann vielleicht zunächst etwas zur Geschichte der Burg. Wobei es sich eigentlich gar nicht um eine Burg, sondern um ein Schloss handelt. Die Außenverkleidung wurde von der SS abgeschlagen, um den gewünschten Burgcharakter zu erhalten. Also, die Wewelsburg wurde von 1603 bis 1609 erbaut. 1934 mietete die SS die Burg vom Kreis Büren für die symbolische Gebühr von einer Reichsmark pro Jahr. Der Reichsführer SS Heinrich Himmler wollte aus der Wewelsburg zunächst eine SS-Reichsführerschule machen, dann eine Forschungsstätte und ab Ende der Dreißigerjahre schließlich sollte die Burg als ideologisches und geistiges Zentrum der SS dienen. Der interessanteste Teil der Burg ist sicherlich der Nordturm, in dem sich die sogenannten Kulträume der SS befinden: der Obergruppenführersaal im Erdgeschoss und die Gruft oder Krypta im Untergeschoss. Fragen? … Gut, dann werden wir jetzt den Nordturm besichtigen. Wenn Sie mir folgen wollen.«

Über eine Art Zugbrücke, die sich über den begrünten Burggraben spannte, erreichte die Gruppe den dreieckigen Burghof, dessen Endpunkte jeweils durch einen Turm markiert waren.

»Wir werden zunächst den Obergruppenführersaal im Erdgeschoss des Nordturms besichtigen«, meldete sich Felix Günther wieder. »Obergruppenführer war ein Rang in der SS und entsprach einem Generalsrang der Wehrmacht. Die Bezeichnung Obergruppenführersaal ergibt sich daraus, dass sich hier zu besonders feierlichen Anlässen die SS-Obergruppenführer versammeln sollten. Es lässt sich allerdings nur eine Gruppenführerbesprechung auf der Wewelsburg nachweisen, nämlich vom 12. bis 15. Juni 1941. Am 31.3.1945 wurde die Wewelsburg auf Befehl Himmlers von einem Sonderkommando der SS gesprengt und brannte aus. Wegen Sprengstoffmangels sind die beiden von der SS erstellten Räume im Nordturm jedoch kaum beschädigt worden und heute noch im Originalzustand erhalten. Der ehemalige Obergruppenführersaal steht heute leer. Trotzdem ist der Saal durch eine Gittertür gesichert und kann normalerweise nur von außen betrachtet werden. Kann sich jemand vorstellen, warum?«

Er warf einen Blick in die Runde, aber niemand reagierte. Also lieferte er die Antwort selbst.

»Nun, wir haben sehr viel Ärger mit Neonazis. Fast jede Woche tauchen hier Gruppen auf, die sich durch ihre Kleidung und ihre Symbole verraten. Auf diese Leute scheint insbesondere der Nordturm eine magische Anziehungskraft auszuüben. Warum das so ist, werden Sie gleich sehen.«

Felix Günther wandte sich um und zog einen Schlüssel aus der Tasche. Damit schloss er eine aus schwarzen Eisengittern bestehende Tür auf.

Im Gänsemarsch betrat die Gruppe den kreisrunden Raum, der von zwölf mit Rundbogenarkaden verbundenen Säulen umgeben war. Das helle Sonnenlicht fiel durch acht hohe, fast bis auf den Boden reichende Fenster auf ein auffälliges Ornament, das genau in der Mitte des Saales in den Boden eingelassen war. Die Besucher versammelten sich um das Ornament herum.

»Wir stehen hier vor einem in den Fußboden eingelegten symbolischen Sonnenrad aus grünem Marmor in schwarzem Stein«, setzte Felix Günther seinen Vortrag fort. »Die zwölf Speichen des Rades, die die Form der Sig-Rune haben, weisen jede auf eine Säule.«

»Davon habe ich schon gehört«, meldete sich einer der Jugendlichen zu Wort. »Nennt man das Ornament nicht auch die Schwarze Sonne?«

»Das ist richtig«, bestätigte der Führer. »Die Bezeichnung Schwarze Sonne für das Sonnenrad ist insbesondere in der rechten Szene weit verbreitet. Die Schwarze Sonne wird häufig als Symbol und Erkennungszeichen benutzt, weil sie im Gegensatz zum Hakenkreuz nicht verboten ist.«

Felix Günther musterte die vier Jugendlichen, als wollte er sie auf verborgene Neonazi-Abzeichen untersuchen.

»Die zwölf Säulen und Fenstereinfassungen des Saales sind aus Anröchter Dolomit, einem grünen Sandstein, gefertigt«, sprach er dann weiter. »Die Fenster und Türen sind in wiederum zwölf Nischen in der Außenwand untergebracht. Über den Grund der streng durchgehaltenen Zahl Zwölf gibt es zahlreiche Spekulationen. Himmler war von dieser Zahl fasziniert, warum, weiß niemand so genau. Hat von Ihnen vielleicht jemand eine Idee?«

Die Frage wurde mit allgemeinem Kopfschütteln quittiert.

»Nun, einige glauben, die Zahl beziehe sich auf die Zahl der SS-Hauptämter. Andere meinen, dass Himmler hier nach dem Vorbild des König Artus zwölf besonders ausgewählte hohe SS-Führer als Ritter der Tafelrunde um sich versammeln wollte.« Der Führer sah sich wieder um. »Hat jemand Fragen?«, wollte er wissen. »Schön. Dann gehen wir jetzt zur Krypta im Untergeschoss. Diese Krypta wird übrigens auch Walhall genannt.«

16

Sein Feuermal machte Hugin wieder einmal wahnsinnig. Immer wenn er schwitzte, juckte es unerträglich.

Er rieb sich heftig über die dunkelrote Stelle und versuchte gleichzeitig, sich dicht hinter den beiden Zielpersonen zu halten, die gerade die Treppe betraten, die in den Burggraben führte.

Natürlich war Hugin nicht sein richtiger Name. Eigentlich hieß er Nils Rudloff. Bis man vor vier Jahren entdeckt hatte, dass Rudloff nicht auf dem ›Boden der freiheitlich demokratischen Grundordnung‹ stand, wie es in seinem Entlassungsschreiben geheißen hatte. Er war Berufssoldat gewesen. Rudloff hatte damals darauf verzichtet, gegen seine Entlassung zu klagen, denn selbst der wohlmeinendste Richter wäre kaum zu einem anderen Ergebnis gelangt: Schon als Schüler war er Mitglied der Jungen Nationaldemokraten geworden. Nach dem Abitur hatte er eine Odyssee durch fast alle Organisationen des rechtsextremen Randes absolviert: NPD, Wotans Volk, Asgard-Bund, Volkssozialistische Bewegung, Armanen-Orden. Aber alle diese Vereinigungen hatte er nach kurzer Zeit wieder verlassen, weil er schnell gemerkt hatte, dass sie in Deutschland nie eine Veränderung bewirken würden.

Nach seinem Rausschmiss aus der Bundeswehr war Rudloff mangels beruflicher Alternativen kurz davor gewesen, Mitglied der Fremdenlegion zu werden. Die Koffer waren bereits gepackt, das Zugticket nach Marseille steckte in seiner Hemdtasche.

Doch dann hatte sein Leben eine dramatische Wendung erfahren. Am Mittag vor seiner geplanten Abreise nach Südfrankreich hatte es unvermutet an seiner Tür geschellt.

Rudloff öffnete und erblickte einen Mann Anfang fünfzig, den er noch nie gesehen hatte und der sich ihm als Mimir vorstellte. Damals sagte Rudloff dieser Name noch nichts, erst als er sich näher mit der *Edda* befasste, erfuhr er, dass es sich um einen weisen Riesen aus der nordischen Mythologie handelte, dessen Rat selbst Odin suchte.

Der Mann stellte sich also vor und sagte, es gehe um die Thule. Das genügte Rudloff, um den Mann hereinzubitten.

Rudloff hatte den geheimnisvollen Namen schon oft gehört. Thule war in der rechtsextremen Szene eine Art Zauberwort, *das* Symbolwort für den nordischen Gedanken.

»Ich bin ein Vertreter der Thule-Gesellschaft«, eröffnete Mimir das Gespräch, als sie in Rudloffs Wohnzimmer saßen.

Für einen Moment war Rudloff verblüfft. In den Kreisen, in denen er verkehrte, war die Thule-Gesellschaft ein Mythos. Das hatte sie insbesondere einem Ereignis im Januar 1933 zu verdanken: der Machtübernahme der Nationalsozialisten in Deutschland. Die Thule hatte an dem Aufstieg Hitlers ein großes Verdienst: So entstammte die Urzelle der NSDAP der Thule-Gesellschaft, die im Januar 1919 die Vorläuferpartei DAP mitbegründet hatte. Und schon im Sommer zuvor hatte der Gründer der Thule-Gesellschaft, Rudolf von Sebottendorff, den *Münchner Beobachter* erworben, den Hitler später unter dem Namen *Völkischer Beobachter* zum Kampfblatt der NSDAP machte. Das Emblem der Thule-Gesellschaft war ein Hakenkreuz mit Strahlenkranz hinter einem blanken Schwert, der Gruß der Thule-Leute ›Heil und Sieg‹ wurde unter der NSDAP zum ›Sieg Heil‹.

Nils Rudloff lachte: »Die Thule-Gesellschaft existiert seit Jahrzehnten nicht mehr.«

Sein Besucher verzog das Gesicht zu einem nachsichtigen Lächeln. »O doch, die Thule existiert. Sie ist nach dem Krieg neu gegründet worden. Von Menschen, denen unsere Rasse am Herzen liegt.«

»Tatsächlich?«, erwiderte Berger. »Das ist das Erste, was ich höre.«

Mimir lächelte erneut. »Genau das liegt ja in unserer Absicht. Niemand außerhalb der Thule kennt uns. Man kann der Thule auch nicht beitreten. Wir suchen uns unsere Mitglieder aus. Und Sie beobachten wir schon sehr lange. Wir denken, jetzt ist der richtige Zeitpunkt für eine Aufnahme gekommen.«

Rudloff war noch immer nicht überzeugt, fühlte sich aber auch geschmeichelt. »Und warum sollte gerade ich Ihrer Organisation beitreten?«, wollte er wissen. »Wenn Sie mich – wie Sie sagen – schon lange beobachten, wissen Sie, dass ich Mitglied in vielen Vereinigungen war.«

»Das ist uns bekannt«, nickte Mimir. »Aber diese Organisationen haben eines gemeinsam: Es wird viel geredet, aber nicht gehandelt.«

Rudloff war nicht beeindruckt. So etwas hatte er schon zu oft gehört. »Und Sie handeln?«, fragte er in überheblichem Ton. »Dieses Handeln muss aber sehr subtil sein ...«

»Unser Handeln *ist* sehr subtil«, antwortete Mimir ohne jede Ironie. »Denn wir wissen, dass in nicht allzu ferner Zukunft Ragnarök, der Tag des letzten Kampfes, kommen wird. Darauf bereiten wir uns vor. Und *dann* werden wir handeln.«

Die nächsten Wochen und Monate hatte Rudloff viele Gespräche mit Mimir geführt und sich überzeugen lassen, dass der Mann meinte, was er sagte. Er erfuhr, dass in der Thule der Grundsatz der Abschottung und strikten Geheimhaltung herrschte. Nur der innerste Kreis, der die Thule führte, wusste über alles Bescheid. Oberster Führer der Thule war ein Mann mit dem Decknamen Odin, dessen wahre Identität selbst Mimir nicht kannte. Wie alle Mitglieder der Thule außerhalb des innersten Kreises erfuhr auch er nur so viel, wie er zur Erledigung seiner Aufgaben wissen musste.

Schließlich hatte Rudloff sich zum Beitritt zur Thule entschlossen, auch wenn Mimir ihn gewarnt hatte: Die Mitgliedschaft zur Thule sei unwiderruflich. Es sei nicht möglich, aus dem Orden auszutreten. Jeder Bruch der Regeln bedeute den Tod.

Das hatte Rudloff nicht geschreckt. Im Gegenteil: endlich eine Organisation, die es wirklich ernst meinte.

Rudloff durchlief eine zweijährige Novizenzeit, während der er absolute Treue und Loyalität beweisen musste, den Nachweis einer bis ins dritte Glied arischen Herkunft zu erbringen hatte und schrittweise in die Welt der Thule eingeführt wurde. Die ganze Zeit hatte er ausschließlich Kontakt zu Mimir und zu keinem anderen Mitglied der Thule.

Nach zwei Jahren war Rudloff schließlich in einem mehrstündigen Ritual in den untersten Grad der Thule aufgenommen worden. Und bei diesem Aufnahmeritual war Rudloff zum ersten Mal Odin begegnet, dem sagenumwobenen Führer des Geheimbundes. Von ihm hatte Rudloff seinen Initiationsnamen erhalten: Hugin, nach einem der beiden Raben, die auf Odins Schulter sitzen und ihm alles erzählen, was auf der Welt geschieht. Und wie der Rabe erhielt der Thule-Neuling einen heiligen Auftrag: Rudloff alias Hugin sollte Auge und Ohr der Thule-Gesellschaft sein.

Die Gruppe erreichte das Untergeschoss des Nordturms und stand schließlich erneut vor einer mit einem Eisengitter gesicherten Tür.

Felix Günther schloss auf und alle versammelten sich in der Gruft. Immerhin war es hier angenehm kühl und Hugin stellte mit Erleichterung fest, dass sein Feuermal nicht mehr so stark juckte. Er achtete darauf, dass er direkt neben den Zielpersonen stand. Schließlich wollte er kein Wort verpassen, das zwischen ihnen gewechselt wurde.

17

Neugierig sah sich Marc in der halbdunklen Krypta um. In der Mitte des Raumes befand sich ein kreisrundes Becken. Drei Stufen führten zu dem Bassin hinab, in dem eine steinerne Schale stand.

Durch vier Schächte gelangte etwas Licht von außen herein und traf sich auf der Schale. Der Raum war wie das Becken kreisrund und hatte einen Durchmesser von etwa vierzehn Metern, das Dach bildete eine bis zu zehn Meter hohe Kuppel. Ganz oben, im Kuppelscheitel, war ein stilisiertes Hakenkreuz angebracht.

Während den Obergruppenführersaal zwölf Säulen umrundeten, wurde die Krypta von zwölf niedrigen, steinernen Rundsockeln umgeben. Ansonsten war der Raum leer. Marc stieß enttäuscht Luft aus. Insgeheim hatte er gehofft, einen direkten Hinweis auf den Speer des Schicksals, wenn nicht sogar den Speer selbst zu finden, aber außer massivem Stein gab es hier nichts zu entdecken. Keine Nische, keine verwinkelte Ecke, keine Öffnung, kein Spalt, keine Falltür, nichts, wo etwas verborgen sein könnte.

»Wir stehen hier in der Krypta oder Gruft, wie sie von den Architekten genannt wurde«, erklärte Felix Günther. Seine Stimme hallte von den Wänden wider und wegen des Echos hatte Marc Schwierigkeiten, ihn zu verstehen. »Die Krypta wurde ab Ende der Dreißigerjahre von KZ-Häftlingen unter unmenschlichen Bedingungen aus dem Granitfelsen geschlagen. Von den 3.900 Häftlingen, die hier gearbeitet haben, ist ein Drittel ums Leben gekommen, sei es durch Überanstrengung, Unterernährung, Krankheiten, Folter oder direkten Mord. Der Raum ist einem mykenischen Kuppelgrab nachgestaltet. Wie alle Kuppelräume zeichnet sich die Krypta durch eine bemerkenswerte Akustik aus. Wenn man in dieses Becken steigt und laut ruft, hört man ein mehrfaches Echo; wenn man sich unmittelbar an der Wand aufhält, ist eine Verständigung über den ganzen Raum hinweg durch Flüstern möglich. Hat jemand Fragen?«

»Ja«, zeigte einer der Teilnehmer auf. »Wozu diente dieser Raum?«

»Das ist nicht ganz leicht zu beantworten«, erwiderte Felix Günther. »Deshalb vielleicht zuerst eine Gegenfrage: Sagt Ihnen der Name Walhall etwas?«

Marc spürte, dass Edda etwas sagen wollte, und stieß sie an. Er wollte zuerst die Erklärung des Führers hören.

Der ließ damit nicht lange auf sich warten: »Die alten Germanen glaubten, dass Menschen, die den ›Strohtod‹ starben, also nicht an einer Kriegsverletzung, in das Reich der Hel verbannt wurden, in eine finstere, neblige Unterwelt. Wer aber würdig im Kampf fiel, den holten die Walküren, göttliche Jungfrauen, von der Walstatt, was so viel wie Kampf- oder Schlachtfeld bedeutet, nach Walhall zu Odin. Odin war der höchste germanische Gott und versammelte die gefallenen Helden um sich, um am Tag der Götterdämmerung Ragnarök, dem Ende der Welt, mit ihnen gegen die dunklen Mächte zu kämpfen. Walhall ist also der Ort der toten Krieger oder auch das Reich der Ahnen. Es wird vermutet, dass in der Krypta SS-Totenfeiern zelebriert werden sollten. Darauf weist auch die steinerne Schale in der Mitte des Beckens hin, wo vermutlich eine ›ewige Flamme‹ aufgestellt werden sollte, um die SS-Männer mit der ›Ahnenseele‹ ihrer Vorfahren und toten Kameraden zu verbinden. Kein Wunder also, dass dieser Raum volkstümlich auch als Walhall bezeichnet wird. Noch jemand Fragen?«

Marc ergriff das Wort: »Ich habe gelesen, dass die Architekten der Wewelsburg den Nordturm als Mittelpunkt der Welt bezeichnet haben. Können Sie uns dazu etwas sagen?«

»Das ist richtig«, antwortete der Führer. »Möglicherweise lässt sich das mit Himmlers Faszination für germanische Mythologie erklären. In der *Edda* wird die Weltesche Yggdrasil ›Mittelpunkt der Welt‹ genannt. Haben Sie den Namen Yggdrasil schon einmal gehört?«

Niemand antwortete.

»Nun, die alten Germanen stellten sich die Welt aus drei übereinandergeschichteten Ebenen vor. Auf der obersten Ebene Asgard, dem Himmel, wenn Sie so wollen, lebten die

Göttergruppen der Asen und Vanen, auf der Ebene darunter, der Erde, lag Midgard, wo die Menschen, die Riesen, die dunklen Elfen und die Zwerge hausten. Asgard und Midgard, Himmel und Erde, waren durch die Brücke Bifröst miteinander verbunden. Bifröst wird von dem Asen Heimdall bewacht und ist für Menschen als Regenbogen sichtbar. Die unterste Ebene kann man sich als Reich der Toten oder Unterwelt vorstellen. Der mächtige Stamm der Weltesche Yggdrasil reicht über alle drei Ebenen, verbindet sie und hält sie zusammen.«

»Elfen, Zwerge, Riesen«, meinte einer der Jugendlichen. »Das erinnert mich alles an *Herr der Ringe.*«

»Das ist kein Zufall«, grinste der Museumsführer. »Viele Handlungsstränge im *Herr der Ringe* haben ihr Vorbild in der keltischen und nordischen Literatur. Es ist bekannt, dass Tolkien die *Edda* studiert und sich daraus bedient hat. Um nicht zu sagen: geklaut.« Felix Günthers Grinsen wurde noch breiter. »Na ja, auf jeden Fall verehrten die alten Germanen eine Säule, die sogenannte Irminsul, die die Weltesche Yggdrasil symbolisiert hat. Manche glauben nun, dass der Nordturm mit der in die Erde reichenden Krypta, die die Unterwelt symbolisiert, dem Obergruppenführersaal, der Welt der Menschen, und der geplanten, nach oben hin geöffneten Kuppelhalle im dritten Stockwerk, ebenfalls als eine solche symbolische Mittelpunktachse gedacht war.«

Edda knuffte Marc in die Seite. »Der Nordturm ist eine gigantische Irminsul«, flüsterte sie aufgeregt. »Und sie steht im Mittelpunkt der Welt! Erinnern Sie sich an die Botschaft meines Vaters: Die Irminsul steht im Mittelpunkt. Sie zeigt dir den Feind und den Sieger!«

Marc nickte langsam und wandte sich wieder an Felix Günther. »Hat der Nordturm irgendetwas mit einem Feind oder Sieger zu tun?«, fragte er.

Der Führer wirkte verwirrt. »Das verstehe ich nicht.«

Marc überlegte, wie er weiterkam, ohne zu viel zu verraten. »Nun, ich habe irgendwo gehört, dass der Nordturm einen Feind und einen Sieger zeigen soll.«

»Nein, das ist mir unbekannt«, entgegnete Felix Günther bestimmt. »Und ich müsste es wissen, glauben Sie mir.«

Marc kaute verzweifelt auf seiner Unterlippe. »In den Ausstellungsräumen im alten SS-Wachgebäude hängt eine Lagezeichnung über den geplanten Ausbau der Wewelsburg«, startete er einen neuen Versuch. »Und dieser Entwurf sieht aus wie ein riesiger Speer oder eine riesige Lanze. Vielleicht können Sie uns dazu etwas erzählen.«

»Sie sind bei Gott nicht der Erste, dem das aufgefallen ist«, antwortete Günther. »Einige Spinner, entschuldigen Sie den Ausdruck, glauben, der Entwurf erinnere verdächtig an die Heilige Lanze oder den Speer des Longinus, mit dem der römische Hauptmann Longinus der Legende zufolge Jesus am Kreuz verletzt haben soll. Es ist allgemein bekannt, dass Himmler vom Heiligen Gral und der Heiligen Lanze fasziniert war und danach hat suchen lassen. Deshalb soll er den Obergruppenführersaal über uns auch als eine Kopie des Gralstempels aus der Bayreuther *Parsifal*-Uraufführung von 1882 ausgestaltet haben. Der Mittelpunkt der Oper Parsifal ist der Speer des Longinus, um dessen Besitz der Kampf zwischen den Gralsrittern und deren Gegnern tobt. Es gibt sogar Menschen, die meinen, die Vertiefung hier in der Mitte der Krypta sei der Standort des Heiligen Grals und/oder der Heiligen Lanze gewesen, und die das in verschiedenen Büchern publiziert haben. Deshalb haben wir es ständig mit Verrückten zu tun, die hier nach dem Gral oder nach dem Speer suchen.«

Er durchbohrte Marc mit seinen Blicken, als wollte er andeuten, er habe ihn durchschaut.

»Sie halten also nichts von diesen Theorien?«, fragte Marc vorsichtig nach.

»Ich halte das für ausgemachten Humbug, um es freundlich auszudrücken«, gab Günther zurück. »Hermann Bartels, der ausführende Architekt des Umbaus der Wewelsburg, hat nach dem Krieg jede architektonische Anspielung auf den Grals- oder den Longinus-Mythos strikt zurückgewiesen.«

»Ja, *nach* dem Krieg«, mischte sich ein älterer männlicher Teilnehmer der Gruppe ein. »Was hätte der da auch anderes sagen sollen?«

»Man kann sich natürlich alles so hindrehen, wie man es gerne hätte«, entgegnete Felix Günther genervt. »Es ist eine Tatsache, dass sich weder der Gral noch der Speer des Longinus jemals in oder unter dieser Gruft befunden haben oder noch befinden. Basta!«

Marc zog scharf die Luft ein. Die Auskünfte des Führers waren an Deutlichkeit nicht zu übertreffen. Andererseits musste hier etwas sein! Die Botschaft von Eddas Vater war eindeutig: Sie hatten den Mittelpunkt und die Irminsul gefunden. Und die Irminsul, also der Nordturm, sollte einen Feind und einen Sieger zeigen. *Zeigen!* In diesem Augenblick hatte Marc eine Erleuchtung: Vielleicht stellte der Lageplan tatsächlich keinen Speer dar! Es ist ein Pfeil!, schoss es Marc durch den Kopf. Ein Richtungspfeil! Und dieser Pfeil zeigt den Feind und den Sieger!

Er hielt Felix Günther zurück, der schon im Begriff war zu gehen.

»Eine Frage noch: Wenn man die von der SS geplante Form der Anlage als Pfeil deutet: Wohin würde dieser Pfeil dann zeigen?«

Der Führer atmete schwer durch, als müsste er eine spontane Antwort hinunterschlucken. »Wenn Sie die Anlage tatsächlich als Speer oder Pfeil mit dem Nordturm als äußerste

Spitze betrachten wollen, dann weist die Anlage, wie Sie der Bezeichnung Nordturm unschwer entnehmen können, nach Norden, genauer gesagt, nach Nordnordwest.« Günther hob die Hand, um nicht unterbrochen zu werden. »Und bevor Sie gleich Ihre nächste Frage stellen: Ja, es gibt die Theorie, dass Himmler diese Ausrichtung gewählt hat, weil der geheimnisvolle Ort Thule, eine Insel im hohen Norden, dort gelegen haben soll.«

»Thule?«, fragte einer der Jugendlichen. »Ist das nicht die Heimat von Prinz Eisenherz?«

»Das weiß ich nicht«, entgegnete Günther. »Viele Nazis, so auch Himmler, glaubten, Thule sei die Urheimat der Arier gewesen. Dieses Thule soll schon Jahrtausende vor den uns bekannten Kulturanfängen existiert und über ein unglaubliches technisches und astronomisches Wissen verfügt haben. Durch Vermischungen mit niederen Rassen und den Missbrauch ihrer außerordentlichen Fähigkeiten seien die Arier degeneriert und mit großen Naturkatastrophen bestraft worden. Aber einige Überlebende seien in andere Weltteile ausgewandert und hätten dort sämtliche Hochkulturen der Welt in China, Ägypten, Indien, Persien und Griechenland begründet.«

»Ich verstehe«, sagte Marc, obwohl er langsam gar nichts mehr verstand. »Und hat dieses Thule etwas mit Feinden und Siegern zu tun?«

Felix Günther verdrehte genervt die Augen. »Was haben Sie immer mit Ihren Feinden und Siegern? Nein, davon ist mir nichts bekannt. Wenn Sie mir jetzt bitte ...«

»Eine allerletzte Frage noch«, fiel Marc ihm ins Wort. »Dieses Thule, wo liegt das genau?«

Der Museumsmann schüttelte energisch den Kopf. »Thule liegt nirgendwo!« Er schrie jetzt fast. »Thule existiert nicht! Thule ist eine Legende! Das habe ich Ihnen doch eben gerade erklärt. Sind Ihre Fragen damit ausreichend beantwortet?«

Das war keine Frage, das war ein Befehl. Marc zog es vor, brav zu nicken.

Der Führer atmete wie befreit durch. »Dann bitte ich Sie alle, mir zum nächsten Punkt unserer Besichtigungstour zu folgen. Wir gehen jetzt zurück ins Kreismuseum und anschließend besichtigen wir das Gelände des ehemaligen Konzentrationslagers.«

18

Berger saß mit seinem engsten Mitarbeiter Frank Rübberdt in seinem Büro im Schlosshotel und ging zum wahrscheinlich tausendsten Mal die Einsatzpläne durch. Berger hielt viel von dem achtunddreißigjährigen Regierungsdirektor, den er sich für die Zeit des Gipfels vom Bundeskanzleramt quasi ausgeliehen hatte. Direkt nach seinem Jurastudium hatte Rübberdt sich auf eine Stelle im Bundeskanzleramt beworben, war von dort aber auf den BND verwiesen worden. Nach einigen Jahren in Pullach war er nach Köln zum Bundesamt für Verfassungsschutz gewechselt und schließlich hatte er es doch noch ins Bundeskanzleramt in Berlin geschafft, wo er seit einem Jahr als Referent für den Geheimdienstkoordinator tätig war.

Berger hatte schnell gemerkt, dass er mit Rübberdt einen Volltreffer gelandet hatte, auch wenn er rein menschlich aus dem verschlossenen Mann, der nur seine Arbeit im Kopf zu haben schien, nicht recht schlau wurde.

Die Tür zu Bergers Büro flog auf und eine etwa fünfundvierzigjährige Frau stürmte zusammen mit ihrer aus zwei gegelten Jungreferenten bestehenden Entourage herein. Sie baute sich vor Berger und Rübberdt auf. »Was geht hier vor?«, herrschte sie die beiden an.

Berger hob verwundert den Blick: Dr. Johanna Glauer, von allen intern Aua genannt. Ihr Erscheinungsbild war wie immer tadellos. Jede Strähne ihrer Frisur saß wie von einem Bildhauer modelliert, ihr blaues Seidenkostüm wies keine Falte, kein Staubkorn und keinen Schweißfleck auf, obwohl sie wie Berger schon seit dem frühen Morgen auf den Beinen war.

Johanna Glauer trug den für einen Beamten einzigartigen Titel ›Politische Direktorin‹, was nichts anderes bedeutete, als dass sie Abteilungsleiterin der Politischen Abteilung des Auswärtigen Amtes war. Die Aufgabe der Politischen Abteilung bestand in der Analyse, Planung, Gestaltung und Koordination der deutschen Außenpolitik gegenüber den Staaten Europas, Nordamerikas und Zentralasiens. Außerdem war die Abteilung für alle Aspekte der europäischen und transatlantischen Sicherheitsbeziehungen mit dem Schwerpunkt internationaler Terrorismus und internationale Kriminalität zuständig.

Auf dem G8-Gipfel fungierte Johanna Glauer als einer von drei sogenannten Sous- oder Untersherpas für den Hauptsherpa Dr. Bernd Redecker, Staatssekretär im Bundesministerium für Wirtschaft und Technologie und Persönlicher Beauftragter der Bundeskanzlerin für die Weltwirtschaftsgipfel der G8-Staaten.

Die Aufgabe eines ›Sherpa‹ bei einem Gipfeltreffen wie dem G8 war klar umrissen: Er war dessen wichtigster Organisator. Der Begriff Sherpa stammte ursprünglich aus Nepal und bezeichnete eine für ihre Zähigkeit und Ausdauer bekannte nepalesische Volksgruppe, die viele Bergführer hervorgebracht hat. Menschen also, die dafür sorgen, dass andere Gipfel erklimmen können. Gelingt der Aufstieg, bleibt der Sherpa bescheiden im Hintergrund, während der Bergsteiger sich feiern lässt. Misslingt er, wird oft der Sherpa dafür verantwortlich gemacht.

Und deshalb war sich Berger darüber bewusst, dass Johanna Glauer seit Wochen unter Dauerstrom stand. Sie kümmerte sich um jede Kleinigkeit, wollte über jeden Aspekt informiert werden – und sei er auch noch so nebensächlich – und hatte sich so zum Schrecken von Berger und seinen Mitarbeitern entwickelt.

»Was soll sein?«, fragte Berger mit gespielter Beiläufigkeit zurück. Inzwischen machten er und seine Männer sich einen Spaß daraus, Aua zur Weißglut zu treiben.

Johanna Glauer stemmte ihre Fäuste in die Hüften. »Ich bin über *Dritte* darüber informiert worden, dass die Demonstranten kurz davorstehen, den Zaun zu stürmen«, fauchte sie Berger an. »Warum habe ich von Ihnen keinen Bericht erhalten?«

Der Leitende Kriminaldirektor hielt ihrem bohrenden Blick unbeeindruckt stand. »Das BKA ist für den Schutz des Zaunes nicht zuständig«, beschied er knapp.

Berger bemerkte zufrieden, wie Glauer für einen Moment die Spucke wegblieb.

»Nicht zuständig«, wiederholte sie schließlich tonlos, als fiele ihr nichts Besseres ein. *»Nicht zuständig!«*, schrie sie dann unvermittelt los. »Außer mir ist hier offenbar niemand für irgendetwas zuständig! Das BKA soll das Hotel schützen. Können Sie mir verraten, wie Sie das anstellen wollen, wenn die Demonstranten den Zaun stürmen?«

Obwohl Berger nicht übel Lust hatte, die Frau noch ein wenig zu reizen, beschloss er, die Deeskalation einzuleiten.

»Wir haben alles im Griff«, versicherte er. »Ich habe mehrere Hundertschaften Bundespolizei an den Zaun beordert und die haben da schnell für Ruhe gesorgt. Wir haben die

Demonstranten fünfzig Meter vom Zaun zurückgedrängt. Jetzt ist wieder genügend Luft zwischen den Demonstranten und uns.«

»*Fünfzig Meter!*«, jaulte Johanna Glauer auf. »Das ist so gut wie nichts.«

»Mehr ist nicht drin«, wehrte Berger ab. »Das ist auch die Einschätzung der nordrhein-westfälischen Polizei vor Ort. Wenn wir die G8-Gegner noch weiter zurückdrängen, könnte die Stimmung explodieren.«

Glauer nickte langsam. »Sie können mir also garantieren, dass wir hier sicher sind?«, fragte sie.

Berger musste sich ein Schmunzeln verkneifen. Aua führte schon Rückzugsgefechte. »Absolut«, sagte er mit ernstem Gesicht.

»Gut.« Johanna Glauer schnippte zweimal mit den Fingern und dirigierte ihre Jünglinge, die, ihrem Aussehen nach zu urteilen, frisch von der Uni kamen, in Richtung Tür. Dort drehte sie sich noch einmal um. »Aber ich verlange, über jede – und ich meine *jede* – Änderung der Sicherheitslage unverzüglich informiert zu werden.«

»Selbstverständlich«, versicherte Berger und kniff den Mund zusammen, um nicht laut loszuprusten.

Glauer verabschiedete sich mit einem warnenden Vergiss-es-ja-nicht-Nicken, ihre Trabanten taten es ihr nach, dann rauschten die drei endgültig ab.

Rübberdt hatte den Auftritt mit bebenden Lippen verfolgt.

Berger wechselte einen Blick mit ihm und für einen Moment schauten sie sich mit ausdruckslosen Gesichtern an. Dann brach das befreiende Lachen fast gleichzeitig aus ihnen heraus.

19

Edda und Marc hatten sich von der Gruppe abgesetzt und beobachteten, wie die anderen Teilnehmer das Kreismuseum betraten.

Marc war enttäuscht. »Mehr werden wir hier nicht erfahren«, meinte er. »Und wir tappen immer noch im Dunkeln.«

»Aber wir *müssen* hier richtig sein«, beharrte Edda. »Alles passt perfekt zusammen: Die Wewelsburg ist das Ende der Ahnenreihe, es gibt einen Mittelpunkt und eine Irminsul, die im Mittelpunkt steht und die Anlage hat die Form eines Speeres.«

»Es *scheint* alles zusammenzupassen«, korrigierte Marc. »Vergessen Sie nicht, dass Ihr Vater ein Freund von Mehrdeutigkeiten war. Es gibt hier nun einmal keinen Feind und keinen Sieger. Und der Speer des Schicksals befindet sich mit Sicherheit ebenfalls nicht hier, Sie haben den Mann vom Museum doch gehört.«

»Aber wir haben genau das getan, was mein Vater mir aufgetragen hat.« Edda schien der Verzweiflung nahe zu sein. »Ich wüsste nicht, was wir falsch gemacht haben.«

»Wir müssen noch einmal ganz von vorn beginnen«, entschied Marc. »Fangen wir an mit dem ersten Satz der zweiten Botschaft.« Er zog den Zettel aus der Tasche. »Verfolge die Ahnenreihe zurück«, sagte er mehr zu sich selbst. »Ich bin mir eigentlich sicher, dass wir die richtige Ahnenreihe gefunden haben. Vielleicht sollten wir aber nicht gleich zum letzten Punkt der Ahnenreihe fahren, sondern müssen sie systematisch abarbeiten. Wir müssen also nach Quedlinburg, nach Enger, zum Hermannsdenkmal und zum Schluss vielleicht noch einmal zur Wewelsburg.«

»Und was soll das bringen?«, maulte Edda. »Am Ende landen wir doch wieder hier, weil die Wewelsburg der letzte Ort der Ahnenreihe ist. Die Fahrerei können wir uns sparen.«

Marc schüttelte unwillig den Kopf. »Es handelt sich um eine Botschaft *Ihres* Vaters – ich will Ihnen nur helfen. Aber wenn Sie einen besseren Vorschlag haben …«

Edda atmete tief durch. »Tut mir leid«, sagte sie und legte ihre Hand auf Marcs Unterarm. »Ich wollte Sie nicht angreifen. Und nein, eine andere Idee habe ich auch nicht, geschweige denn, eine bessere. Also lassen Sie uns nach Quedlinburg fahren. Wo liegt das überhaupt?«

»Irgendwo in Sachsen-Anhalt«, meinte Marc. »Genauer weiß ich es auch nicht. Am besten, wir schauen nach.«

Sie gingen zu dem Golf zurück, der in der letzten Stunde der prallen Sonne ausgesetzt gewesen war. Marc öffnete die Wagentür, nahm den Straßenatlas vom Rücksitz und legte ihn auf die glühend heiße Kühlerhaube. Edda schlug das dicke Buch auf.

Nach drei Minuten schaute sie wieder hoch. »Ich denke, ich habe alles gefunden. Wir befinden uns hier, in Wewelsburg, das Hermannsdenkmal ist hier, Enger da und Quedlinburg«, sie blätterte die Seite einmal um, »liegt hier im Osten.« Sie tippte mit dem Zeigefinger nacheinander auf die entsprechenden Punkte auf der Karte. »Wenn wir alle Orte besuchen wollen, sollten wir die Route vorher planen, damit wir nicht alles doppelt fahren müssen. Ich denke, es ist am ökonomischsten, wenn wir zuerst zu Widukinds Grab nach Enger fahren.«

»Kennen Sie das Grab?«, wollte Marc wissen.

»Natürlich, schließlich bin ich in Enger geboren und aufgewachsen. Der ›Widukindsarkophag‹ befindet sich in der Apsis der Stiftskirche hinter dem Altar. Es handelt sich um einen Steinsockel mit einer Reliefplatte, die die lebensgroße

Gestalt eines jungen Mannes mit Krone zeigt. Dass es sich um Widukind handelt, belegen lateinische Inschriften auf der Grabplatte.« Edda beugte sich wieder über den Atlas. »Enger liegt fast genau im Norden von Wewelsburg. Dann fahren wir zurück nach Südosten zum Hermannsdenkmal und von dort geht es dann praktisch schnurgerade in Richtung Osten nach Quedlinburg.«

Marc starrte auf einen imaginären Punkt in der Ferne. Plötzlich durchzuckte ihn ein Gedanke, der alles in einem ganz neuen Licht zeigte. Trotz der Hitze wurde ihm eiskalt. Mein Gott, dachte er. Warum bin ich nicht vorher darauf gekommen?

»Was ist los?«, fragte Edda. »Haben Sie ein Gespenst gesehen?«

»Kann sein«, gab Marc zurück. »Vielleicht ist es aber auch die Lösung unseres Problems. Schauen Sie doch bitte mal im Handschuhfach nach. Dort müsste ein schwarzer Filzstift liegen.«

Edda beugte sich in den Wagen und kramte einige Sekunden in dem Fach herum. Schließlich zog sie den dicken Stift hervor. »Und was soll ich damit?«, fragte sie.

»Den nehmen Sie jetzt und ziehen damit eine Linie von Quedlinburg zum Hermannsdenkmal.«

Edda betrachtete den Anwalt verwundert, sagte aber nichts. Sie benutzte den Rücken der Wewelsburg-Broschüre als Lineal und verband die beiden Punkte mit einem dicken schwarzen Strich. »Die Linie ist nahezu waagerecht«, stellte sie dann fest. »Das ist aber auch kein Wunder, weil Quedlinburg und das Hermannsdenkmal fast auf einem Breitengrad liegen. Und jetzt?«

»Jetzt ziehen Sie eine Linie vom Hermannsdenkmal nach Enger im Nordwesten und anschließend vom Hermannsdenkmal zur Wewelsburg im Südwesten.«

Edda führte auch diese Anweisung aus und sah sich das Ergebnis an. »Und jetzt?«, fragte sie.

Marc grinste zufrieden. »Jetzt teilen Sie mir mit, was Sie sehen!«

»Was soll ich da sehen?«, fragte Edda zurück. »Sieht aus wie ein Y, das auf der Seite liegt.«

Marc wartete einen Moment, ob Edda begriff. Weil das anscheinend nicht der Fall war, sagte er: »Ein Y! Erinnert Sie das nicht an irgendetwas?«

Edda schlug sich mit der flachen Hand vor die Stirn. »Natürlich! Das Y ist das Symbol für die Irminsul. Die Punkte der Ahnenreihe bilden eine gigantische Irminsul.«

»Exakt«, bestätigte Marc. »Wir haben die Ahnenreihe zurückverfolgt und die Irminsul gefunden. Und das Hermannsdenkmal«, er drückte den Zeigefinger auf den Punkt auf der Karte, an dem sich alle Linien trafen, »ist der Mittelpunkt.«

»Aber im Mittelpunkt soll doch die Irminsul stehen, nicht das Hermannsdenkmal«, wandte Edda ein.

Marc hob die Schultern. »Vielleicht meinte Ihr Vater, die Irminsul steht in der Nähe des Hermannsdenkmals und wir müssen zurück zu den Externsteinen. Die sind schließlich nur acht Kilometer vom Hermannsdenkmal entfernt.«

»Das glaube ich nicht«, widersprach Edda. »Dort waren wir schließlich schon. Warum sollte mein Vater uns zurückschicken? Außerdem soll die Irminsul ›dort‹ stehen, das heißt, *im* Mittelpunkt, nicht ›in der Nähe‹ des Mittelpunktes.«

»Das klingt logisch«, musste Marc zugeben. »Vielleicht sollten wir uns erst mal über Hermann und sein Denkmal schlaumachen. Und ich glaube, ich weiß auch schon, bei wem.«

20

Seit einer halben Stunde wartete Zeidler in einer Art fensterlosem Vorraum. Auch akustisch war er praktisch von der Außenwelt abgeschnitten. Nur wenn er sich anstrengte, meinte er, ab und zu undeutliches Stimmengemurmel zu vernehmen.

Endlich wurde die einzige Tür geöffnet und zwei riesige Männer, die wie Berufscatcher aussahen, kamen herein.

Sie führten ihn einen Gang entlang und schließlich durch eine große, torartige Tür in einen kreisrunden Raum, der den Professor an die Krypta der Wewelsburg erinnerte, die er einige Male besucht hatte. Dieser Raum war ebenfalls von zwölf steinernen Sockeln umgeben, in der runden Vertiefung genau in der Mitte stand ein Stuhl. Auf zehn Sockeln saßen Gestalten, die mit langen schwarzen Kutten und spitzen Kapuzen vermummt waren, zwei der Sockel waren leer.

Zeidler musste unwillkürlich an seine Initiation vor über dreißig Jahren denken. Es war totenstill, alle Blicke waren auf ihn gerichtet. Der Professor spürte, wie ihm kalter Schweiß auf die Stirn trat.

Eine der Gestalten erhob sich von ihrem Platz. »Heil und Sieg, Alwis«, sagte sie und Zeidler erkannte die Stimme sofort. Odin, der oberste Führer der Thule-Gesellschaft, den er nur vermummt kannte. »Du bist heute hier, um in den innersten Kreis unserer Gemeinschaft aufgenommen zu werden«, fuhr Odin fort. »Bist du dazu bereit?«

Zeidler holte tief Luft, dann nickte er stumm.

»Bevor wir dich aufnehmen, musst du deinen Willen durch eine letzte Prüfung beweisen«, setzte Odin seinen Vortrag fort. »Eine Prüfung, der wir uns alle hier in diesem Raum unterziehen mussten. Noch kannst du ablehnen und wir lassen dich gehen. Aber sobald du dich bereit erklärt hast, die Prüfung abzulegen, gibt es kein Zurück mehr. Hast du das verstanden?«

Zeidler zögerte einen winzigen Moment. Dann nickte er erneut. Ganz wohl war ihm nicht, aber die Aussicht, eine Führungsposition in der geheimsten und mächtigsten Organisation Deutschlands zu erhalten, war zu verlockend.

»Deshalb frage ich dich jetzt«, hob Odin an. »Bist du bereit für die letzte Prüfung?«

»Ja, ich bin bereit«, antwortete Zeidler mit fester Stimme.

Odin zog an einem Strick, der neben ihm hing.

Zeidler hatte nicht die geringste Ahnung, was auf ihn zukam. Und das machte ihn fast wahnsinnig. Der Schweiß strömte ihm aus allen Poren.

Nun vernahm er von draußen lautes Geschrei und Sekunden später wurde ein Mann, über dessen Kopf und Oberkörper man einen Sack gestülpt hatte und dessen Hände auf dem Rücken gefesselt waren, von den zwei grobschlächtigen Kerlen, die Zeidler zuvor abgeholt hatten, in den Raum gezerrt. Der gefesselte Mann wehrte sich verzweifelt, hatte aber gegen die beiden Riesen keine Chance. Brutal wurde er auf den Stuhl in der Vertiefung gedrückt und daran festgebunden.

»Hilfe!«, hörte Zeidler die dumpfe, von panischer Angst erfüllte Stimme des Mannes unter dem Sack. »Hilfe! Warum hilft mir niemand? Hallo, ist da jemand?«

Zeidler starrte regungslos und mit angehaltenem Atem auf den Gefesselten und spürte, wie sich die Haare auf seinen Armen aufstellten. Was ging hier vor?

»Du bist ein Verräter«, sagte Odin mit ruhiger Stimme. »Und ...«

»Ich bin kein Verräter!«, protestierte die klägliche Stimme. »Ich habe nichts getan. Bitte, helft mir! Ich ...«

»Wir *wissen*, dass du ein Verräter bist«, donnerte Odin. »Und für Verräter gibt es in unserer Gemeinschaft nur eine Strafe: den Tod.«

»*Nein*!«, kreischte der Mann laut auf. »Bitte! Ich habe nichts …«

Odin gab den beiden Muskelprotzen ein Zeichen. Einer der beiden verpasste dem Gefangenen einen brutalen Schlag ins Gesicht und der Mann sackte seitlich auf dem Stuhl zusammen. Eine unheimliche Stille breitete sich aus.

Zeidler öffnete in maßlosem Entsetzen den Mund. »Ihr … ihr wollt diesen Mann töten?«

Odin schüttelte den Kopf. »Nein, natürlich nicht«, sagte er und Zeidler fühlte kurz Erleichterung. Doch als er Odins nächste Worte hörte, traf ihn die Schockwelle wie eine Kugel in die Brust.

»*Du* wirst das für uns erledigen. Und das ist auch gleichzeitig deine letzte Prüfung.«

»Aber ich … ich bin doch kein Mör…«

»Kein Mörder, wolltest du sagen?«, schnitt Odin Zeidler das Wort mit einem scharfen Unterton der Verärgerung in der Stimme ab. »Ist es das, wofür du uns hältst: für Mörder? Ich sagte dir schon, dass wir alle uns dieser Prüfung unterziehen mussten, sonst wären wir nicht hier.«

»Nein … nein, natürlich nicht«, stotterte Zeidler. »Natürlich seid ihr keine Mörder. Aber ich weiß, ehrlich gesagt, nicht, ob ich das kann. Ich meine, um so etwas zu tun, braucht man doch eine bestimmte … äh … eine bestimmte Mentalität, nicht wahr?«

»Das ist richtig«, erwiderte Odin. »Man braucht Entschlossenheit. Entschlossenheit, das Richtige zu tun. Wir können in unserem Kreis nur Männer gebrauchen, die diese Entschlossenheit haben.«

Odin gab der vermummten Gestalt neben sich ein Zeichen und ihm wurde eine Schatulle aus Rosenholz gereicht. Odin öffnete sie und entnahm ihr einen Revolver mit Griffschalen aus Perlmutt. Er drückte Zeidler die Waffe in die Hand. »Du weißt, was von dir erwartet wird«, sagte er. »Zeig uns, dass du dazugehören willst. Zeig uns deine Entschlossenheit!«

Zeidler schloss die Augen und versuchte, sich zu konzentrieren. Bleib ruhig, sagte er sich. Du musst ruhig bleiben und das Problem rational angehen.

Offenbar sollte er vor allem seine Loyalität beweisen. Er hatte so etwas schon von der Mafia und anderen Geheim-Organisationen gehört. ›Keuschheitsprüfung‹ wurde dieser Test genannt: Man musste sich strafbar machen, bevor man in die Gemeinschaft aufgenommen wurde. Auf diese Weise konnten insbesondere Polizeispitzel enttarnt werden, bevor sie die Organisation unterwanderten.

Und in diesem Moment verstand Zeidler: Es ging darum, seine *Bereitschaft* zu beweisen, mehr nicht! Es kam gar nicht darauf an, einen anderen Menschen zu töten, man musste nur zeigen, dass man es konnte. Mit ziemlicher Sicherheit handelte es sich also um eine Scheinhinrichtung, denn die Alternative würde bedeuten, dass die Männer in diesem Raum allesamt Mörder waren. Er wusste zwar nicht, wer Mitglied des innersten Kreises war, hatte aber von seinem Lehrer Professor Wehking gehört, dass es sich ausnahmslos um Männer aus den höchsten und besten Kreisen der Gesellschaft handelte. Solche Leute töteten doch nicht einfach so einen Menschen.

»Was ist, Alwis?«, fragte Odin in die Stille. »Absolviere die Prüfung!«

»Also gut«, sagte Zeidler und versuchte, Festigkeit in seine Stimme zu legen. »Ich bin bereit. Muss ich vorher noch irgendetwas tun? Die Waffe entsichern, oder so?«

»Das ist ein Revolver«, antwortete Odin. »Den kann man nicht sichern. Du musst einfach nur abdrücken.«

Mit der erhobenen Waffe in der Hand ging Zeidler auf den Mann auf dem Stuhl zu. Der hatte sich mittlerweile ein wenig von dem Schlag erholt, er stöhnte laut und richtete sich halb auf dem Sitz auf.

Zeidler fuhr erschrocken zurück.

»Tu es, Alwis!«, befahl Odin. »Töte den Verräter!«

Nun war der Mann auf dem Stuhl wieder voll bei Bewusstsein. »Ich bin kein Verräter«, schrie er verzweifelt. »Bitte, glaubt mir! Ich habe niemanden verraten. Ich schwöre es! Ich schwöre es bei allem, was mir heilig ist!«

Zeidler stand mit erhobenem Revolver vor dem Delinquenten. Eben war er sich seiner Sache doch noch so sicher gewesen, aber jetzt wusste er auf einmal nicht mehr, was er tun sollte.

Der Mann auf dem Stuhl schien Zeidlers Unsicherheit zu spüren. Er richtete sich jetzt ganz auf und schaute in die Richtung, in der er den Schützen vermutete.

»Tun Sie es nicht«, flehte er mit leiser Stimme. »Sie sind ein guter Mensch, ich bin mir sicher. Sie können keinen Menschen ermorden.«

»Du bist ein Verräter!«, wiederholte Odin mit kalter Wut. »Du hast den Tod verdient!« Und dann, an Zeidler gewandt: »Erlöse uns von diesem Gewinsel, Alwis. Tu endlich deine Pflicht!«

»*Nein!*«, schrie der Mann auf dem Stuhl auf. »Bitte nicht! Ich habe eine Frau und drei kleine Kinder, einen Jungen und zwei Mädchen. Zwei, vier und sechs Jahre alt. Der älteste kommt dieses Jahr in die Schule. Bitte, lassen Sie mich am Leben!«

Zeidler holte tief Luft und ging blitzartig noch einmal alle Möglichkeiten durch. Wenn es eine Scheinhinrichtung war, konnte ihm nichts passieren, wenn er abdrückte. Wenn es sich dagegen um eine echte Hinrichtung handelte und der Mann auf dem Stuhl vor ihm ein Verräter war, würde der Mann so oder so sterben, wenn nicht durch ihn, dann durch die Hand eines anderen Mitgliedes der Thule.

Zeidler streckte den rechten Arm aus und richtete ihn auf den Oberkörper des Mannes.

Dessen Stimme war nur noch ein leises Winseln. »Bitte nicht«, flüsterte er. »Bitte, bitte nicht!«

Zeidlers Arm zitterte.

»Tu es, Alwis!«, donnerte Odin.

Zeidler drückte ab.

21

Die Wewelsburg war vor zehn Minuten im Rückspiegel verschwunden. Während Edda durch das Seitenfenster auf die vorbeiziehende Landschaft schaute, telefonierte Marc. Er wusste von einem ehemaligen Kollegen, dass er Mitglied im *Lippischen Heimatbund* war. Von dem erhielt er die Telefonnummer und Adresse eines Mannes, der weithin als Koryphäe in Sachen Varusschlacht und Hermannsdenkmal galt. Zum Glück war dieser Mann zu Hause und bereit, Edda und Marc zu empfangen.

Marc hatte das Telefonat gerade beendet, als sein Handy zirpte. Er schaute auf das Display: Melanie.

Marc atmete tief durch und wappnete sich innerlich für eine weitere Auseinandersetzung.

»Ja?«, sagte er, nachdem er die Verbindung hergestellt hatte.

»Es tut mir leid«, hörte er Melanies Stimme. »Ich wollte mich nicht mit dir streiten.«

»Das lag auch nicht in meiner Absicht«, entgegnete Marc erleichtert. »Lass uns später sprechen, okay?«

»Okay. Und: Ich liebe dich, Marc. Das musst du mir glauben, auch wenn ich mich manchmal merkwürdig benehme.«

»Ich weiß«, sagte Marc. »Ich liebe dich auch.«

Er drückte die rote Taste und lächelte.

Edda grinste ihn an. »Na, alles wieder gut?«, wollte sie wissen.

»Sieht so aus. Unsere Beziehung ist etwas kompliziert. Aber das ist wohl auch kein Wunder. Sie hat schließlich schon unter merkwürdigen Umständen begonnen.«

Edda betrachtete Marc interessiert. »Haben Sie Lust, mir davon zu erzählen?«

Marc lächelte. »Das ist eine lange Geschichte.«

Edda lächelte maliziös zurück. »Wir haben doch Zeit«, sagte sie. »Bis Detmold brauchen wir mindestens noch zwanzig Minuten. Also, wann und wo haben Sie Ihre Freundin kennengelernt?«

»Das kann ich Ihnen genau sagen: vor neun Monaten in der Justizvollzugsanstalt Bielefeld-Brackwede. Melanie saß in Untersuchungshaft, sie wurde beschuldigt, ihren Mann erschossen zu haben.«

Eddas Mund stand weit offen. Schließlich fand sie ihre Sprache wieder. »Oh. Aber das Ganze hat sich doch sicherlich als Irrtum herausgestellt.«

»Keineswegs. Melanie hat gleich gestanden. Sie hat ihrem Mann mit einer Beretta sechs Kugeln in den Kopf gejagt. Seine eigene Mutter hatte Schwierigkeiten, ihn zu identifizieren.«

Edda schüttelte fassungslos den Kopf. »Und Sie haben die Verteidigung übernommen?«

»Ja. Zusammen mit Frau Dr. von Kleist. Ich hatte meine Anwaltszulassung noch nicht zurück.«

»Und wie kann sie jetzt mit Ihnen telefonieren, wenn sie im Gefängnis sitzt?«

»Melanie sitzt nicht mehr im Gefängnis.«

»Aber Sie sagten doch, sie habe gestanden …«

»Ja.« Marc begann Spaß an dem Gespräch zu bekommen. »Trotzdem ist sie freigesprochen worden.«

»Ein Freispruch?«, wunderte sich Edda. »Mit sechs Kugeln im Kopf? Das war doch ein regelrechter Overkill.«

»Die Staatsanwaltschaft sah das genauso und wollte eine Verurteilung wegen Mordes. Melanie hatte sich die Waffe bereits zwei Wochen vor den tödlichen Schüssen auf dem Hamburger Kiez besorgt. Außerdem hatte sie schon die Betreuung ihrer sechsjährigen Tochter Lizzy organisiert, weil sie davon ausgegangen ist, dass sie nach der Tat für lange Zeit ins Gefängnis muss. Eines Abends hat sie gewartet, bis ihr Mann neben ihr eingeschlafen war, und dann …« Marc nahm die rechte Hand kurz vom Lenkrad und imitierte mit Daumen und Zeigefinger den Abschuss einer Pistole. »Für die Staatsanwaltschaft war die Sache klar: Die Tötung eines Schlafenden ist für einen Juristen geradezu der klassische Fall des heimtückischen Mordes.«

»Und warum hat Melanie das getan?«

»Ihr Mann war ein schwerer Alkoholiker, der sie und ihre Tochter jahrelang gedemütigt und geschlagen hat. Die Gewalttätigkeiten haben sich in den Monaten und Tagen vor der Tat immer weiter gesteigert und zu schweren Verletzungen bei Melanie und auch bei Lizzy geführt. Beide waren mehrfach im Krankenhaus. Deshalb ist der Fall unter dem Namen *Haustyrannenfall* in Justizkreisen berühmt geworden.«

»Aber das ist doch noch kein Grund, einen Menschen zu erschießen«, meinte Edda. »Verstehen Sie mich bitte nicht falsch, ich habe keinerlei Mitleid mit diesem Schwein. Aber

Melanie hätte ihren Mann doch verlassen und zur Polizei und/oder in ein Frauenhaus gehen können.«

Marc warf ihr einen schalkhaften Blick zu. »Sie hätten Staatsanwältin werden sollen, das waren die Worte der Anklagevertreter.«

»Und, ist diese Ansicht so falsch?«

»Nein, natürlich nicht. Deshalb war der Freispruch ja auch ein hartes Stück Arbeit. Wir haben vorgetragen, Melanie habe sich zum Zeitpunkt der Tat in Gefahr befunden. Das Gericht ist dieser Argumentation gefolgt und hat einen entschuldigenden Notstand bejaht.«

»Das verstehe ich nicht. Wenn ihr Mann geschlafen hat, war Melanie doch nicht in Gefahr.«

»Juristisch gesehen doch. Nach der Rechtsprechung des Bundesgerichtshofes zählt zu einer Gefahr im Sinne des § 35 Absatz 1 des Strafgesetzbuches auch eine Dauergefahr, bei der ein länger andauernder gefahrdrohender Zustand jederzeit in einen Schaden umschlagen kann. Melanies Mann hatte sie und ihre Tochter mehrfach aus dem Schlaf heraus und ohne konkreten Anlass misshandelt. Deshalb waren auch in naher Zukunft fast sicher weitere Verletzungen zu erwarten.«

»Ein Grund mehr, den Mann zu verlassen oder bei der Polizei anzuzeigen. Warum hat sie das nicht getan?«

»Das war in der Tat die zentrale Frage des Prozesses. Ein entschuldigender Notstand kann nur angenommen werden, wenn es keine andere Möglichkeit als die Tat gibt. Melanie hatte sich mehrfach an verschiedene Behörden gewandt, aber niemand konnte oder wollte ihr helfen. Zumindest hatte sich bei Melanie diese Vorstellung durchgesetzt. Sie war der Meinung, ihre Situation sei ausweglos und sie könne sich und Lizzy vor weiteren Übergriffen nur durch die Tötung ihres Mannes schützen. Die Strafkammer hat die Auffassung vertreten, objektiv gesehen hätte Melanie ihren Mann verlassen können, aber aufgrund ihrer körperlichen und seelischen Verfassung nach den jahrelangen Misshandlungen und Demütigungen sei sie gehindert gewesen, ihre Möglichkeiten realistisch einzuschätzen, und dadurch sei ihre Steuerungs- und Einsichtsfähigkeit erheblich vermindert gewesen.«

Edda hob die Augenbrauen.

Marc lachte. »Und dann kam hinzu: Richter sind auch nur Menschen. Und die Richter hatten Mitleid mit Melanie. Deshalb haben sie alles getan, um eine Verurteilung wegen Mordes zu vermeiden.«

Edda zögerte. Marc merkte, dass ihr eine Frage auf der Zunge lag, die sie sich aber nicht zu stellen traute. Aber schließlich siegte die Neugier.

»Entschuldigen Sie, dass ich das sage«, setzte Edda an, »aber haben Sie eigentlich nachts keine Angst, neben Ihrer Freundin einzuschlafen, insbesondere, nachdem Sie sich gestritten haben?«

Marc grinste. »Oh, es ist doch ganz einfach, einer Gefahr vorzubeugen. Ich tue alles, was Melanie sagt, deshalb gibt es bei uns nie Streit.«

Edda lachte laut. »Das habe ich vorhin gemerkt.« Sie hielt inne und ihre Gedanken wanderten in die Vergangenheit. »Ich habe mich auch oft mit meinem Freund gestritten«, sagte sie dann. »Seit einem halben Jahr sind wir auseinander. Trotzdem sehen wir uns jeden Tag, weil ich zusammen mit ihm und ein paar anderen eine Kneipe in Schwabing betreibe.«

»Ich dachte, Sie hätten Mathematik studiert?«

»Das habe ich auch, sogar mit Diplom und allem Drum und Dran. Aber mit einer Stelle hat es hinterher nicht so richtig geklappt. Dann sind wir auf die Idee mit der Kneipe gekommen. So eine richtige Studentenkneipe mitten in Schwabing.«

»Und, läuft es gut?«

»Sehr gut sogar. Allerdings ist die Situation mit meinem Exfreund sehr spannungsgeladen. Ich glaube nicht, dass ich es noch lange aushalte. Eigentlich würde ich gern nach Enger zurück. Das Problem ist nur, dass die anderen mich momentan nicht auszahlen können.«

»Sie könnten das Unternehmen Ihrer Eltern übernehmen.«

Edda lachte bitter auf. »Jetzt hören Sie sich gerade wie mein Vater an. Aber nein, von Betriebswirtschaft habe ich keine Ahnung. Ich weiß noch nicht, wie es weitergehen wird. Ich fürchte, die Erbschaft wird nicht allzu üppig ausfallen. Dr. Reinhard hat Andeutungen gemacht, dass es um das Unternehmen meiner Eltern nicht gut steht. Mein Vater stand offenbar schon mehrfach kurz vor der Insolvenz. Ein Grund mehr, warum es für mich so wichtig wäre, wenn unsere Suche uns zu irgendetwas Wertvollem führen würde.«

22

Die Sekunden nach dem Schuss liefen für Zeidler wie in Zeitlupe ab. Der Mann auf dem Stuhl sackte in sich zusammen und rutschte zur Seite weg, bis er von seinen Fesseln aufgehalten wurde.

Eine der vermummten Gestalten, vielleicht ein Arzt, untersuchte den Mann, bevor er nickte: Der Gefangene war tot. Anschließend wurde die Leiche von den beiden unmaskierten Helfern aus dem Raum getragen.

Zeidler war immer noch wie gelähmt. Aber langsam löste sich seine Anspannung und er wurde von einer Art Euphorie erfasst, die alles andere in den Hintergrund drängte, denn die zehn vermummten Gestalten nahmen ihre Kapuzen ab. Zeidler war sich sicher: Jetzt gehörte er zu ihnen.

In der Runde waren ausnahmslos Männer versammelt. Sie

waren fast alle in einem Alter zwischen fünfzig und achtzig Jahren, nur ein großer, schlanker Mann war mit geschätzt Anfang vierzig deutlich jünger. Drei der Männer erkannte Zeidler sofort: einen Politiker, einen Großindustriellen, einen Strafverteidiger.

Nun trat Odin auf ihn zu und reichte ihm die Hand. »Richard von Sebottendorff«, stellte er sich mit seinem Klarnamen vor und Zeidler war tief beeindruckt. Jeder Zentimeter an von Sebottendorff strahlte Autorität aus. Genauso hatte er sich den Führer der Thule vorgestellt. Und jetzt erinnerte sich Zeidler auch, von Sebottendorff schon einmal in einer Zeitung abgebildet gesehen zu haben, als der an einer Versteigerung zugunsten krebskranker Kinder teilgenommen hatte.

»Als Mitglied der Führung der Thule-Gesellschaft steht dir der Name eines Gottes zu«, fuhr Odin fort. »Und dieser Name ist Thor. Du wirst unseren Zwölferkreis wieder vervollkommnen.«

Der Professor sah sich um. »Aber wir sind nur zu elft«, wandte er ein.

»Hödr wird an anderer Stelle dringend gebraucht und ist deshalb leider unabkömmlich«, gab Odin zurück. »Dies sind die anderen neun Mitglieder des innersten Kreises.« Er zeigte auf den jungen Mann. »Das ist mein Sohn Baldur alias Joachim von Sebottendorff«, stellte Odin mit sichtlichem Stolz vor und jetzt erkannte Zeidler die Ähnlichkeit von Vater und Sohn. »Er ist Rechtsanwalt, wie ich. Und ich hoffe, dass er eines Tages wie sein Vater und sein Großvater den Bund weiterführen wird.«

Nacheinander traten nun alle Männer auf Zeidler zu, gratulierten ihm und nannten ihre Klarnamen und ihre Initiationsnamen, die mit den Namen der zwölf Asen der *Edda* identisch waren.

Während Zeidler den anderen ›Asen‹ die Hand schüttelte, beruhigte sich auch sein Gewissen wieder. Gut, er hatte einen Menschen erschossen. Aber diese Männer waren praktisch Mittäter. Und er kannte ihre Namen. Was sollte ihm also passieren? Nichts. Nichts konnte ihm passieren. Stattdessen war er endgültig in der Führungsspitze der Thule-Gesellschaft angekommen.

»Jetzt ist es an der Zeit, dich auch offiziell in unseren Kreis aufzunehmen«, beendete von Sebottendorff den Gratulationsreigen.

Die Männer verließen den gruftähnlichen Raum, der sich wie die Krypta der Wewelsburg in einem hohen, runden Turm befand. Vom Turm aus gelangte man in einen viereckigen Burghof, der ringsum von zweigeschossigen Wohnbauten aus Bruchstein eingefasst war. Der eigentliche Burgkern wiederum war von einer hohen Festungsmauer umgeben, dessen Eckpunkte vier Rondelle bildeten.

»Das ist die ehemalige Reggenburg im Münsterland«, erklärte Odin, dem Zeidlers Blicke nicht entgangen waren. »Ich habe die Burg vor über dreißig Jahren gekauft und zum Zentrum der neuen Thule-Gesellschaft gemacht.«

Die Gruppe passierte die ehemaligen Werkstätten und Wirtschaftsgebäude und gelangte durch das Torhaus und über eine Brücke auf eine grüne Wiese hinter der Burg.

Schließlich blieb Odin vor einer etwa ein Meter siebzig langen und zwei Meter tiefen Grube stehen, die aus dem Rasen ausgehoben worden war.

Zeidler fuhr der Schreck in alle Glieder. Mein Gott, dachte er. Das ist mein Grab!

Odin lächelte. »Bist du bereit für den Rasengang?«, fragte er.

Zeidler atmete vor Erleichterung auf. Er hatte im Rahmen seiner Forschungen über die Gisli-Saga schon oft von dem heidnischen Ritual der Blutsbrüderschaft, auch Rasengang genannt, gehört, aber noch nie an einem teilgenommen. Im heidnischen Germanien war die Blutsbrüderschaft die engste Verbindung zweier Männer innerhalb eines Männerbundes gewesen.

Und bei diesem Ritual musste die Erde Zeuge sein: Man schnitt einen schmalen, etwa achtzig Zentimeter breiten Rasenstreifen aus und lupfte ihn in der Mitte. Darunter wurde ein Loch ausgehoben, in dem man während der Zeremonie stand. Das Auseinanderbrechen des Rasenstreifens wurde dadurch verhindert, dass er auf ein grobes Netz aus dicken Schnüren gelegt wurde, das an vier großen Stangen in einer Höhe von einem Meter oberhalb der Grube befestigt war. Das Herabsteigen der beiden Männer in die Grube vollzog die Rückkehr in den Schoß der Muttererde und bedeutete einen symbolischen Tod, aus dem sie nach dem Austausch ihres Blutes als Blutsbrüder neu geboren wurden.

Die elf Männer hatten sich inzwischen um die Grube herum aufgestellt.

Tyr, der offenbar als Kultleiter fungierte, forderte zu absoluter Stille auf. Dann sagte er: »Als Leitgedanke des Rituals möchte ich aus einer Rede des Gründers unserer Gesellschaft, Rudolf von Sebottendorff, aus dem Jahr 1918 zitieren: ›Wir verneinen die Lehren der Freimaurerei, dass die Verhältnisse den Menschen bilden; das ist eine Lehre, die der Marxismus aufgenommen hat. Solche materialistische Auffassung führt zum Verfall. Wir kennen keine internationale Brüderschaft, sondern nur völkische Belange, wir kennen nicht die Brüderschaft der Menschen, sondern nur die Blutsbrüderschaft.‹«

Er nickte von Sebottendorff und Zeidler zu. »Tretet bitte vor«, forderte er die beiden auf. »Entblößt eure Oberkörper und die Füße und steigt in die Grube hinab.«

Eine Leiter wurde an den Rand der Grube gestellt. Zeidler und Odin zogen Hemd, Schuhe und Strümpfe aus und stellten sich unten in der Grube gegenüber.

Tyr trug auf einem silbernen Teller zwei scharfe Dolche heran und hielt sie Zeidler und Odin hin. Sie nahmen die Dolche und Odin schnitt sich eine daumenlange Wunde in die Innenseite des rechten Unterarmes. Zeidler machte es ihm nach, dann legten beide Männer die scharfen Messer auf den Teller zurück.

Odin presste seine blutende Wunde fest gegen die von Zeidler, der sich unwillkürlich an einen alten Karl-May-Film aus den Sechzigerjahren erinnert fühlte.

Tyr rief nun mit bedeutungsschwerer Stimme: »Und jetzt sprecht mir nach: Bund des Blutes sei mit Blut geweiht, uns zu tragen in die Ewigkeit. Wir schneiden uns die Wunden, um stärker noch zu werden. – Ich in dir, du in mir, wir sind in eins gebunden, um freier noch zu werden. So schwört einer dem anderen Treue, ihm und seinen Nachkommen, Ungeborenen und Geborenen, den Gezeugten und den noch nicht Gezeugten, den Benannten und den Namenlosen.«

Von Sebottendorff und Zeidler kamen der Aufforderung nach und wiederholten die Worte.

Dann sagte Tyr: »Der Schwur ist gesprochen. Der Schwur ward gehört. Die Ahnen sind Zeugen, wo je einer schwört. Fest sind verbunden die Treuen im Schwur, der Weg ist gefunden und Blut ist die Spur.«

Baldur brachte einen mit Met gefüllten Becher und reichte ihn Odin. Der gab dem goldgelben Trank sein Blut und etwas Erde bei und reichte den Becher an Zeidler weiter, der es ihm gleichtat. Anschließend verschüttete Odin etwas Flüssigkeit auf die Erde, bevor er einen Schluck trank. Sein neuer Blutsbruder Thor nahm ebenfalls einen Schluck und verschüttete den Rest.

Von Sebottendorff lächelte und sagte: »Sei willkommen, Thor. Willkommen im innersten Kreis der Thule-Gesellschaft.«

23

Mithilfe eines Stadtplans fanden sie das Haus von Erich Sienewitz ohne Probleme. Die gelbe zweigeschossige Villa im Detmolder Stadtteil Hiddesen schmiegte sich an einen Hang unterhalb des Hermannsdenkmals. Marc stellte den Golf im Schatten eines Baumes ab. Es roch nach frisch gemähtem Gras, irgendwo summte ein Wassersprenger.

Marc drückte die Türklingel und nach wenigen Sekunden wurde ihnen von einem etwa fünfundsiebzigjährigen, auffällig kleinen Mann mit runzeligem Gesicht und vollen weißen Haaren geöffnet. Seine blauen Augen waren hellwach und standen sehr eng zusammen, was nach Marcs Erfahrung auf eine Neigung zum Fanatismus hindeutete.

»Mein Name ist Hagen«, stellte Marc sich vor. »Wir hatten telefoniert. Das ist Frau Wehking.«

»Wehking!«, wiederholte Sienewitz erfreut. »Ihnen ist hoffentlich bewusst, dass es sich dabei um eine Abwandlung des Namens des großen sächsischen Volkshelden Widukind handelt.« Er wandte sich Marc zu. »Und Ihr Name hat auch eine besondere Bedeutung.«

Marc hob belustigt die Augenbrauen. »Ich hoffe, ebenfalls ein Volksheld?«

»Ein Mörder!«, versetzte Sienewitz kalt lächelnd. »Hagen von Tronje, der Siegfried auf dem Gewissen hat.«

Marc zog es vor, das Thema zu wechseln. »Sie hatten sich freundlicherweise bereit erklärt, uns ein paar Fragen zum Hermannsdenkmal zu beantworten.«

»Natürlich, kommen Sie rein.« Sienewitz trat zur Seite und gab den Weg frei. »Bitte geradeaus durch und dann das letzte Zimmer auf der rechten Seite.«

Marc und Edda folgten den Anweisungen und gelangten in ein geräumiges Arbeitszimmer, das von einem wuchtigen Schreibtisch und hohen Regalen an der Wand beherrscht wurde. Die Möbel waren mit unzähligen Büchern und wissenschaftlichen Zeitschriften vollgepackt, sodass sich fast das Holz durchbog. Verschnörkelter Stuck zierte die freien Wände und rankte sich um die Bogenfenster, die den Blick auf den großen Garten freigaben.

»Setzen Sie sich, setzen Sie sich«, sagte Sienewitz und deutete auf eine kleine, aus vier Sesseln und einem schmalen Tisch bestehende Sitzecke vor einem der Fenster. »Möchten Sie etwas zu trinken? Vielleicht einen Eistee?«

»Ein Glas Wasser wäre nett«, nickte Edda.

»Für mich auch«, fügte Marc schnell hinzu.

Sienewitz verließ den Raum und Edda nahm auf einem der Sessel Platz.

»Wenn wir nicht schon wüssten, was das Objekt von Sienewitz' Leidenschaft ist, gäbe es spätestens jetzt keinen Zweifel mehr«, meinte sie und nickte mit dem Kinn zu den unzähligen Nachbildungen des Hermannsdenkmals hin.

Und tatsächlich standen überall im Raum Statuen des Hermannsdenkmals in den unterschiedlichsten Größen. Die kleinste maß nur wenige Zentimeter, die größte reichte fast an die Hüfte eines erwachsenen Menschen heran.

Marc trat an eines der Regale. »Auch die Bücher drehen sich nur um ein Thema«, stellte er fest. »Römer, Germanen und das Denkmal.«

Sienewitz kehrte zurück und stellte eine Flasche Wasser und drei Gläser auf den Tisch. »Versorgen Sie sich bitte selbst«, sagte er und nahm Platz.

Auch Marc setzte sich nun. »Schön haben Sie es hier«, sagte er mit einem Blick auf den gepflegten Garten.

»Ich bin ganz zufrieden«, bestätigte Sienewitz. »Aber das Wichtigste ist, dass ich von hier aus in ein paar Minuten am Hermann sein kann. Also, was kann ich für Sie tun?«

Marc lächelte und überlegte, wie er den richtigen Einstieg finden konnte. »Vielleicht können Sie uns zuerst allgemein etwas über das Denkmal erzählen«, sagte er.

»Nun.« Der alte Mann lehnte sich in seinem Sessel zurück. »Das Hermannsdenkmal ist mit Sockel 53,46 Meter hoch, der Unterbau allein misst 26,89 Meter. Die Figur ist bis zum Helm 16,06 Meter hoch, das Schwert, das Hermann in der Hand hält, hat eine Länge von sieben Metern. Das Denkmal steht keine drei Kilometer von hier entfernt auf dem 386 Meter hohen Teutberg. Es erinnert an die im Jahre 9 nach Christus stattgefundene Varusschlacht, in welcher Hermann die von Varus angeführten Römer vernichtend geschlagen hat. Wobei zu sagen ist, dass der Sieger der Varusschlacht mit Sicherheit nicht Hermann hieß. Der römische Name des Siegers war Arminius. ›Arminius‹ wurde wahrscheinlich im 16. Jahrhundert durch einen Mann aus dem Umkreis Luthers zu ›Hermann‹ verballhornt. Erbauer des Denkmals war der Bildhauer und Architekt Ernst von Bandel, der dem Projekt sein ganzes Leben gewidmet hat. 1838 wurde mit dem Bau begonnen, 1846 war der Sockel fertig. Danach ruhte der Bau bis 1863, weil sowohl das finanzielle als auch das politische Interesse fehlte. Erst mit der Gründung des Deutschen Reiches 1871 wurde das Denkmalprojekt wieder populär. Der Reichstag bewilligte zehntausend Taler für den Weiterbau, der Kaiser spendete noch einmal die gleiche Summe. Im August 1875 wurde das Denkmal in Anwesenheit von Kaiser Wilhelm I. eingeweiht.« Sienewitz beugte sich vor und lächelte. »Aber ich glaube kaum, dass Sie mich deswegen aufgesucht haben. Das können Sie in jedem Reiseführer nachlesen. Was wollen Sie *wirklich?*«

Marc zog ein Blatt Papier aus seiner Hosentasche. Er hatte mit Edda abgesprochen, Sienewitz in vollem Umfang einzuweihen. Ansonsten war die Gefahr zu groß, dass sie ein kleines, aber wichtiges Detail übersahen und einer falschen Fährte folgten.

»Es geht um diese Mitteilung«, sagte Marc und reichte Sienewitz den Zettel mit der zweiten Botschaft von Eddas Vater. »Wir haben schon herausgefunden, was die Ahnenreihe ist«, erklärte der Anwalt, während der alte Mann las. »Wir wissen auch, dass der Mittelpunkt das Hermannsdenkmal ist. Was wir nicht wissen, ist, wo sich die Irminsul befindet, die angeblich im Mittelpunkt, also im Hermannsdenkmal, stehen soll.«

Sienewitz schmunzelte. »Nun, das scheint mir nicht weiter schwierig zu sein«, sagte er. »Wissen Sie, was ›Irminsul‹ bedeutet?«

Edda nickte. »Es handelt sich um ein altes germanisches Heiligtum, das die Weltesche Yggdrasil aus der germanischen Mythologie symbolisiert.«

»Das ist so weit korrekt«, pflichtete Sienewitz ihr bei. »Aber ich hatte Sie nach der Bedeutung des Wortes gefragt. ›Irmin‹ bedeutet so viel wie groß oder mächtig, ›Sul‹ heißt Säule. Eine Irminsul ist also zunächst einmal nichts anderes als eine große oder mächtige Säule. Und eine solche Säule stellt das Hermannsdenkmal zweifelsohne dar. Ernst von Bandel hat das Denkmal sogar stets als ›Arminiussäule‹ bezeichnet.«

»So einfach?«, staunte Marc.

»So einfach«, bestätigte Sienewitz.

»Dann ist das Hermannsdenkmal selbst die Irminsul«, fasste Marc zusammen. »Der letzte Satz der Botschaft lautet, die Irminsul, also das Hermannsdenkmal, zeigt dir den Feind und den Sieger. Dann ist der Sieger Arminius, der Varus geschlagen hat, und der Feind sind die Römer.«

Sienewitz nickte zustimmend. »Das Hermannsdenkmal stellt in der Tat nicht nur den Sieger Arminius dar, sondern – was viele Besucher des Denkmals gar nicht wahrnehmen – auch den Feind: Der linke Fuß des Hermann steht auf einem römischen Legionsadler und einem sogenannten Liktorenbündel, einem Rutenbündel mit Beil, dem Machtsymbol des Römischen Reichs.«

So simpel hatte sich Marc die Lösung des Rätsels nicht vorgestellt. Er schlug sich zum Zeichen des Aufbruchs mit den Händen auf die Oberschenkel und stand halb auf. »Damit ist die Sache klar. Der nächste Hinweis muss irgendwo in der Nähe des Denkmals zu finden sein.«

»Warten Sie«, meinte Sienewitz, und Marc hielt mitten in der Bewegung inne. »Ich bin mir nicht sicher, ob es wirklich so einfach ist.« Er wandte sich an Edda. »Aber dazu muss ich wissen, ob Ihr Vater sich mit germanischer Geschichte und Mythologie befasst hat.«

»Das hat er«, bestätigte Edda. »Er war sozusagen ein Spezialist auf diesem Gebiet.«

»Das hätte ich mir bei Ihrem Vornamen beinahe denken können. Das Denkmal zeigt dir den Feind und den Sieger«, sagte Sienewitz langsam wie zu sich selbst. »Ja, das macht Sinn.« Er lächelte. »Die Fahrt zum Denkmal können Sie sich sparen«, verkündete er dann mit der Inbrunst der Überzeugung in der Stimme.

Marc schüttelte verwirrt den Kopf. »Ich fürchte, ich kann Ihnen nicht folgen.«

»Wissen Sie, in welche Richtung der Hermann schaut?«

Marc hob die Schultern.

»Er schaut und erhebt sein Schwert gen Westen!«, beantwortete Sienewitz seine eigene Frage. »Und warum tut er das?«

Erneutes Achselzucken.

»Im Westen, am Rhein bei Xanten, befand sich das Castra Vetera, das Hauptlager der Römer in Deutschland zur Zeit der Varusschlacht. Von hier aus sollte die geplante römische Grenzerweiterung bis an die Elbe erfolgen.«

Edda runzelte die Stirn.

»Und jetzt kommt das Beste«, fuhr Sienewitz fort. »Xanten ist nicht nur der Ort des Feindes, es ist auch der Ort des Siegers, weil Arminius dort geboren worden ist.«

Marc kniff erstaunt die Augen zusammen. »Das ist mir neu.«

»Kennen Sie denn das Nibelungenlied nicht?«

»Doch natürlich. Ich weiß, dass Siegfried angeblich aus Xanten stammt. Aber was hat Siegfried mit Arminius zu tun?«

»Das ist doch ganz einfach: Siegfried und Arminius sind identisch!«

Marcs Erstaunen wuchs immer mehr. »Tatsächlich?«

»Tatsächlich! Ich nehme an, Sie wissen, worum es im Nibelungenlied geht?«

Er musterte Marc forschend, der sich prompt wie ein Prüfungskandidat fühlte. »Äh ... also, es geht ... wie gesagt um Siegfried aus Xanten, einen Schatz und ... ach ja, einen Drachen, der von Siegfried getötet wird. Außerdem spielen da jede Menge Frauen mit, deren Namen alle auf -hild enden. Mehr bekomme ich im Moment leider nicht zusammen.«

Sienewitz musste schmunzeln. »Nun, das ist eine sehr vereinfachte Zusammenfassung des Nibelungenliedes, aber nicht falsch. Die Siegfriedsage ist nicht nur im Nibelungenlied verarbeitet worden, sondern auch in vielen anderen nordischen Sagen, zum Beispiel in der isländischen *Edda*, wo der Held dann nicht Siegfried, sondern Sigurd, die nordische Namensform von Siegfried, heißt. Der Kern der Geschichte, Siegfrieds größte Tat, ist aber überall gleich: Siegfried-Sigurd ersticht aus einer Grube heraus den Lindwurm Fafnir, als dieser von der Gnitaheide, wo er den Nibelungenhort bewacht, zum Wasser kriecht.«

»Aber was hat das mit Arminius zu tun?«

»Der Kampf des Siegfried gegen den Drachen ist nichts anderes als der Sieg des Arminius über Varus. Sie müssen begreifen, dass dieser Sieg nicht irgendein Sieg über die Römer war. Die Römer haben im Laufe ihrer Geschichte viele Schlachten verloren. Nein, die Niederlage des Varus war eine vollständige Katastrophe. Arminius hat ein mindestens zwanzigtausend Mann starkes römisches Herr vernichtet, ungefähr ein Siebtel der gesamten damaligen römischen Armee. Der Schock über die Niederlage saß in Rom so tief, dass die Nummern der geschlagenen 17., 18. und 19. Legion in späteren römischen Heeren nie mehr vergeben wurden. Auf der anderen Seite gewannen die Germanen ihre Stammesfreiheit zwischen Rhein und Elbe zurück. Über Generationen wurde der Ruhm des Arminius mündlich in Heldengesängen weitergetragen und lebte schließlich auch in der Siegfriedsage fort.«

»Das ist doch reine Spekulation«, widersprach Marc. »Siegfried hat einen Drachen besiegt, Arminius ein römisches Heer. Das ist etwas völlig anderes.«

»Sie müssen das bildlich sehen. Wie ich schon sagte, umfasste das Heer des Varus mindestens zwanzigtausend Mann, die Länge des Zuges wird auf etwa zehn bis fünfzehn Kilometer geschätzt. Ich denke schon, dass dieser kilometerlange Zug eines waffenstarrenden, gepanzerten Heeres bei den Germanen den Eindruck eines riesigen Lindwurms hervorgerufen haben kann. Es wäre daher nur naheliegend, wenn die Germanen die Bedrohung durch die römische Armee mit der Bedrohung durch einen Drachen gleichgesetzt haben.«

»Möglich«, musste Marc zugeben. »Aber eben nur ein Indiz und kein Beweis.«

»Sie wollen Beweise? Nun, wie ist es damit: Arminius war ein Cherusker. Im Namen Cherusker steckt das alte deutsche Wort Cherud, was Hirsch bedeutet. Die Cherusker sind also Hirschleute, Arminius ist ein Hirschmann. Auch Siegfried/Sigurd hat eine auffällige Beziehung zum Hirsch. In einer Version des Nibelungenliedes wird Siegfried ausgesetzt und im Wald von einer Hirschkuh aufgezogen. Ein Zufall? In einer anderen Version wird Sigurd bei Regin erzogen, den er später tötete. Als Reginum oder Castra Regina wurde das Römer-Castell Regensburg bezeichnet. Arminius wurde als germanische Geisel in Rom von Römern erzogen und ausgebildet und erhob sich später gegen sie. Ein Zufall? Siegfried tritt als Söldner in den Dienst von König Gunther. Auch Arminius kämpft zunächst bis zum Jahre 8 nach Christus für eine fremde Macht, die Römer. Ein Zufall? Siegfried war im Besitz einer Tarnkappe, Arminius hatte eine doppelte Identität als römischer Soldat und gleichzeitig Feind der Römer. Ein Zufall?« Sienewitz redete sich immer mehr in Rage. »Wie Siegfried durch das Bad im Drachenblut unverwundbar wurde, so wurde Arminius durch das Bad im Blut der geschlagenen Legionäre zum Gerüsteten. Ein Zufall? Nachdem aus Bündnispartnern Gegner geworden sind, werden Siegfried und Arminius in der Blüte der Jahre von den eigenen Leuten tückisch erschlagen. Ein Zufall? Siegfrieds Mörder heißt, wie Sie, Hagen, ein im Weserbergland und Teutoburger Wald sehr häufiger Name, der sonst nirgendwo in dieser Dichte auftritt. Das ist ein deutlicher Hinweis auf einen Landsmann Siegfrieds, wie auch Arminius von einem Landsmann, dem Cherusker Segestes, ermordet wurde. Ein Zufall? In der Familie des Arminius gab es viele Namen, die mit dem Namenselement ›Sieg‹ oder altgermanisch ›Segi‹ beginnen. Der Vater des Arminius hieß Sigimer, sein Schwager Sigimundus. In der frühgermanischen Namensgebung galten das Variations- und Alliterationsprinzip sowie das Prinzip der Weitergabe des Vaternamens, das heißt, dass Arminius' germanischer Name im Erstglied fast zwingend Sieg- enthalten haben muss. Alles nur ein Zufall?«

Der alte Mann schob das Kinn vor und sah seine Besucher angriffslustig an, als erwarte er Widerspruch.

»Also gut«, gab Marc klein bei. »Es spricht in der Tat einiges dafür, dass Arminius und Siegfried identisch sind. Sie meinen also, wir müssen nach Xanten fahren?«

»Ich bin davon sogar fest überzeugt! Der Hermann schaut dorthin und Xanten war der Geburtsort des Siegers und der Sitz des Verlierers der Varusschlacht. Und wenn Ihnen das immer noch nicht reicht: Manche Experten meinen, dass Arminius einige Zeit in Xanten stationiert war, als er noch in Diensten des Varus stand. Die Anweisung von Frau Wehkings Vater ist also eindeutig: Sie müssen sich nach Xanten begeben.«

24

Rüdiger Schönfeld erreichte den letzten Anstieg, der zu der etwas oberhalb des Möhnesees gelegenen Kleinstadt Körbecke führte, und verstärkte den Druck auf die Pedale.

Vor einer halben Stunde hatte er das Ausflugsschiff *MS Möhnesee* am Pier des kleinen Hafens vertäut.

Schönfeld war dreiundvierzig Jahre alt und seit fünfzehn Jahren Schiffsführer der *Möhnesee.* Jeden Tag befuhr er von elf bis siebzehn Uhr im Stundenrhythmus die gleiche Route auf dem Stausee: Sperrmauer, Hevetal, Delecke, Sperrmauer. Und dann das Ganze wieder von vorn.

Schönfeld war mit Leib und Seele Kapitän, aber seit einigen Tagen machte ihm sein Beruf keinen Spaß mehr. Trotz des herrlichen Wetters und der seit Tagen andauernden Hitzewelle fanden kaum noch Touristen den Weg zu dem an sich sehr beliebten Naherholungsgebiet für das Ruhrgebiet. Auch heute wieder hatte die letzte Fahrt um siebzehn Uhr ausfallen müssen, weil die erforderliche Mindestteilnehmerzahl von zwanzig Fahrgästen nicht erreicht worden war. Etwas, was in den Monaten von Mai bis September normalerweise so gut wie nie vorkam.

Der Grund für das Fernbleiben der Ausflügler hatte einen Namen: G8! Der Gipfel, der im *Schlosshotel Wagnerhof* keine zehn Kilometer vom Möhnesee entfernt stattfand, hatte alles verändert.

Nicht, dass es wegen des G8-Gipfels nicht genügend Besucher gegeben hätte. Im Gegenteil, Schönfeld hatte in seinem ganzen Leben noch nie so viele Menschen in der Umgebung des sonst so ruhigen Möhnesees gesehen. Leider waren es – zumindest nach Schönfelds Auffassung – die ›falschen‹ Gäste: Eine explosive Mischung aus Polizisten, Journalisten und G8-Gegnern bevölkerte die Landschaft. Und diese Besucher hatten leider keinerlei Interesse daran, von seinem Katamaran aus, auf den bis zu sechshundert Passagiere passten, die landschaftliche Schönheit des von dichten Wäldern umgebenen Stausees zu bewundern.

Schönfeld bog mit seinem Fahrrad auf den kleinen Platz im Zentrum von Körbecke ein, um den herum sich das Geschäftsleben der Kleinstadt konzentrierte: die *Pankratius-Apotheke,* ein Schlecker-Markt, das Eis-Café *Venezia,* der *Ada-Grill, Willis Brotkörbchen,* ein Geschäft für Damenmode, *Optik Eckhoff,* eine Volksbank und der Gasthof *Böhmer.*

Normalerweise war Körbecke ein verschlafenes Nest, aber nicht in diesen Zeiten: Auf dem Platz und in den angrenzenden Straßen standen Mannschaftsfahrzeuge der Polizei mit vergitterten Fenstern, Wasserwerfer, Panzerspähwagen und unzählige grüne Kleinbusse. Eine Reiterstaffel und Polizeihundeführer patrouillierten durch die Straßen. Über ihren Köpfen knatterten Hubschrauber, ab und zu war das infernalische Gekreische eines Tornado-Jets zu hören, der Aufklärungsflüge durchführte.

Schönfeld stieg von seinem Fahrrad und schob es die letzten Meter bis nach Hause. Die Polizisten machten einen zum Teil gelangweilten Eindruck. Schönfeld wusste, dass viele Beamte unter Lagerkoller litten: seit zwei Wochen kein Ausgang, keine Frauen, kein Alkohol. Der Kapitän hatte nicht selten die verzweifelten Gesichter der Uniformierten beobachten können, wenn die Gipfelgegner mit ihren Leiterwagen vorbeizogen und die örtlichen Biervorräte in ihre Camps abtransportierten.

Heute waren allerdings kaum G8-Gegner zu sehen. Das bunte Völkchen aus Anarchisten, Hippie-Veteranen, Christen, Transsexuellen, Veganern, Anti-Sexisten, Mittfünfzigern mit Nickelbrille und Baskenmütze, jungen Mädchen mit Rastalocken, Punkern und Angehörigen der *Army of Clowns* war in zwei Camps aus Zelten, Wigwams, Zirkuswagen und Holzwohnmobilen auf Lkw-Oldtimern einige Kilometer außerhalb der Stadt untergebracht. Seit gestern Abend waren die Camps fast menschenleer, weil die G8-Gegner jetzt mehrheitlich vor dem Sicherheitszaun standen und die beiden Zufahrten zum Gipfelhotel blockierten.

Im Frühstücksfernsehen hatte Schönfeld von den gestrigen Ausschreitungen des Schwarzen Blocks in Dortmund gehört. In Körbecke hatten sich die vermummten Autonomen mit ihren schwarzen Brillen und schwarzen Kapuzenpullis zum Glück noch nicht blicken lassen. Und so war es hier im Gegensatz zu Dortmund bisher weitgehend friedlich geblieben: Ein Fahrrad war gestohlen worden und auf die Volksbank hatte es einen Farbbeutelanschlag gegeben. Der Kriminalitätsschwerpunkt lag eindeutig im Bereich der wilden Pinkler, die die Körbecker Vorgärten unter Wasser setzten.

Und so hatten die meisten Körbecker Geschäftsleute, die ihre Schaufenster aus Angst vor Ausschreitungen vernagelt hatten, ihre Läden wieder geöffnet. Und viele von ihnen machten den Umsatz ihres Lebens.

Schönfeld kannte den Bauern, einen Ökolandwirt und Globalisierungsgegner, der den Demonstranten sein Land für eines der Camps zur Verfügung gestellt hatte. Was ihn allerdings nicht daran hinderte, die Lämmer aus seinem Ökobetrieb an das Tagungshotel zu verkaufen, das das Fleisch den Staats- und Regierungschefs als ›regionale Spezialität‹ servierte. Die Ökoschweine verkaufte der Landwirt dagegen an die Demonstranten, die die Tiere auf riesigen Spießen grillten. Von den G8-Gegnern waren zwar weit über die Hälfte Vegetarier, aber die wenigen, die Fleisch aßen, langten richtig zu. Und so konnte der Bauer sogar den Verlust der zwanzig Schweine, die radikale Tierschützer vorgestern Nacht freigelassen hatten, problemlos verkraften.

Und wie der umtriebige Ökofarmer pflegten viele Einwohner Körbeckes zu beiden Seiten des Gipfels gute Geschäftsbeziehungen.

Hotels und Pensionen waren in einem Umkreis von dreißig Kilometern durch die fünftausend Journalisten und zweitausend Delegationsteilnehmer ausgebucht, Eisverkäufer, Getränkemärkte und Pommesbudenbesitzer hatten ihre Preise um bis zu einhundert Prozent angehoben und machten fantastische Gewinne.

Schönfeld erreichte sein Haus, das direkt gegenüber der

Kirche am Kirchplatz lag. Oben wohnten er und seine Familie und das Erdgeschoss beherbergte den Blumenladen seiner Frau: *Gittis Blumen-kiste.* Der Name war seine Idee gewesen. Eigentlich hieß seine Frau Jutta, aber das klang irgendwie nicht so gut.

Schönfeld konnte durch das Schaufenster erkennen, dass seine Frau gerade eine Kundin bediente, und winkte ihr kurz zu, bevor er den Haustürschlüssel aus seiner Tasche kramte.

Auch Jutta gehörte zu den Körbeckern, die von dem Gipfel profitierten: Sie hatte bereits vor einem halben Jahr den Auftrag erhalten, das riesige Hotel täglich mit frischen Blumen zu beliefern. Ein Jahrhundertauftrag, wie sie es genannt hatte, und noch am gleichen Abend hatten sie eine Flasche Champagner geköpft. Als Lieferantin hatte Jutta nach einer eingehenden Sicherheitsüberprüfung durch das BKA einen Spezialausweis bekommen, mit dem sie über einen der zwei Kontrollposten Zugang zum Tagungsort hatte. Gestern hatte sie aus einiger Entfernung sogar die Bundeskanzlerin und den amerikanischen Präsidenten gesehen. Schönfeld nickte zufrieden. Davon würde man eines Tages noch den Enkelkindern erzählen können.

25

Marc wendete den Wagen mitten auf der Straße und trat das Gaspedal durch. Sie gelangten auf eine stetig ansteigende, kurvenreiche Straße, die rechts und links durch dichten Wald führte.

»Wo wollen Sie hin?«, erkundigte sich Edda erstaunt. »Zur Autobahn geht es in die andere Richtung.«

»Wir fahren nicht nach Xanten«, gab Marc zurück. »Zumindest noch nicht. Ich will zuerst zum Hermannsdenkmal.«

»Warum das?«, fragte Edda. »Die Auskunft von Sienewitz war doch klar: Unser nächstes Ziel muss Xanten sein.«

»Ich weiß nicht«, meinte Marc. »Der Mann hat doch nicht alle Tassen im Schrank.« Er vollführte mit dem Zeigefinger seiner rechten Hand kreisende Bewegungen an seiner Schläfe. »Arminius und Siegfried aus dem Nibelungenlied sollen identisch sein? Das ist doch reine Spekulation. Um es freundlich auszudrücken.«

»Aber es würde gut passen! Wir suchen den Speer eines römischen Hauptmannes aus dem ersten Jahrhundert nach Christus. In Xanten gibt es umfangreiche römische Ausgrabungen und Museen. Ich war schon mal da. Dort werden auch Waffen aus römischen Militärlagern ausgestellt. Und wo kann man den Speer eines römischen Legionärs besser verstecken als unter anderen römischen Funden?«

»Möglich«, entgegnete Marc. »Aber wir haben schon mehr als einmal erfahren müssen, dass Ihr Vater ein Meister der Doppeldeutigkeit war. Das Hermannsdenkmal erreichen wir in einer Minute. Ich schaue mich lieber zuerst dort um, bevor ich über zwei Stunden bis an den Niederrhein fahre, um dann feststellen zu müssen, dass wir die Botschaft Ihres Vaters falsch verstanden haben.«

Kurz darauf erreichten sie einen großen Parkplatz. Überall wurde hektisch gebaut, gebuddelt und gebaggert, um das Hermannsdenkmal auf den erwarteten Ansturm von Hunderttausenden Touristen im Varusjahr vorzubereiten.

Auf dem Weg zum Denkmal wurden Edda und Marc an den üblichen Betrieben vorbeigeschleust, die sich an jeder halbwegs bedeutenden Sehenswürdigkeit ansiedelten: einem Restaurant mit Außengastronomie und angeschlossenem Tagungszentrum, einem Bistro-Café, vor dem zahlreiche Schulklassen, Seniorengruppen, Eltern mit kleinen Kindern und ältere Ehepaare Schlange standen, und einem kleinen

Kinderspielplatz. Nach etwa hundert Metern beschrieb der kopfsteingepflasterte Weg eine scharfe U-Kurve und vor ihnen öffnete sich zum ersten Mal der Blick auf den Hermann, der ihnen allerdings nur den Rücken zuwandte.

Sie liefen weiter und erreichten eine einfache Blockhütte aus dunklem, fast schwarzem Holz, die *Bandel-Hütte.* Eine Inschrift informierte darüber, dass der Erbauer des Denkmals, Ernst von Bandel, hier in den Jahren 1872 bis 1876 gelebt hatte, um seinem Lebenswerk möglichst nahe sein zu können.

Gegenüber der Hütte auf der anderen Seite des Weges befand sich ein Gedenkstein. »›Hier stand Kaiser Wilhelm an Leopold's des Fürsten zur Lippe Seite am 16. August 1875 bei der Uebergabe des Denkmals an das Deutsche Volk‹«, las Marc vor.

Hinter dem Gedenkstein erhob sich ein Buchenwald mit dem *Teuto-Kletterpark:* Auf zahlreichen Bäumen waren bis zu vierzehn Meter hohe Holzplattformen angebracht. Untereinander waren die Bäume mit Tauen, Balken und Seilbrücken verbunden, über die etwa zwei Dutzend blau und weiß behelmte, mit Gurten und Karabinerhaken gesicherte Abenteuerlustige balancierten.

Edda und Marc wollten weitergehen, als eine aufgeregte weibliche Stimme zu hören war.

»Julia??? Nein, das glaub ich ja jetzt nicht! Juliaaa, hallo.«

Edda ging weiter, aber Marc drehte sich neugierig um und entdeckte eine Frau etwa in Eddas Alter, die in Begleitung eines ungefähr vierzigjährigen Mannes direkt auf sie zusteuerte.

Als die Frau Edda erreicht hatte, stellte sie begeistert fest: »Julia Berghoff! Wie lang ist das jetzt her seit dem Abi? Sechzehn Jahre? Mein Gott, wo ist die Zeit geblieben?«

Sie schlang ihre Arme um Edda, die allerdings keinerlei

Anstalten machte, den stürmischen Liebesbeweis zu erwidern. Stattdessen versuchte sie, sich mit sanftem Nachdruck aus der Umklammerung zu befreien.

»Ich fürchte, hier liegt eine Verwechselung vor«, sagte sie. »Ich bin nicht Julia Berghoff.«

Der anderen Frau entgleisten für einen Moment die Gesichtszüge, dann musterte sie Edda noch einmal von oben bis unten und brach schließlich in ein hysterisches Lachen aus: »Komm, Julia, verarsch mich nicht. Die Jahre sind zwar auch an dir nicht völlig spurlos vorübergegangen, aber dermaßen verändert, dass deine alte Schulfreundin dich nicht sofort wiedererkennen würde, hast du dich nun auch nicht. Du musst dich doch erinnern! Ich bin's. Kathrin. Kathrin Leipold. Hallooooo. Heute heiße ich allerdings Fischer.« Das schien sie an etwas zu erinnern, denn sie deutete mit dem Daumen beiläufig auf ihren Begleiter, der sich verlegen im Hintergrund hielt. »Das ist übrigens mein Mann Jochen«, sagte sie.

Edda setzte ein distanziertes Lächeln auf. »Ich bin wirklich nicht die, für die Sie mich halten«, sagte sie. »Sie müssen sich täuschen, tut mir leid.«

»Auf welcher Schule waren Sie denn?«, mischte sich Marc ein.

Die Frau wandte sich ihm zu. »Ich war auf dem Friedrichs-Gymnasium in Herford.«

»Sehen Sie«, sagte Edda. »Ich war auf dem Widukind-Gymnasium in Enger. Außerdem heiße ich Edda, Edda Wehking und nicht Julia Berghoff.«

Die Frau schüttelte den Kopf, als könne sie es immer noch nicht glauben.

Doch Jochen Fischer fasste seine Frau am Arm und versuchte, sie wegzuziehen. »Nun komm schon, Kathrin. Du hörst doch, dass es sich um eine Verwechselung handelt.«

Die Frau starrte Edda noch einmal an. »Nun, vielleicht habe ich mich wirklich getäuscht«, sagte sie langsam.

»Ganz bestimmt«, bestätigte Edda schnell. »So etwas kann ja mal vorkommen.«

»Dann bitte ich vielmals um Entschuldigung. Ich wollte Sie nicht belästigen.« Kathrin Fischer drehte sich um und sie und ihr Mann entfernten sich.

»Ich hätte schwören können ...«, hörte Marc sie noch sagen, bevor die beiden außer Hörweite gerieten.

Edda zuckte die Achseln. »Das passiert mir häufiger«, seufzte sie. »Der Fluch des Dutzendgesichts.«

»Oh, ich finde überhaupt nicht, dass Sie ein Dutzendgesicht haben«, gab Marc zurück. »Ich finde Sie im Gegenteil sehr hübsch.«

Das war ihm so rausgerutscht. Er spürte, dass seine Gesichtshaut anfing zu brennen.

Edda lächelte. »Danke«, sagte sie. »Aber jetzt sollten wir zusehen, dass wir zum Denkmal kommen.«

Zweihundert Meter weiter öffnete sich der Weg zu einem kleinen Platz, auf dem das Denkmal stand. Der helle Sandstein, aus dem der tempelartige Sockel bestand, war teilweise so stark verwittert, dass große Stellen fast schwarz waren. Der Sockel gliederte sich in zehn Säulen und Nischen, die nach oben hin in Spitzbögen übergingen. Darüber stülpte sich ein rippenwulstartiger Besucherumlauf mit massiver Brüstung. Darüber wiederum befand sich eine Rundkuppel und auf einem weiteren kleinen Sockel schließlich die Figur des Hermann, den sie jetzt endlich auch von vorne betrachten konnten.

Der Hermann selbst war aus Kupfer und erstrahlte in der Nachmittagssonne in einem matten Grün. Sein linker Arm war auf einen bauchhohen Schild gelehnt, die rechte Hand hielt ein Schwert, das er kerzengerade in den blauen Himmel reckte. Sein linker Fuß stand, wie Sienewitz gesagt hatte, auf einem römischen Legionsadler und einem Rutenbündel.

»Und jetzt?«, fragte Edda.

»Jetzt werden wir dort raufgehen«, sagte Marc und zeigte auf den Besucherumlauf des Denkmals, obwohl er selbst wenig Lust dazu verspürte. Nach der Besteigung der Externsteine stand ihnen der zweite Kraftakt des Tages bevor.

Sie zahlten jeweils 1,30 Euro an einem Automaten und erhielten ein Ticket, mit dem sie das Innere des Denkmals betreten konnten. Über eine enge und schlecht beleuchtete steinerne Wendeltreppe mit fünfundsiebzig Stufen erreichten sie den 360-Grad-Besucherumlauf. Hier oben war es erstaunlich kühl und windig, was aber eine willkommene Abkühlung darstellte.

In die Brüstung des Umlaufs waren Plaketten eingelassen, die die Himmelsrichtungen und Aussichtspunkte anzeigten. Die erste Plakette nach Betreten der Besucherplattform verriet, dass sie nach Osten guckten. Langsam schlenderten Edda und Marc nach links in Richtung Norden und verfolgten dabei die Ortsnamen auf den Plaketten: Detmold, Lemgo, Porta Westfalica, Bad Salzuflen, Lage und Herford lagen in einer weiten, von grünen Wiesen und Wäldern durchzogenen Ebene, dahinter verschwamm das Wiehengebirge im Dunst. In Richtung Nordwesten, wo sich Oerlinghausen und Bielefeld befanden, schienen sich die dicht bewaldeten Höhen des Teutoburger Waldes bis ins Unendliche auszudehnen.

Marc schaute sich zu Edda um und erblickte nur wenige Meter hinter ihr einen Mann mit einem großen Feuermal auf der linken Gesichtsseite. Den Typen hatte er heute doch schon mal gesehen – auf der Wewelsburg. Für einen Moment zog sich in Marcs Magen Misstrauen zusammen, aber dann wurde ihm bewusst, dass die wichtigsten Sehenswürdigkeiten Ostwestfalen-Lippes, die Wewelsburg, die Externsteine und das Hermannsdenkmal, nur wenige Kilometer voneinander entfernt waren und von vielen Touristen an einem Tag ›abgearbeitet‹ wurden.

Sie liefen weiter. Auch im Westen breitete sich ein Meer aus Bäumen aus.

Marc schaute zu der Figur des Hermann hoch, dessen vernietete Kupferplatten gut zu erkennen waren, und stellte fest, dass Arminius tatsächlich genau nach Westen, in Richtung Xanten, blickte.

»Sind Sie jetzt überzeugt?«, fragte Edda, die Marcs Blicken gefolgt war. »Die Irminsul zeigt den Feind und den Sieger. Und beide kommen aus dem Westen, aus Xanten.«

»Vorausgesetzt, Arminius und Siegfried sind tatsächlich identisch«, gab Marc zu bedenken und seufzte. »Ich weiß nicht. Xanten fühlt sich irgendwie … irgendwie falsch an. Fast alle Orte der Ahnenreihe sind in Ostwestfalen-Lippe. Da kann ich nicht glauben, dass Ihr Vater uns an den Niederrhein schickt.«

»Quedlinburg ist in Sachsen-Anhalt«, widersprach Edda. »Außerdem: Wo wollen Sie hier anfangen, nach einer weiteren Nachricht zu suchen? Ich bin optimistisch, dass wir in Xanten etwas finden werden.«

Marc lächelte. »Optimismus ist nur ein Mangel an Information.« Er dachte einen Moment nach, dann nickte er. »Aber gut, fahren wir nach Xanten.«

26

Zwei Minuten später standen sie wieder am Fuße des Denkmals und Edda wandte sich in Richtung Parkplatz. Doch als sie sich noch einmal umschaute, stellte sie fest, dass Marc ihr nicht folgte.

»Was ist los?«, rief sie. »Wir müssen fahren, sonst kommen wir erst nach Einbruch der Dunkelheit in Xanten an.«

»Ich würde gerne einmal um das Denkmal herumgehen«, entgegnete Marc und begann, den Sockel zu umrunden. »Nur zur Sicherheit. Vielleicht entdecken wir etwas, was wir vorher übersehen haben.«

Edda stöhnte. Sie holte Marc ein, als er vor der dritten Nische links des Eingangs stehen blieb. Er starrte nach oben.

»Da oben in der Nische ist eine grünliche Reliefplatte mit einem Kopf im Profil und einer Inschrift angebracht«, sagte er. »Können Sie das lesen? Ich glaube, ich brauche bald eine Brille.«

Edda kniff angestrengt die Augen zusammen. »Über dem Kopf steht: *Wilhelm – Kaiser*«, sagte sie dann. »Darunter die Jahreszahlen 1871 und 1870. Außerdem erkenne ich Namen von verschiedenen französischen Städten: Sedan, Paris, Straßburg, Dijon, Belfort. Unter der Reliefplatte heißt es: ›Der lang getrennte Stämme: Vereint mit starker Hand. Der welsche Macht und Tücke: siegreich überwandt. Unlängst verlorene Söhne: Heimfahrt zum Deutschen Reich. Armin dem Retter: ist er gleich.‹ Und darunter ist eine weitere Inschrift: ›Am 17. Juli 1870 erklärte Frankreichs Kaiser, Louis Napoleon, Preußen den Krieg. Da erstunden alle mit Preußen verbündeten deutschen Volksstämme und züchtigten von August 1870 bis Januar 1871 immer siegreich französischen Übermut unter Führung des Königs Wilhelm von Preußen, den das deutsche Volk am 18. Januar 1871 zu seinem Kaiser erhob.‹« Edda sah Marc an. »Zitat Ende. Können wir jetzt endlich?« Sie fasste Marc am Ärmel, aber der ließ sich nicht wegziehen.

»Was wollen Sie noch?«, drängelte Edda ungeduldig. »Wir haben hier schon genug Zeit verplempert.«

Marc schüttelte heftig den Kopf. »Hören Sie mir zu! Die

Irminsul zeigt den Feind und den Sieger. Vordergründig symbolisiert das Hermannsdenkmal natürlich den Sieg des Arminius gegen die Römer. Aber das Denkmal wurde im 19. Jahrhundert gebaut. Damals galt Frankreich als *der* Feind Deutschlands. Ich habe früher einige Klassenfahrten zum Hermannsdenkmal gemacht und erinnere mich jetzt auch wieder daran, dass unsere Lehrerin uns erzählt hat, dass der Grund für die Erbauung des Denkmals weniger das Gedenken an die Varusschlacht war als vielmehr eine gewollte und bewusste Provokation gegenüber Frankreich. Deshalb streckt der Hermann sein Schwert gen Westen. Dort liegt nicht nur Xanten, dort liegt vor allem Frankreich, der Erbfeind.«

Edda starrte ihn lange an. »Ja, und?«, meinte sie schließlich.

»Die Irminsul zeigt den Feind und den Sieger«, gab Marc eifrig zurück. »Und zwar in Form dieser Inschrift aus dem 19. Jahrhundert. Erinnern Sie sich an die erste Botschaft Ihres Vaters: Die alte Schrift wird dir helfen! Der Feind ist Frankreich und Kaiser Louis Napoleon, der Sieger Preußen und Kaiser Wilhelm I.«

»Möglich«, meinte Edda. »Nur sind wir damit kein Stück weiter. Meinetwegen ist Frankreich der Feind. Aber wir können nicht ganz Frankreich absuchen.«

»Ich denke auch nicht, dass wir das müssen. Der ›Sieger‹ Kaiser Wilhelm I. war bei der Einweihung der Arminiussäule, der Irminsul, anwesend. Und die Irminsul weist uns den Weg. Wir haben den Gedenkstein für Kaiser Wilhelm I. doch gegenüber der *Bandel-Hütte* gesehen. Ich denke, dass wir dort nachsehen müssen.«

Die Sonne stand bereits recht tief und der Gedenkstein befand sich im dunklen Schatten, als sie dort wieder ankamen.

Edda bemerkte es zuerst. »Da!«, rief sie und zeigte auf einen der zahlreichen, mit grünem Moos bewachsenen schwarzen Steine, von denen der Gedenkstein umgeben war. »Dort sind Runen eingeritzt.«

»Tatsächlich«, bestätigte Marc. »Wir sind auf der richtigen Spur.«

Er zog einen Kugelschreiber und den Zettel, den er in Paderborn von Professor Zeidler bekommen hatte, aus der Tasche und machte sich daran, die Runen in lateinische Buchstaben zu übertragen. Doch schnell merkte er, dass die Zeichen keinen Sinn ergaben.

»Nenroneidegar«, las er laut vor. »Was soll das heißen? Habe ich etwas falsch gemacht?«

Edda kontrollierte die Aufzeichnungen von Professor Zeidler und Marcs Übersetzung. »Nein, es ist alles korrekt«, bestätigte sie. »Sie sollten die Inschrift zuerst zu Ende übersetzen. Vielleicht sind wir dann schlauer.«

Aber als Marc zehn Minuten später die Übertragung aller Runen in lateinische Buchstaben abgeschlossen hatte, blieb das Ergebnis ein unverständlicher Buchstabensalat ohne Sinn.

NENRONEIDEGARFEB: TGASIKOL
NENHAMEDREBEUTHCAWREGEISRED
REGEISMEDREBEUTHCAWENHARED
GNURPSRUMITGEILLASKCIHCSSAD

Marc war ratlos. »Haben Sie eine Idee?«, fragte er Edda.

»Vielleicht handelt es sich überhaupt nicht um eine Botschaft meines Vaters«, überlegte sie. »Irgendwer hat irgendwann irgendwelche Runen in diesen Stein geritzt.«

»Das glaube ich nicht«, widersprach Marc. »Die Zeichen sind nicht willkürlich geritzt worden. Schauen Sie sich nur die zweite und die dritte Zeile an. Vom sechsten bzw. siebten bis zum zwanzigsten Buchstaben sind beide Zeilen identisch. Das muss mit Absicht geschehen sein.«

Edda rieb sich die müden Augen. »Ich vermag trotzdem kein Muster zu erkennen. Irgendetwas übersehen wir.«

Marc seufzte und zog noch einmal die Aufzeichnungen zu Rate, die er von Professor Zeidler bekommen hatte. Er wollte die Unterlagen gerade wieder einstecken, als ihm etwas ins Auge stach. Marc unterdrückte seine Erregung. Konnte die Lösung wirklich so einfach sein?

Er nahm den Zettel mit den übertragenen Runen erneut zur Hand, dann lachte er. »Wir haben alles richtig gemacht«, verkündete er. »Wir lesen die Buchstaben nur falsch. Erinnern Sie sich daran, was Zeidler gesagt hat: Man kann Runen von links nach rechts, aber auch von rechts nach links lesen. Und dann bekommt das Ganze einen Sinn.«

Er beugte sich über den Zettel und las etwas stockend vor:

Loki sagt: Befrage die Nornen
Der Sieger wacht über dem Ahnen
Der Ahne wacht über dem Sieger
Das Schicksal liegt im Ursprung

Edda stöhnte vernehmlich. »Was soll das jetzt wieder bedeuten? Wer oder was ist Loki? Und was sind Nornen?«

Marc zuckte die Achseln. »Ich weiß es nicht. Ich kenne nur eine Loki: Loki Schmidt, die Frau des ehemaligen Bundeskanzlers Helmut Schmidt. Aber ich glaube kaum, dass die gemeint ist.«

Edda zog ihr Handy aus der Tasche und aktivierte es. Dann stellte sie eine Verbindung zum Internet her und googelte den Begriff *Loki.* Als das Ergebnis angezeigt wurde, ging sie auf die Seite von Wikipedia. »Hier haben wir es. Loki ist eine Gestalt aus der germanischen Mythologie.« Sie warf Marc einen raschen Blick zu. »Das passt schon mal.« Dann vertiefte sie sich wieder in den Artikel. »Loki ist das

Kind zweier Riesen, dennoch einer der Asen. Durch Blutsbrüderschaft steht Loki in besonderer Beziehung zu Odin. Nach der *Edda* ist Loki schmuck und schön von Gestalt, aber bös von Gemüt und sehr unbeständig. Er übertrifft alle anderen in Schlauheit und jeder Art von Betrug. In seinem Listenreichtum und seiner Gerissenheit stellt Loki ein Musterexemplar des mythischen Halunken dar. Er besitzt einen ausgeprägten Sinn für Strategie und nutzt ihn, um mit Intrigen und komplexen Lügen seine Interessen durchzusetzen.« Edda hielt inne. »Hm«, sagte sie. »Ich versuche es noch einmal auf einer anderen Seite. Moment, jetzt. Ich zitiere: ›Zu den ungewöhnlichsten Charakteren der nordischen Mythologie zählt Loki, der zwar kein echter Gott war, aber doch unter den Asen lebte und ihnen oft in Notlagen half.‹ Das kennen wir schon ... Hier geht es weiter: ›Bei Ragnarök, dem Weltende, sollte er aufseiten der Riesen gegen die Götter kämpfen. Loki war gut aussehend und geistreich, aber auch böswillig und hinterlistig gerissen, voller Tricks und Intrigen. Snorri spricht von Loki als Verleumder der Götter und Quelle von Lüge und Falschheit.‹« Sie schaute auf.

Marc runzelte die Stirn. »Dieser Loki scheint ein interessanter Typ gewesen zu sein. So eine Art J. R. Ewing unter den germanischen Göttern. Aber durch solche Charaktere werden Geschichten ja auch oft erst spannend.«

»Ich verstehe das alles nicht«, meinte Edda. »Und warum wird Loki in der Botschaft überhaupt erwähnt? Ich meine, dort steht *Loki sagt,* man solle die Nornen befragen, wer auch immer das sein mag. Warum hat mein Vater nicht einfach nur geschrieben: Befrage die Nornen. Genauso wie er vorher geschrieben hat: Betrachte die Irminsul! Das wäre doch viel einfacher gewesen.«

Marc hob die Schultern. »Keine Ahnung. Aber nach dem, was Sie eben vorgelesen haben, hat Loki den Göttern doch manchmal geholfen. Vielleicht hat Ihr Vater ihn deshalb mit aufgeführt: Loki soll auch uns helfen.«

»Hm. Vielleicht kommen wir weiter, wenn wir wissen, wer oder was die Nornen sind.« Edda gab das Stichwort in der Internetsuchmaschine ein: »Die Nornen sind die germanischen Schicksalsgöttinnen und Geburtshelferinnen, die den Schicksalsfaden der Menschen und Götter spinnen. Sie sind drei Schwestern, die das Schicksal der Welt, der Götter und der Menschen bestimmen und voraussagen. Ihre Namen sind Urd, Verdandi und Skuld. Göttlicher Abkunft und bei den Riesen aufgewachsen, waren sie älter als die Asen, die wie die Menschen dem Schicksal unterworfen waren, das die Nornen verkörperten. Die Nornen sitzen am Urdbrunnen, welcher unter der dritten Wurzel Yggdrasils liegt. Die drei Nornen weben täglich das Netz des Schicksals, sie verwalten das Schicksal Örlög, erspähen, verhängen es und sprechen es aus. Auch die Lebenszeit des Menschen wird von den Nornen bestimmt. Als Wächterinnen des Fenriswolfes entscheiden sie letztlich auch über den Weltuntergang Ragnarök. Die Nornen wurden später in vielen Märchen wiederbelebt, zum Beispiel in *Die drei Spinnerinnen.*«

Sie unterbrach sich. »Und, haben Sie schon eine Idee?«

»Vielleicht. Die Nornen kennen das Schicksal, wir suchen es. Vielleicht sollen wir sie deshalb befragen.«

»Aber die Nornen sind Gestalten aus der Mythologie. Wie sollen wir sie da befragen?«

»Vielleicht geht es nicht direkt um die Nornen selbst, sondern um den Ort, an dem sie sitzen, diesen Urdbrunnen. Schauen Sie doch mal, ob Sie dazu etwas finden.«

Edda googelte den Begriff und winkte schnell ab. »Der Urdbrunnen wird nur im Zusammenhang mit den Nornen und der germanischen Mythologie erwähnt. Es gibt offenbar keinen realen Ort dieses Namens.«

»Wie wäre es mit einer Spinnerei?«, schlug Marc vor. »Die drei sind doch Spinnerinnen.«

»Das ist eine Möglichkeit«, meinte Edda. »Aber wo sollen wir anfangen zu suchen? Es gibt schließlich viele Spinnereien.«

»Nicht mehr. Seit Beginn der Sechzigerjahre wurde die deutsche Textilindustrie fast komplett in Billiglohnländer verlagert. Außerdem bin ich mir ziemlich sicher, dass wir in Ostwestfalen-Lippe suchen müssen. Und in Ostwestfalen war eine der größten Spinnereien Europas ansäßig. Kann ich mal Ihr Handy haben?«

Edda reichte das Gerät weiter und Marc gab einen weiteren Begriff ein. »Hier«, sagte er. »Die Ravensberger Spinnerei in Bielefeld war im 19. Jahrhundert die größte Spinnerei auf dem europäischen Kontinent.«

Er sah Edda an. »Wäre vielleicht einen Versuch wert.«

Edda nickte. »Etwas Besseres fällt mir sowieso nicht ein. Lassen Sie uns nach Bielefeld fahren.«

In diesem Moment meldete sich Marcs Handy. Das Display nannte den Namen des Anrufers: Stefanie. Marc drückte die Taste mit dem grünen Hörer.

»Ja?«

Er hörte einen Moment zu, dann fragte er: »Genaueres wissen Sie nicht?«

Kurz darauf beendete er das Gespräch.

»Das war meine Sekretärin«, erklärte er. »Die Polizei will mich sprechen.«

»Die Polizei?« Edda grinste. »Sind Sie geblitzt worden?«

Marc machte ein ernstes Gesicht. »Es geht um den Tod Ihres Vaters.«

»Was haben Sie damit zu tun?«, fragte Edda erstaunt.

»Nichts«, versicherte Marc. »Zumindest nichts, was ich wüsste. Wenn wir in Bielefeld sind, werde ich mich sofort bei der Polizei melden. Danach werden wir schlauer sein.«

27

Zeidler hatte unmittelbar nach dem Vollzug des Rituals der Blutsbrüderschaft eine eigene, aus zwei Räumen bestehende Suite in der Burg zugewiesen bekommen. Nun standen ihm ein Arbeitszimmer mit Schreibtisch und Computer und ein Schlafzimmer zur Verfügung. Zeidler war nicht sonderlich überrascht, dass er auf dem Bett einen Smoking vorfand, der genau seiner Größe entsprach.

Der Professor legte den Smoking zur Seite und streckte sich lang auf der Matratze aus. Sofort fiel er in einen tiefen, traumlosen Schlaf.

Eine Stunde später weckte ihn das Klingeln des Telefons. Als er den Hörer abnahm, wurde ihm mitgeteilt, dass sich die Mitglieder des innersten Kreises der Thule-Gesellschaft um Punkt neunzehn Uhr in Abendkleidung im großen Saal im ersten Stock des Turms der Burg versammeln würden.

Als Zeidler den Saal betrat, fiel ihm auch hier die Ähnlichkeit mit den Kulträumen der Wewelsburg auf: Der Saal war eine fast exakte Kopie des Obergruppenführersaals des Nordturms.

Allerdings war die Schwarze Sonne nicht als Ornament in den Boden eingelassen, sondern prangte als ein den ganzen Saal dominierendes Element an der Wand. Genau in der Mitte des Raumes war ein runder Tisch aufgebaut und für elf Personen festlich eingedeckt worden. Diener in Livrees liefen herum und reichten den bereits anwesenden Mitgliedern des innersten Kreises Horsd'œuvre und Getränke.

Zeidler nutzte die Zeit, um seine neuen Freunde etwas kennenzulernen. Die Männer repräsentierten tatsächlich die Crème de la Crème der deutschen Gesellschaft. Außer dem

Politiker, dem Strafverteidiger und dem Industriellen, die Zeidler schon in der Krypta erkannt hatte, machte er die Bekanntschaft mit zwei weiteren Großunternehmern und einem Bundesrichter.

Nach dem dritten Glas Champagner breitete sich in Zeidlers Magen ein angenehm warmes Gefühl aus und er fühlte sich so gut wie schon lange nicht mehr. Er war überzeugter denn je, dass diese Männer für ihn den Eintritt in eine glorreiche und äußerst lukrative Zukunft bedeuteten.

Schließlich zogen sich die Diener diskret zurück und der innerste Kreis der Thule-Gesellschaft war unter sich.

Richard von Sebottendorff bat die Anwesenden, sich um die runde Tafel zu versammeln.

Als alle vor ihren Plätzen standen, sagte er: »Bevor wir mit dem gemeinsamen Mahl beginnen, wollen wir der Ahnen gedenken.«

Die elf Männer reichten sich die Hände.

»Ich rufe die Ahnen herbei und lade sie zur Teilnahme an dieser Tafel ein«, fuhr Odin mit demütiger Stimme und auf den Boden gesenktem Blick fort. »Ich erinnere insbesondere an meinen Vater, dessen Ziel wir vollenden wollen und werden, und an die Männer und die Frauen, die über die Jahrhunderte durch ihr zähes Ringen um unser Volk gelebt, gerungen und gelitten haben und damit unsere Existenz ermöglichten. Wir neigen uns in Ehrfurcht vor den Ahnen, deren Blut als Auftrag und Verpflichtung in unseren Adern kreist.«

Eine knappe Minute herrschte Stille.

Dann blickte von Sebottendorff wieder auf und griff nach einem mit Met gefüllten Trinkbecher. »Auf Ragnarök«, sagte er. »Und so wie Odin in Walhall mit den Göttern und den Helden gefeiert hat, so will ich heute ein letztes Mal mit euch feiern.«

Zeidler starrte den Führer der Thule-Gesellschaft an. Auf einmal fühlte er sich wie in einem Film, dessen Anfang er verpasst hatte. Was meinte Odin mit ›Ragnarök‹? Der Germanistikprofessor wusste zwar, dass es sich um den Weltuntergang in der nordischen Mythologie handelte, aber er verstand den Zusammenhang nicht. Und wieso feierten sie heute ein letztes Mal zusammen? War Odin krank? Wollte er zugunsten seines Sohnes zurücktreten?

Bevor Zeidler den Gedanken vertiefen konnte, wurde er schon wieder von den Geschehnissen gefangen genommen.

Odin verschüttete den ersten Schluck Met auf den Boden, trank selbst den zweiten und reichte den Becher an seinen linken Tischnachbarn Tyr weiter. Der Becher kreiste in Richtung der Sonnenbahn um die Tafel. Zum Schluss kehrte der Becher zu Odin zurück, der den Rest durch Verschütten auf dem Boden opferte.

Alle setzten sich und im gleichen Moment öffnete sich die Tür des Saales und die Speisen wurden hereingetragen.

28

Um halb acht parkte Marc den Golf vor dem Polizeipräsidium an der Kurt-Schumacher-Straße. Edda zog es vor, im Auto zu bleiben, also ging Marc allein zu der Pforte und trug sein Anliegen vor. Der Beamte telefonierte kurz, dann nannte er Marc eine Zimmernummer im ersten Stock. Marc benutzte die Treppe und klopfte eine halbe Minute später an die angegebene Tür.

Er trat ein, ohne eine Aufforderung abzuwarten, und wurde von einem etwa vierzigjährigen Mann mit dunklen, lockigen Haaren empfangen. Der Beamte sah aus, als habe auch er einen langen Tag hinter sich: Seine Krawatte hing auf halbmast, sein bis zu den Ellenbogen hochgekrempeltes Hemd hatte dunkle Stellen unter den Achseln, seine Augen blickten müde und waren rot gerändert.

»Herr Hagen?«, sagte der Mann. »Ich bin Kriminalhauptkommissar Rekers. Bitte, nehmen Sie Platz.«

Er wies mit der Hand auf den Stuhl, der seinem Schreibtisch gegenüberstand.

Marc bedankte sich mit einem Kopfnicken und setzte sich kerzengerade auf die Stuhlkante, die Hände auf den Oberschenkeln. Er durfte jetzt keinen Fehler machen.

Rekers hatte inzwischen einen schmalen Aktenordner aus einer Schublade gezogen und vor sich auf dem Tisch platziert. Mit langsamen Bewegungen blätterte er darin herum. Plötzlich schlug er den Deckel zu.

»Herr Hagen«, begann er förmlich. »Die Kollegen von der Kripo Münster haben uns gebeten, Sie im Zusammenhang mit dem Tod von Herrn Günther Wehking zu befragen. Herr Wehking ist Ihnen bekannt?«

Marc nahm die Hände von den Oberschenkeln und verschränkte die Arme vor der Brust. »Das kann ich Ihnen leider nicht sagen«, verkündete er dann.

Rekers blieb vor Erstaunen der Mund offen stehen. »Das können Sie mir nicht sagen? Und warum nicht?«

»Nun, ich bin Rechtsanwalt. Privat kenne ich Herrn Wehking nicht. Und ob er mich beruflich aufgesucht hat, darüber darf ich Ihnen keine Auskunft geben. Schon die Tatsache, dass überhaupt jemand einen Anwalt konsultiert, fällt unter die anwaltliche Schweigepflicht. Tut mir leid.«

»Tut Ihnen leid, so so.« Rekers schüttelte verständnislos den Kopf. »Aber Sie wissen, dass Herr Wehking tot ist, oder?«

Marc nickte.

»Also! Und damit gilt auch die Schweigepflicht nicht mehr.«

»Das ist ein Irrtum«, widersprach Marc. »Schauen Sie mal

ins Strafgesetzbuch, § 203 Absatz 4. Die Schweigepflicht gilt über den Tod hinaus. Das sollten Sie als Polizist eigentlich wissen.«

Rekers rieb sich das stoppelige Kinn. »Und Sie sollten als Anwalt eigentlich wissen, dass man beim Tod des Mandanten von einer mutmaßlichen Entbindung von der Schweigepflicht ausgehen kann. Insbesondere dann, wenn es darum geht, den Tod ebendieses Mandanten aufzuklären. Oder glauben Sie, dass Herr Wehking kein Interesse daran hätte?«

Jetzt war es an Marc, erstaunt zu sein. »Aufklärung?«, fragte er. »Mein Kenntnisstand ist, dass Herr Wehking bei einem Verkehrsunfall ums Leben gekommen ist. Was gibt es denn da noch aufzuklären?«

»Die Fragen stelle ich«, blaffte Rekers. »Also, Herr Wehking war ein Mandant von Ihnen?«

Marc schwieg und starrte ostentativ aus dem Fenster.

»Herr Hagen, Sie machen einen schweren Fehler. Wie ich Ihnen eben schon erklärt habe, gilt die anwaltliche Schweigepflicht nicht mehr.«

Marc löste seinen Blick vom Fenster. »Und wie ich Ihnen eben schon erklärt habe, ist das Unsinn. Beim Tod des Mandanten ›kann‹ der Anwalt ›unter Umständen‹ von einer mutmaßlichen Entbindung von der Schweigepflicht ausgehen. Mit anderen Worten: Ob es dem mutmaßlichen Willen des Toten entsprechen würde, zu reden oder zu schweigen, kann der Anwalt, das heißt in diesem Falle ich, nur in eigener Verantwortung entscheiden.«

»Nein, das kann er nicht.« Rekers brüllte jetzt fast.

»O doch.« Marc atmete tief durch. »Hören Sie, Herr Rekers. Wir können uns jetzt stundenlang über diese Frage streiten. Tatsache ist, dass Sie von mir nichts erfahren werden.« Er legte eine dramatische Pause ein, bis er weitersprach: »Es sei denn, wir treffen eine Vereinbarung.«

»Eine Vereinbarung?« Rekers wirkte nun fast amüsiert. »Und wie soll die aussehen?«

»Nun, Sie verraten mir, warum Sie Ermittlungen zum Tod von Herrn Wehking anstellen, und ich verspreche Ihnen, bei der Prüfung der Frage, ob es dem mutmaßlichen Willen von Herrn Wehking entsprechen würde, Ihnen Auskünfte zu erteilen, nun ja, sagen wir mal, wohlwollend vorzugehen. Sie verstehen?«

Rekers schwieg und überlegte. »Okay«, sagte er schließlich. »Ich gehe so weit, wie ich gehen kann, und Sie gehen so weit, wie Sie gehen können. Einverstanden?« Er hielt Marc seine rechte Hand hin und der schlug ein.

»Also«, sagte Rekers. »Was wollen Sie wissen?«

»Wie gesagt: Warum interessiert sich die Polizei für den Tod von Herrn Wehking? Meines Wissens ist Herr Wehking bei einem Autounfall verstorben.«

»Woher wissen Sie das?«, fragte Rekers.

»Ts ts.« Marc wedelte tadelnd mit dem Zeigefinger. »Wir wollen doch die korrekte Reihenfolge einhalten. Zuerst sind Sie dran.«

Rekers seufzte schwer. »Also gut. Wir haben keinen Zweifel daran, dass Herr Wehking bei einem Autounfall ums Leben gekommen ist. Allerdings hat der Fahrer des Unfallwagens ausgesagt, er habe den Eindruck gehabt, Herr Wehking sei verfolgt worden und in panischer Angst vor sein Auto gelaufen.«

»Das ist alles?«

Rekers zögerte einen winzigen Moment. »Nein. Die Obduktion hat zwar ergeben, dass Herr Wehking an den Folgen des Unfalls verstorben ist, allerdings haben die Ärzte zahlreiche Verletzungen festgestellt, die nicht von dem Aufprall auf das Auto herrühren können.«

Marc starrte ihn an. »Was für Verletzungen?«

»Beide Daumen und drei andere Finger waren gebrochen. Die Rechtsmediziner sind sich ziemlich sicher, dass diese Verletzungen durch Daumenschrauben verursacht worden sind.«

»Daumenschrauben?«

»So ist es. Dabei handelt es sich um ein mittelalterliches Folterinstrument, mit dem die Daumen oder andere Finger mittels einer Apparatur gequetscht werden. Manchmal so lange, bis sie brechen. Und das scheint bei Herrn Wehking der Fall gewesen zu sein.«

»Ist ... ist das sicher?«

Rekers lächelte. Offenbar machte es ihm Spaß, den Rechtsanwalt zu schockieren. »Ziemlich. Einer der Rechtsmediziner hat über das Thema promoviert.«

Marc brauchte eine Weile, um sich zu sammeln. »Das ... das ist ja entsetzlich«, stammelte er.

»Ja, Wehking scheint Kontakt zu Menschen gehabt zu haben, die vor nichts zurückschrecken. Vielleicht wäre es deshalb für Sie gut, wenn Sie mit uns zusammenarbeiten würden.«

Marc nickte langsam. »Was wollen Sie wissen?«

Rekers lehnte sich entspannt in seinem Sessel zurück. »Warum hat Herr Wehking Sie aufgesucht?«

»Woher wissen Sie überhaupt, dass er mich aufgesucht hat?«

Der Kommissar verdrehte die Augen. »Müssen Sie eigentlich jede Frage mit einer Gegenfrage beantworten? Aber gut. Nach der Obduktion gestern haben die Kollegen aus Münster Wehkings Haus in Enger durchsucht. Und dabei haben sie eine Rechnung Ihrer Kanzlei gefunden. Daraus geht hervor, dass Wehking einige Tage vor seinem Tod eine Beratung in Anspruch genommen und etwas hinterlegt hat. Worum ging es?«

»Mhm.« Marc rieb sich bedächtig das Kinn. »Es hat sich um eine allgemeine juristische Beratung gehandelt«, sagte er vage.

»Das reicht mir nicht. Wir haben einen Deal.«

»Glauben Sie mir. Die Beratung hatte mit Sicherheit nichts mit dem Tod von Herrn Wehking zu tun.«

»Wenn die Beratung so harmlos war, können Sie mir ja sagen, worum es ging.«

Marc dachte nach. Vielleicht war es besser, dem Mann etwas Futter zu geben, damit er Ruhe gab. »Es ging um Mietfragen. Allgemeine Mietfragen.«

»Warum ist Herr Wehking mit diesen ›Mietfragen‹ nicht zu seinen Hausanwälten gegangen? Soweit wir wissen, hat er sich normalerweise in Rechtsangelegenheiten an die Kanzlei *Dr. Reinhard, Busse und Partner* gewandt.«

»Dazu kann ich beim besten Willen nichts sagen. Vielleicht hatte Herr Wehking zu den besagten Herren kein Vertrauen mehr.«

Rekers glaubte Marc offensichtlich kein Wort. »Sie wollen uns also nicht helfen«, stellte er fest.

»Selbstverständlich will ich das«, gab Marc zurück. »Nur aus diesem Grund bin ich hier.«

»Wir haben uns über Sie erkundigt.« Der Ton Rekers wurde schärfer. »Sie sind wegen eines Versicherungsbetruges vorbestraft.«

»Was hat das mit dieser Sache zu tun?«

»Nun, vielleicht hat Herr Wehking Geld in Ihrer Kanzlei hinterlegt. Geld, das Sie sich unter den Nagel gerissen haben. Vielleicht haben Sie wieder einmal was für sich gebraucht. Wie man so hört, laufen Ihre Geschäfte nicht so, wie sie sollten.«

Marc musste sich zwingen, ruhig zu bleiben. »Wenn Sie mit Ihrer Theorie recht hätten – warum hätte ich Herrn Wehking noch foltern sollen?«

»Vielleicht war Ihnen das Geld aus dem Safe nicht genug.«

»Ich glaube nicht, dass ich mir das länger anhören muss.« Marc stand halb von seinem Sitz auf, doch dann ließ er sich wieder zurückfallen. »Oder bin ich Beschuldigter einer Straftat?«, fragte er.

»Sagen wir mal so: Sie werden es bald sein, wenn Sie so weitermachen.«

»Ich bin kooperativ«, gab Marc zurück. »Tatsache ist, dass ich Ihnen nicht helfen kann.«

»Wir werden sehen.« Rekers zog ein Foto aus dem vor ihm liegenden Aktendeckel und schob es auf Marcs Seite des Tisches.

Der nahm das Bild zur Hand. Auf der Aufnahme waren ein älterer Mann und eine junge Frau Anfang zwanzig mit langen blonden Haaren zu sehen. »Nur zur Sicherheit: Ist das der Mann, der Sie in Ihrer Kanzlei aufgesucht hat?«, wollte Rekers wissen.

»Ja, das ist Herr Wehking«, bestätigte Marc. »Darf ich fragen, wer die junge Frau neben ihm ist?«

»Das?« Rekers drehte das Bild zu sich um. »Das ist Herr Wehkings Tochter. Ich habe gestern mit ihr gesprochen.«

Marc spürte, wie ihm die Luft aus den Lungen wich.

»Herr Wehkings *Tochter?*«, fragte er nach.

»Ja, wieso, kennen Sie sie?«

Marc fühlte sich wie betäubt. »Ich habe diese Frau noch nie in meinem Leben gesehen«, antwortete er. Und das entsprach ausnahmsweise der vollen Wahrheit.

Marcs Handy schellte. Er zog es aus seiner Tasche, schaute auf das Display und warf Rekers einen entschuldigenden Blick zu.

»Melanie?«, fragte er, nachdem er auf die grüne Taste gedrückt hatte. »Wo bist du?«

»Nein, hier ist nicht Melanie«, antwortete eine männliche Stimme. »Sie können mich Hugin nennen. Hören Sie mir jetzt ganz genau zu: Wir haben Melanie Schubert und ihre Tochter in unserer Gewalt. Wir wissen, dass Sie in diesem Moment bei der Polizei sind. Kein Wort zu den Bullen, sonst werden beide sterben. Haben Sie das verstanden?«

»Ja.« Marc wandte sein Gesicht zum Fenster. »Um was geht es?«

»Sie suchen etwas. Etwas, was uns gehört. Sobald Sie es haben, werden Sie mich unter der Handynummer Ihrer Freundin anrufen. Haben Sie das verstanden?«

»Ja ... ja, selbstverständlich.«

»Gut. Und finden Sie den Code schnell. Wir brauchen ihn noch diese Nacht, das heißt, Sie haben bis genau 5.39 Uhr, bis Sonnenaufgang, Zeit. Um 5.40 Uhr haben wir an dem Deal kein Interesse mehr.«

Marc versuchte, seine Gedanken zu ordnen. Was faselte der Mann da von einem Code? Was war mit Melanie? Das Ganze musste ein Missverständnis sein.

»Noch einmal!«, drang die Stimme des Anrufers zu Marcs Bewusstsein durch. »Wenn Sie den Code nicht bis spätestens 5.39 Uhr durchgegeben haben, platzt unsere Vereinbarung und Sie werden Ihre Freundin und deren Tochter nie wiedersehen. Ist das klar?«

»J... ja«, stotterte Marc. »Aber ...«

Er bemerkte, dass die Leitung tot war.

Rekers musterte ihn. »Sie sind ganz bleich«, stellte er fest. »Schlechte Nachrichten?«

»Ein ... ein Mandant«, presste Marc hervor. »Ein wichtiger Mandant ist abgesprungen.«

»Das tut mir leid«, sagte Rekers ehrlich. »Aber um auf unser Thema zurückzu...«

Marc sprang von seinem Platz auf. »Sie müssen entschuldigen, aber ich muss sofort los. Oder bin ich vorläufig festgenommen?«

Rekers starrte ihn an. »Nein. Trotzdem sind wir hier noch nicht fer...«

»Ich weiß. Ich melde mich bei Ihnen, versprochen. Morgen oder in den nächsten Tagen. Aber jetzt habe ich wirklich keine Zeit mehr. Es geht um meine Existenz.«

Mit diesen Worten rannte er aus dem Zimmer und ließ den Polizisten verdutzt zurück. Marc stürmte die Treppen hinunter und hatte das Präsidium noch nicht ganz verlassen, als er sein Handy schon wieder am Ohr hatte und die Nummer von Melanies Festnetzanschluss wählte. Er ließ es mehrfach schellen, aber am anderen Ende nahm niemand ab. Marc rief das Adressbuch des Handys auf, suchte nach der Nummer von Carmen, Melanies bester Freundin, die im gleichen Haus nur eine Etage tiefer wohnte, und drückte die Ruftaste.

Endlich wurde abgehoben.

»Jäger.«

»Carmen? Marc hier.«

»Marc? Wie geht es dir?«

»Ich kann Melanie nicht erreichen. Hast du eine Ahnung, wo sie stecken könnte?«

»Nein. Aber wo du es sagst: Irgendwas war merkwürdig. Vor einer Stunde habe ich Geräusche im Treppenhaus gehört und durch den Spion gesehen. Melanie und Lizzy sind von zwei Männern abgeholt worden.«

»Abgeholt?«

»Ja, so kam es mir zumindest vor. Zuerst dachte ich, die beiden Männer seien Polizisten, aber die hatten so merkwürdige Visagen. Ich habe die Tür aufgemacht und Melanie gefragt, ob alles in Ordnung sei. Sie hat gesagt, ich müsse mir keine Sorgen machen.«

»Hattest du den Eindruck, dass sie bedroht worden ist?«

»Nein, natürlich nicht. Sonst hätte ich die Polizei angerufen. Wieso, stimmt etwas nicht?«

»Nein«, sagte Marc langsam. »Nein, es ist alles in Ordnung. Ich hatte nur vergessen, dass Melanie heute dieses Treffen hat. Ich melde mich wieder.«

Er beendete das Gespräch und steckte das Handy in die Tasche. Melanie und Lizzy waren also tatsächlich entführt worden. Marc musste an Wehking und die Folterspuren an dessen Händen denken. Er hatte nicht den geringsten Zweifel, dass dieser Hugin es ernst meinte. Allerdings hatte er gleichzeitig nicht die geringste Ahnung, was der Mann von ihm wollte. Konnte es sein, dass die Botschaften Günther Wehkings sie gar nicht zum Speer des Schicksals führen würden, sondern ein Code des Rätsels Lösung war? Egal. Marc schaute auf seine Armbanduhr: 8.02 Uhr. Er hatte noch genau neun Stunden und siebenunddreißig Minuten Zeit, um die Bedingungen des Entführers zu erfüllen.

29

Rüdiger Schönfeld hatte es sich gerade mit einer Flasche Bier auf der Couch vor dem Fernseher gemütlich gemacht, als er hörte, dass die Wohnungstür aufgeschlossen wurde. Der Kapitän sah auf die Uhr. Kurz nach acht. Seitdem der G8-Gipfel begonnen hatte, war dies die übliche Zeit, zu der seine Frau nach Hause kam.

»Schatz, bist du das?«, rief er, ohne sich umzudrehen.

Schönfeld lauschte, bekam aber keine Antwort. Also drückte er die Mute-Taste des Fernsehers und rief noch einmal, diesmal etwas lauter.

»Jutta?«

Erneut keine Reaktion.

Schönfeld zuckte die Achseln. Wahrscheinlich hatte er sich getäuscht. Er drehte die Lautstärke wieder höher und konzentrierte sich auf den Fernseher. Plötzlich spürte er eine Bewegung in seinem Rücken, er fuhr herum.

»Herrgott, musst du mich so erschrecken?«, herrschte er seine Frau an. »Und warum antwortest du nicht, wenn ich dich rufe?«

Jutta Schönfeld hielt eine Tüte mit Schoko-Croissants in die Luft. »Mund voll«, nuschelte sie. »Wo sind die Kinder?«

Schönfeld deutete mit dem Daumen in die ungefähre Richtung der beiden Zimmer, aus denen eine Mischung aus Computerspiel-Gefechtslärm und Boygroup-Musik herüberdrang. »Marvin ist mit seinen Ballerspielen beschäftigt und Melissa chattet mit ihren Freundinnen. Habe die beiden ganze fünf Minuten gesehen.«

»Wie war dein Tag?«, erkundigte sich Jutta.

Schönfeld seufzte. »Nicht gut. Auf dem See ist kaum noch was los. Oder doch! Heute Vormittag habe ich ein Schlauchboot mit einer großen Greenpeace-Fahne gesehen. Die sind da hin und her geknattert und haben die Enten erschreckt. Aber der See liegt außerhalb der Sperrzone, deshalb patrouillieren da keine Polizeiboote, mit denen sie Fangen spielen konnten. Als die von Greenpeace endlich kapierten, dass es keine spektakulären Bilder gibt, sind sie verschwunden. Und bei dir? Warst du im Schlosshotel?«

Jutta Schönfeld schüttelte den Kopf. »Keine Chance. Beide Zufahrten werden von Tausenden Demonstranten blockiert. Die einzige Möglichkeit, noch zum Tagungsort zu kommen, ist ein Hubschrauber. Ich habe im Hotel angerufen und gefragt, was ich machen soll, aber die meinten, ich solle wieder umkehren. Einen Hubschraubereinsatz sind ihnen meine Blumen wohl nicht wert.«

»Hoffentlich ersetzen sie dir wenigstens deinen Aufwand.«

»Das ist kein Problem. Dieser Gipfel kostet so viele Millionen, da sind die paar Euro für meine Blumen wohl Peanuts.

Die im Hotel haben gemeint, ich solle die Blumen für einen guten Zweck spenden. Genau das habe ich getan.« Jutta Schönfeld grinste breit. »Als ich wieder im Laden war, sind ein paar von diesen Clowns aufgetaucht, du weißt schon, diese Demonstranten mit den weiß geschminkten Gesichtern, knalligen Pappnasen und rot-weißen Perücken.«

Schönfeld nickte. Von denen hatte er schon einige gesehen. »Die *Army of Clowns«*, bestätigte er.

»Genau. Die wollten Nelken bei mir kaufen. Als ich denen sagte, Nelken hätte ich keine, aber sie könnten andere Blumen umsonst haben, haben sie sofort zugegriffen. Lustig, oder? Die Blumen, die eigentlich für Merkel, Obama und Co bestimmt waren, haben jetzt ihre Gegner.«

»Was machen die denn mit den Blumen?«

»Das habe ich mich auch gefragt. Die alte Frau Schröder hat es mir dann erzählt. Sie hat beobachtet, wie sich die Clowns neben die Polizisten gestellt und sie nachgeäfft haben. Und dann haben sie die Polizisten mit den Blumen beworfen. Das musst du dir mal vorstellen: mit *meinen* Blumen!« Jutta Schönfeld brach in ein fröhliches Gelächter aus, aber Schönfelds Stimmung erhielt einen Dämpfer. Hoffentlich gab es keinen Ärger, wenn die Polizei erfuhr, woher die Clowns die Blumen hatten.

In diesem Moment schellte es an der Wohnungstür. Schönfeld sah erneut auf die Uhr. Viertel nach acht. Wer konnte das sein? Die Familie Schönfeld war vollständig daheim. Vielleicht einer der Freunde der Kinder.

Schönfeld erhob sich ächzend von der Couch und begab sich zur Tür.

»Ja, bitte«, sagte er in die Gegensprechanlage.

»Herr Schönfeld?«, meldete sich eine männliche Stimme. »Mein Name ist Kunze, Bundeskriminalamt. Machen Sie bitte auf.«

Schönfeld lief es abwechselnd heiß und kalt den Rücken herunter. Er hatte es ja geahnt! Die Bullen hatten von der Blumenaktion erfahren. Scheiße, dachte er. Verdammte Scheiße! Wahrscheinlich geht der ganze schöne Auftrag flöten. Wenn ihnen nicht noch Schlimmeres drohte.

»Wo... worum geht es denn?«, stotterte er.

»Vielleicht sollten wir das besser in Ihrer Wohnung besprechen«, war die Stimme wieder zu hören. »Oder wollen Sie, dass die ganze Straße zuhört?«

Nein, das wollte Rüdiger Schönfeld bestimmt nicht und deshalb drückte er den Knopf, der die Haustür öffnete.

Während er auf die Polizisten wartete, fuhr er sich nervös mit der Hand über den Mund.

»Wer war das?«, rief seine Frau von der Küche her.

»BKA«, rief Schönfeld zurück.

»BKA?« Auch Jutta hörte sich auf einmal besorgt an. Sie trat in den Flur, in der Hand hielt sie ein Glas und ein Spültuch. »Was wollen die?«

Schönfeld hob die Achseln. »Keine Ahnung.« Es klopfte an der Tür. »Ich hoffe, es geht nicht um deine Blumen.«

Schönfeld öffnete und blickte in die kantigen Gesichter zweier Männer Anfang dreißig, die trotz der Wärme mit langen Mänteln bekleidet waren. Beide waren groß, aber der eine war ein wahrer Riese. Nach Schönfelds Schätzung maß er an die zwei Meter und hatte einen gewaltigen Brustumfang. Mit ihren millimeterkurz geschnittenen Haaren erinnerten die Kerle eher an US-Marines als an deutsche Polizisten. Der kleinere hielt einen Ausweis mit Lichtbild in der Hand.

»Kunze«, stellte er sich noch einmal vor. »Das ist mein Kollege Stein. Dürfen wir hereinkommen?«

Schönfeld trat zur Seite. »Bitte sehr.«

Die beiden Besucher nickten seiner Frau kurz zu.

»Immer geradeaus durch«, flötete Schönfeld mit aufgesetzter Fröhlichkeit und dirigierte die beiden in das Wohnzimmer, wo sich alle setzten.

»Gibt es ein Problem?«, wollte Schönfeld dann wissen.

Kunze bleckte die Zähne. »So könnte man sagen«, gab er zurück. »Ein Sicherheitsproblem, um genau zu sein. Wie viele Personen halten sich außer Ihnen momentan in dieser Wohnung auf?«

»Wieso ...«

»Warum beantworten Sie nicht einfach meine Frage«, fiel Kunze dem Kapitän barsch ins Wort. »Umso schneller sind wir hier fertig.«

»Insgesamt vier Personen«, gab Schönfeld eingeschüchtert zurück. »Wir beide und die Kinder.«

»Wo sind Ihre Kinder?«

»In ihren Zimmern. Immer dem Lärm nach.« Schönfeld versuchte ein Lächeln, das ihm aber gründlich misslang. »Vielleicht können Sie uns endlich sagen, was Sie von uns wollen?«

»In einer Minute«, antwortete Kunze. »Rufen Sie zuerst Ihre Kinder. Dann müssen wir nicht alles zweimal erzählen.«

Schönfeld zögerte einen winzigen Moment, dann nickte er seiner Frau auffordernd zu. Die verließ das Wohnzimmer und kehrte kurz darauf mit dem fünfzehnjährigen Sohn und der zwei Jahre jüngeren Tochter zurück.

»Was is 'n los?«, maulte Marvin.

Statt eine Antwort zu geben, stand Stein auf und stellte sich in die Wohnzimmertür. Er war so groß und so breit, dass er den Rahmen fast vollständig ausfüllte.

Aber das Beunruhigendste an ihm war nicht seine körperliche Präsenz, sondern die Pistole, die er auf einmal in der Hand hielt und auf die Familie richtete. Jutta Schönfeld und die Kinder drängten sich ängstlich aneinander.

»Was hat das ...?«

»Schnauze!«, brüllte Kunze. »Einfach Schnauze halten!«

Schönfeld zwang sich, ruhig zu bleiben, obwohl er am ganzen Körper zitterte. »Hören Sie!«, sagte er in dem vernünftigsten Ton, zu dem er fähig war. »Mein Geld ist in meiner Jackentasche, der Schmuck meiner Frau liegt im Schlafzimmer, die Einnahmen aus dem Blumenladen befinden sich in einem Safe unten im Geschäft. Das können Sie alles haben, aber tun Sie meiner Familie nichts.«

»Schnauze halten, hab ich gesagt! Wir sind an deinem Geld nicht interessiert.«

Schönfeld schloss für einen Moment die Augen. Sie wollten kein Geld. Aber was ...? Mein Gott! Er musterte seine Frau und seine Tochter besorgt. Dann beruhigte er sich wieder etwas. Die Eindringlinge machten eigentlich nicht den Eindruck von Vergewaltigern. Sie hatten eher etwas ... ja, etwas Militärisches an sich. Damit kannte Schönfeld sich aus. Schließlich war er zwei Jahre lang Zeitsoldat bei der Bundeswehr gewesen. Diese Aktion war offenbar minutiös geplant und die Männer wussten genau, was sie wollten. Nur: Was konnte das sein?

Plötzlich begriff Schönfeld. Der Sicherheitsausweis seiner Frau, natürlich! Diese Typen wollten über den Zaun in das Tagungshotel. Mit ihren Bürstenhaarschnitten sahen sie zwar weiß Gott nicht wie die G8-Gegner aus, die Schönfeld bisher gesehen hatte, aber was hatte das schon zu bedeuten?

»Hören Sie«, sagte Schönfeld. »Sie können den Sicherheitsausweis meiner Frau gerne haben. Aber der wird Ihnen nichts nützen. Die Zufahrt zum Hotel ist blockiert. Da kommt niemand mehr durch, Ausweis hin oder her.«

Stein und Kunze wechselten einen verständnislosen Blick.

»Was faselst du da?«, fragte Kunze. »Das hier hat nichts mit deiner Frau zu tun. Es geht ausschließlich um dich!«

30

Marc ging langsam auf den Golf zu, in dem die angebliche Tochter Günther Wehkings auf ihn wartete. Bevor er einstieg, atmete er noch einmal tief durch. Er spürte eine beinahe körperliche Abneigung gegen die Frau – wer auch immer sie war.

»Wie war es?«, fragte Edda aufgeregt, als Marc sich neben sie auf den Fahrersitz fallen ließ. »Haben Sie erfahren, warum die Polizei den Tod meines Vaters untersucht?«

Marc schüttelte den Kopf. »Die wollten wissen, warum Ihr Vater mich aufgesucht hat. Ich habe aber nichts gesagt.«

»Sie haben mich oder die Botschaft meines Vaters nicht erwähnt?«, fragte Edda.

»Nein.« Marc sah ihr prüfend ins Gesicht, auf der Suche nach Gründen, ihr vertrauen zu können. Bisher hatte die junge Frau einen vollkommen ehrlichen Eindruck auf ihn gemacht. Konnte er sich wirklich dermaßen getäuscht haben? Auf einmal durchzuckte ihn ein Gedanke. »Haben Sie eigentlich noch Geschwister?«, fragte er.

»Geschwister?« Edda lachte. »Wie kommen Sie denn darauf?«

»Nun, dieser Polizist hat mir ein Foto gezeigt, auf dem Ihr Vater zusammen mit einer jungen Frau zu sehen ist. Ich hatte gedacht, das könnte vielleicht Ihre Schwester sein.«

»Tut mir leid, mit Schwestern und Brüdern kann ich nicht dienen. Ich bin ein verwöhntes Einzelkind, haben Sie das noch nicht bemerkt? Vielleicht war die junge Frau eine Freundin meines Vaters, die er sich nach dem Tod meiner Mutter zugelegt hat. So was soll schließlich vorkommen. Ich sagte ja schon, dass mein Vater und ich in den letzten Jahren kaum Kontakt hatten.« Sie seufzte schwer. »Egal. Lassen Sie uns fahren. Ich will endlich diesen verdammten Speer finden.«

Marc nickte geistesabwesend. Die Frau, die sich Edda nannte und als Günther Wehkings Tochter ausgab, log offensichtlich. Sie stellte selbst nicht infrage, dass Wehking nur eine Tochter hatte, und die Frau auf dem Foto war sie definitiv nicht. Es musste ihr irgendwie gelungen sein, den Brief abzufangen, den er an die richtige Edda Wehking geschickt hatte. Und er hatte dieser Frau alles geglaubt und ihr vertraut. Sie hatte so viel über das Familienleben der Wehkings gewusst. Die ganzen Geschichten, die ihr Großvater ihr erzählt hatte … Aber das konnte sie natürlich auch auf andere Weise in Erfahrung gebracht haben. Oder sie hatte sich alles nur ausgedacht.

Schließlich war es schon ein wenig merkwürdig, dass Edda mit der Entschlüsselung der Nachrichten so große Schwierigkeiten hatte. Als Günther Wehking seine Botschaften verfasst hatte, musste er doch davon überzeugt gewesen sein, dass seine Tochter die Nachrichten auch verstand. Ob die Frau, die sich für Wehkings Tochter ausgab, mit den Entführern Melanies und Lizzys zusammenarbeitete? Andererseits: Wenn die Entführer und Edda auf der gleichen Seite stünden, wäre die Entführung überflüssig gewesen. Die angebliche Edda war schließlich die ganze Zeit mit ihm zusammen und über alles informiert.

Marc schüttelte verwirrt den Kopf. Er konnte im Moment nichts anderes tun, als weiter zu versuchen, Günther Wehkings Nachrichten zu entschlüsseln und zu hoffen, dass die Botschaften ihn zu diesem ominösen Code führten, den die Entführer – aus welchen Gründen auch immer – offenbar noch in dieser Nacht benötigten. Und dazu musste er weiter mit dieser Frau zusammenarbeiten, denn allein würde er das höchstwahrscheinlich nicht schaffen.

Marc schloss für einen Moment die Augen, um sich zu sammeln. Dann drehte er den Zündschlüssel und ließ den Motor an. »Sind Sie bereit für die Ravensberger Spinnerei?«, fragte er.

31

Es dauerte keine Viertelstunde, bis Edda und Marc das von einer Mauer eingefriedete Gelände der ehemaligen Ravensberger Spinnerei betraten.

Das symmetrisch angelegte, imposante Hauptgebäude erstreckte sich über eine Länge von einhundert Metern. Der Architekt hatte das Gebäude in Anlehnung an den englischen Tudor-Stil gestaltet und deshalb wirkte es mit seinen Zinnen, Türmen und Schießscharten, die keinerlei Funktion hatten, fast wie eine Kopie von Hampton Court Palace, dem um 1530 erbauten Schloss Heinrich VIII. östlich von London.

Nachdem die Spinnerei nach dem Ende des Zweiten Weltkrieges zunächst noch traumhafte Umsätze gemacht hatte, war die teure Bielefelder Qualitätsware schon in den Sechzigerjahren nicht mehr gefragt gewesen. Den Erhalt der Spinnerei-Gebäude verdankten die Bielefelder einer Bürgerinitiative, die in den Siebzigerjahren den geplanten Abriss verhindert hatte. Haupt- und Nebengebäude beherbergten heute Volkshochschule, Museen und ähnliche Einrichtungen.

Die Sonne war hinter den westlichen Gebäuden verschwunden und lange Schatten hüllten das Gelände ein, aber es gab noch ausreichend Licht. Der Ravensberger Park galt als Platz, den man nach Einbruch der Dunkelheit besser mied. Hier traf sich ›die Szene‹: Alkoholiker, Junkies, Dealer und lichtscheue Gestalten. Raubüberfälle auf Passanten, Diebstähle und Körperverletzungen waren fast an der Tagesordnung.

»Wonach suchen wir eigentlich?«, fragte Edda.

Marc breitete die Arme aus. »Ich hoffe es zu wissen, sobald ich es sehe. Irgendetwas, was mit Spinnen zu tun hat, denn das war es, was die Nornen getan haben.« Sein Blick fiel auf das Historische Museum. »In dem Museum zum Beispiel befindet sich eine Ausstellung zur Geschichte des Webens und Spinnens. Man kann ein altes Spinnrad, einen alten Webstuhl, aber auch mechanische Webstühle und große Spinnmaschinen besichtigen. Vielleicht hat Ihr Vater an einer der Spinnmaschinen eine Nachricht hinterlassen.«

»Das glaube ich nicht«, widersprach Edda. »Ein Museum wird pausenlos überwacht. Außerdem wäre so eine Botschaft mit Sicherheit schon lange gefunden und entfernt worden.«

Marc seufzte. »Sie haben natürlich recht. Abgesehen davon ist das Museum seit siebzehn Uhr geschlossen und wir haben jetzt eh keine Chance hereinzukommen. Wir müssen also nach etwas anderem Ausschau halten. Vielleicht nach einem Brunnen. Und ein Baum in der Nähe des Brunnens wäre auch nicht schlecht. Schließlich soll sich der Urdbrunnen an einer der Wurzeln von Yggdrasil befunden haben.«

Gemeinsam streiften sie mehr oder weniger ziellos durch die Grünflächen des Ravensberger Parks. Bäume gab es genug, von einem Brunnen war dagegen weit und breit nichts zu sehen.

Schließlich gelangten sie in den vorderen Teil, der hier Rochdale-Park hieß, nach der englischen Partnerstadt Bielefelds. Und tatsächlich: Zwischen den ehemaligen Feuerlöschteichen direkt vor dem Eingang des Hauptgebäudes war ein kreisrunder Brunnen angelegt worden, in dessen Mitte eine sprudelnde Wasserfontäne zu sehen war.

»Hier haben wir alles, was wir brauchen«, meinte Marc. »Eine Spinnerei, einen Brunnen und Bäume. Jetzt müssen wir nur noch die Botschaft Ihres Vaters suchen.«

Unter den neugierigen Blicken der Bielefelder, die in Anbetracht des schönen Sommerabends immer noch auf der Wiese lagen, guckten sie sich um. Während Edda die Außenwand der Spinnerei näher in Augenschein nahm, musterte Marc die Umgebung des Brunnens. Nach fünfzehn Minuten gab er auf.

»Hier ist nichts«, sagte er. »Haben Sie etwas gefunden?«

Edda stand etwa dreißig Meter von ihm entfernt. »Nichts«, gab sie zurück. »Aber ich glaube ohnehin nicht, dass wir hier richtig sind. Am Eingang habe ich ein Schild gesehen, in dem darauf hingewiesen wird, dass dieser Teil des Parks permanent von der Polizei per Video überwacht wird. Es wäre meinem Vater daher kaum möglich gewesen, irgendwo Runen einzuritzen, ohne Gefahr zu laufen, dafür belangt zu werden.«

»Aber es passt doch alles«, beharrte Marc und dachte nach. »Ich fürchte, wir müssen noch einmal im Internet recherchieren. Wir geben die Wörter *Brunnen, Spinnen* und *Baum* ein und schauen, was dabei herauskommt.«

»Der Akku meines Handys ist leer«, stellte Edda fest. »Gibt es hier in der Nähe ein Internetcafé?«

»Nicht, dass ich wüsste. Aber meine Kanzlei ist nicht allzu weit entfernt. Dort können wir meinen Laptop benutzen. Und wir sollten uns ein wenig beeilen.«

Marc sah besorgt nach oben. Die Luft war schwül und wie elektrisch aufgeladen, der Himmel zeigte sich zweigeteilt: Während die eine Hälfte pastellfarben und mit hübschen rosa Schlieren durchzogen war, war die andere bereits düster und die Wolken jagten als Vorboten eines Gewitters über den Himmel.

Edda und Marc verließen das Spinnereigelände und liefen in die Richtung, in der sich die Kanzlei befand. Um diese Uhrzeit wirkte die Bahnhofstraße, Bielefelds längste Fußgängerzone, fast wie ausgestorben, aber sie fanden noch einen Laden, in dem Pizzastücke auf die Hand verkauft wurden. Erst beim Essen merkte Marc, wie hungrig er war.

Etwa dreißig Meter von dem Pizzastand entfernt, schlenderte eine Frau vorbei, deren blonde Haarmähne sich offen über ihre Schultern ergoss. An der rechten Hand führte sie ein kleines, blondgelocktes Mädchen.

Marc starrte ihnen hinterher. Das konnte doch nicht wahr sein! Er ließ seine Pizza fallen und folgte ihnen mit schnellen Schritten.

»Melanie!«, rief er. »Melanie?«

Die junge Frau drehte sich zu ihm um und Marc musste erkennen, dass er sich geirrt hatte. »Tut … tut mir leid«, stotterte er. »Eine Verwechselung.«

Die Frau zuckte nur mit den Schultern und Marc ging langsam zu Edda zurück. Die Angst hielt seinen Magen wie eine Faust umklammert, in seinem Kopf jagten sich Bilder und Vermutungen. Wo steckten Melanie und Lizzy? Und vor allem: Was mussten sie gerade durchmachen?

Edda empfing ihn grinsend. »Das war eine ziemlich billige Anmache.«

Marc ballte die rechte Hand zur Faust. Am liebsten hätte er dieser Betrügerin auf der Stelle gesagt, was er von ihr hielt. Aber dazu würde er noch ausreichend Gelegenheit haben, wenn Melanie und Lizzy in Sicherheit waren.

»Wir müssen weiter«, sagte er also nur und setzte ein verbindliches Gesicht auf.

Als sie die Stelle erreichten, an der die kleine Karl-Eilers-Straße in die Fußgängerzone einmündete, blieb Edda plötzlich stehen.

»Was ist das?«, fragte sie und deutete auf ein etwa drei Meter hohes, spiralförmiges Objekt, von dem Wasser plätschernd zu Boden fiel.

»Das?« Marc machte eine wegwerfende Handbewegung. »Das ist der Spindelbrunnen.«

Er wollte schon weitergehen, aber Edda blieb zurück.

Also drehte er sich noch einmal zu ihr um. »Was ist los?«, fragte er und deutete auf den bleigrauen Himmel. »Das Gewitter kann jede Sekunde losbrechen.«

»Spindelbrunnen!«, wiederholte Edda langsam. »Das ist doch genau das, wonach wir suchen: einen Brunnen, der etwas mit Spinnen zu tun hat. Und schauen Sie, was direkt neben dem Brunnen steht: eine Kastanie. Ein einzelner Baum in dieser Betonwüste. Das ist doch auffällig, oder?«

Marc rieb sich nachdenklich das Kinn. Mitten in der Fußgängerzone wirkte der Baum tatsächlich wie ein Fremdkörper. »Da ist was dran«, meinte er. »Und das könnte auch der Grund sein, warum Ihr Vater gerade mich aufgesucht hat. Meine Kanzlei befindet sich ganz in der Nähe.«

Marc betrachtete die umliegenden Geschäfte, in denen fast ausschließlich Mode oder Handys verkauft wurden. »Ich sehe allerdings nur Glas und Beton, soweit das Auge reicht«, sagte er dann. »Kein Platz, um irgendwo Runen einzuritzen. Und wenn man etwas auf die Wände oder Schaufenster der Geschäfte aufmalen oder sprayen würde, würde es mit Sicherheit sofort entfernt werden.«

»Irgendetwas muss hier sein«, beharrte Edda. »Wir müssen nur genauer nachschauen.«

Gemeinsam machten sie sich auf die Suche, aber schließlich zweifelte auch Edda. »Nichts. Keine Botschaft, keine Runen, kein gar nichts.«

»Runen«, murmelte Marc. »Erinnern Sie sich daran, was Zeidler uns in Paderborn erzählt hat? Runen wurden nicht nur in Stein, sondern auch in Holz, insbesondere in Buchen, geritzt. Wenn Ihr Vater den Spindelbrunnen tatsächlich als Symbol für den Urdbrunnen benutzt hat, ist diese Kastanie das Symbol für Yggdrasil. Genauso wie die Irminsul das Symbol für Yggdrasil ist. Die Gleichung lautet also Kastanie gleich Irminsul. Und die Irminsul weist uns den Weg.«

Er trat näher an den Baum heran. Und tatsächlich: Der Stamm war übersät mit eingeritzten oder aufgemalten Inschriften und Graffiti. Zuerst entdeckte Marc hauptsächlich Nazi-Schmierereien, doch dann, im unteren Drittel des Baumes, wurde er schließlich fündig: »Runen!«

Innerlich sandte er ein Stoßgebet in Richtung Himmel. Zum Glück war er klug genug gewesen, weiter mit dieser Frau zusammenzuarbeiten. Ohne sie hätte er die Botschaft nicht gefunden.

Er bat Edda: »Können Sie ein Foto machen?«

»Mein Akku ist leer«, erinnerte sie Marc.

Marc zog sein eigenes Handy aus der Tasche, das zwar nicht internetfähig war, aber einigermaßen passable Aufnahmen produzierte.

Er bannte die Runen auf den Speicher, dann sah er Edda an. »Auf geht's.«

32

Marc schloss die Tür zu seiner Kanzlei auf. Stefanie Bloes war natürlich schon gegangen, hatte ihm aber einige Nachrichten hinterlassen, die Marc schnell überflog. Nichts Wichtiges, stellte er erleichtert fest. Noch mehr Probleme konnte er jetzt nicht gebrauchen.

»Einen Kaffee?«, fragte er Edda, die dankbar nickte. Nachdem er die Kaffeemaschine in Gang gesetzt hatte, ging er in sein Büro, wo Edda schon auf ihn wartete. Marc drückte den Startknopf des Laptops. Während der PC vor sich hin brummelte, schaute Marc auf die Uhr. 21.35 Uhr. Vor ziemlich genau dreizehn Stunden hatten sie schon einmal hier gesessen und darauf gewartet, dass der Computer hochfuhr. Es kam Marc wie eine Ewigkeit her vor.

Als der Laptop sich endlich warm gelaufen hatte, verband Marc sein Handy mit dem PC und öffnete das Foto, das er von den Runen auf der Kastanie neben dem Spindelbrunnen gemacht hatte. Mittlerweile hatte er schon fast so etwas wie Routine in dem Übertragen von Runen in lateinische Buchstaben und war nach wenigen Minuten fertig.

Edda hatte derweil den Kaffee in zwei Tassen gegossen und stellte eine davon vor Marc auf den Schreibtisch. Der versenkte ein Stück Würfelzucker in der schwarzen Brühe, blies hinein und trank vorsichtig den ersten Schluck.

Gemeinsam betrachteten sie das Ergebnis von Marcs Übersetzung:

Vier Zwerge stützen den Himmel.
Nordri und Austri bestimmen den Ort.
RF.HGTHRUF
H.RFPFAU

Edda stöhnte laut auf. »Was soll das jetzt wieder? Die ersten beiden Sätze kann ich zumindest lesen, wenn ich auch nicht weiß, was sie bedeuten sollen. Aber die dritte und vierte Zeile ergibt nur Buchstabensalat, selbst wenn man sie von rechts nach links liest. Und was soll der Punkt in diesen beiden Zeilen?«

Marc verzog den Mund. »Auf jeden Fall ist die Botschaft in der dritten und vierten Zeile sehr kurz.«

»Namen!«, rief Edda. »Vielleicht handelt es sich um verschlüsselte Namen! Und der Punkt grenzt die Abkürzung des Vornamens von dem Nachnamen ab.«

»Könnte sein. Aber so geht das nicht. Wir müssen wie

immer mit den ersten Zeilen beginnen. Vielleicht wird dann auch klar, was die letzten beiden Zeilen zu bedeuten haben.«

Er gab ›vier Zwerge‹, ›Himmel‹ und ›Nordri und Austri‹ in die Suchmaschine ein.

Dann ließ er sich die Ergebnisse anzeigen und klickte die Wikipedia-Seite an. Es erschien ein Artikel.

Edda, die auf der anderen Seite des Tisches saß, wurde ungeduldig: »Vielleicht lassen Sie mich auch ein wenig an Ihrem Wissen teilhaben«, maulte sie. »Immerhin geht es um meinen Vater.«

Marc musste sich zwingen, eine angemessene Antwort für sich zu behalten. *Mein* Vater!

»Hören Sie zu«, sagte er stattdessen. »Nordri, Sudri, Austri und Vestri sind vier Zwerge aus der nordischen Mythologie. Sie stützen den Himmel, der aus dem Schädel des getöteten Ymir geschaffen wurde. Nordri stützt den Himmel im Norden, Sudri im Süden, Austri im Osten und Vestri im Westen. Die Namen dieser Zwerge sind altnordisch und von den vier Himmelsrichtungen abgeleitet.«

Marc blickte auf. »Ich denke, damit haben wir zumindest die erste Zeile der Botschaft enträtselt. Vier Zwerge, die den Himmel stützen.«

»Und nach der zweiten Zeile bestimmen Nordri und Austri, also Norden und Osten, den Ort. Aber welchen Ort?«

»Wahrscheinlich ist der genaue Ort in der dritten und vierten Zeile verborgen.«

Plötzlich hatte Marc einen Geistesblitz. »Koordinaten!«, rief er so laut, dass Edda zusammenfuhr. »Norden und Osten bestimmen den Ort, das heißt, wir müssen die Koordinaten finden, die uns zu diesem Ort führen. Ich bin mir sicher, dass diese Koordinaten in der dritten und vierten Zeile stehen.«

»Die wir nicht lesen können.«

»Ja, aber nur, weil wir sie falsch lesen! Wir haben doch schon einmal erfahren, dass Runen verschiedene Lesarten haben. Und Zeidler sagte: Man kann Runen nicht nur von rechts nach links lesen, die alten Germanen haben auch Zahlen als Runen dargestellt. Ich glaube, bei den Runen in der dritten und vierten Zeile handelt es sich überhaupt nicht um Buchstaben, sondern um Zahlen.«

Edda nickte beeindruckt. »Versuchen Sie es«, meinte sie.

Marc hatte inzwischen schon das Wort *Runen* gegoogelt und ließ sich eine Seite anzeigen, auf der die Bedeutung der einzelnen Runen erklärt wurde.

»Hier«, er deutete auf den Bildschirm. »Die erste Rune Fehu steht nicht nur für den Laut F, sondern auch für die Zahl 1. Die zweite Rune Uruz nicht nur für den Laut U, sondern auch für die Zahl 2 und so weiter.«

Er nahm sich einen Zettel zur Hand und begann, die Runen in Zahlen zu übertragen. Drei Minuten später hatte er das Ergebnis:

51.973521
9.518142

»Ich finde, das sieht immer noch merkwürdig aus«, stöhnte Edda.

»Langsam. Wir haben jetzt Zahlen, die vielleicht Koordinaten sind. Ich weiß, dass Bielefeld auf dem 52. Grad nördliche Breite und auf dem 8. Grad östliche Länge liegt. Bei den Zahlen hinter dem Punkt handelt es sich um die Angaben, die erforderlich sind, um den Ort exakt zu bestimmen. Der Ort, den wir suchen, muss also irgendwo auf dem 51. nördlichen Breitengrad und dem 9. östlichen Längengrad liegen. Er kann also nicht allzu weit von hier entfernt sein.«

Marc rief eine Seite auf, auf der man einen beliebigen Ort eingeben konnte, und anschließend wurden die genauen geografischen Koordinaten angezeigt. Marc gab *Bielefeld* ein und erhielt als Ergebnis: 52.022993 als Breiten- und 8.533117 als Längengrad.

»Das sieht den Zahlen meines Vaters tatsächlich sehr ähnlich«, staunte Edda.

»Das finde ich auch. Und jetzt werde ich umgekehrt die geografischen Koordinaten eingeben, die wir auf dem Baum gefunden haben.«

Marc bediente die Tastatur und eine Sekunde später erhielt er das Ergebnis: *Bodenwerder.*

»Bodenwerder?«, sagte Edda verwundert. »Davon habe ich noch nie etwas gehört.«

»Doch«, meinte Marc. »Ich meine, das liegt in Niedersachsen.«

Er suchte im Internet einen Routenplaner heraus und gab Bodenwerder als Zielort ein.

»Tatsächlich«, sagte er dann. »Bodenwerder liegt etwas außerhalb von Ostwestfalen-Lippe, östlich von Bad Pyrmont, südlich von Hameln und nördlich von Holzminden an der Weser. Nach dem Routenplaner beträgt die Entfernung von Bielefeld 103,72 Kilometer und die Fahrtzeit eine Stunde und vierzig Minuten.«

»Dann lassen Sie uns keine Zeit verlieren.« Edda war schon aufgestanden.

»Einen Moment noch.« Marc rief in Wikipedia die Seite von Bodenwerder auf und druckte sie zusammen mit der Wegbeschreibung aus. »Es kann schließlich nichts schaden, etwas mehr über den Ort zu wissen.«

Edda nickte. »Das können Sie mir ja gleich im Auto vorlesen. Wenn Sie nichts dagegen haben, fahre diesmal ich.«

33

Der schwere Lkw rumpelte über einen hohen Schweller. Schönfeld erhielt einen unsanften Stoß in den Rücken, den er nicht abfangen konnte, weil seine Hände gefesselt waren. Er lag auf der Ladefläche des Lastwagens, um ihn herum war es stockdunkel.

Schönfeld wusste noch immer nicht, was die Gangster von ihm wollten. Jeden Versuch, sie in ein Gespräch zu verwickeln, hatten sie mit drohenden Gebärden abgeblockt.

Immerhin war Schönfeld klar geworden, dass er es nicht mit G8-Gegnern im eigentlichen Sinne zu tun hatte. Die Globalisierungsgegner waren in der Regel friedliche Menschen und würden mit Sicherheit keine Familie mit Waffen bedrohen. Nach allem, was Schönfeld wusste, traute er selbst den militanten Mitgliedern des Schwarzen Blocks eine derartige Aktion nicht zu. Es war schließlich nicht das Gleiche, sich auf der Straße mit Polizisten zu prügeln und Autos in Brand zu setzen oder eine ganze Familie als Geiseln zu nehmen.

Nein, diese Männer hatten irgendetwas anderes im Sinn. Etwas ganz anderes, dessen war Schönfeld sich sicher. Nur was?

Gegen Viertel vor neun waren drei weitere Männer in der Wohnung erschienen und hatten die Bewachung seiner Familie übernommen.

Schönfeld war von seiner Frau und seinen Kindern getrennt worden und von Kunze und Stein, die sich jetzt allerdings gegenseitig mit Geri und Freki ansprachen, die Treppe seines Hauses hinunter und zu einem Pkw gebracht worden. Dort hatte man ihn in den Kofferraum verfrachtet. Dann war er zehn Minuten durch die Gegend kutschiert und schließlich auf den Lkw umquartiert worden. Bei der Gelegenheit hatte er gesehen, dass sich auf der Ladefläche nur eine Palette mit einer großen Holzkiste darauf befand. Während der anschließenden Fahrt hatte Schönfeld versucht, auf Geräusche zu achten; er vermutete, dass sie sich hauptsächlich auf Landstraßen in der welligen Umgebung des Möhnesees bewegt hatten, auf einer Autobahn waren sie mit ziemlicher Sicherheit nicht gewesen.

Der Lkw holperte über eine weitere Bodenwelle, dann ging es einige Meter auf einer Rampe bergab und auf einmal stoppte der Lkw. Der Motor wurde abgestellt, Fahrzeugtüren wurden geöffnet und wieder zugeschlagen. Offenbar waren sie am Ende ihrer Reise angelangt.

Erwartungsgemäß wurde die Plane des Lastwagens zurückgeschlagen und die beiden angeblichen BKA-Männer sprangen auf die Ladefläche.

Die Dämmerung war zwar schon stark fortgeschritten, aber Schönfeld erkannte sofort, wo er sich befand. Der Lkw stand an der Anlegestelle der *MS Möhnesee,* wo sie von vier weiteren Männern in militärisch anmutenden Drillichanzügen in Empfang genommen wurden. Und endlich wurde Schönfeld auch klar, wofür sie ihn brauchten. Offenbar sollte er sein Schiff steuern. Aber wohin? Und wozu?

Schönfeld konnte diese Überlegung nicht vertiefen, denn er wurde von dem riesigen Geri alias Stein auf die Beine gestellt und den asphaltierten Weg zum Ausflugsschiff entlanggestoßen.

Freki öffnete die Zugangstür des Schiffes mit dem Schlüssel, den er Schönfeld abgenommen hatte. Als sich Schönfeld noch einmal kurz umdrehte, konnte er sehen, dass der Gabelstapler, der sonst in dem kleinen Schuppen am Pier verwahrt wurde und der Beladung der *Möhnesee* mit Lebensmitteln und Getränken diente, an den Lkw herangefahren wurde. Offensichtlich, um die Holzkiste auf das Schiff zu bringen.

Schönfeld erhielt einen weiteren Stoß ins Kreuz und stolperte voran. »Und jetzt?«, wagte er zu fragen.

Auf Frekis Gesicht erschien ein breites Grinsen. »Jetzt wirst du deinen Kahn genau neben die Staumauer steuern. Und das bitte schön vorsichtig. Wir wollen jedes Aufsehen vermeiden.« Sein Grinsen wurde noch breiter. »Vorerst.«

34

Der Golf parkte noch immer in der Nähe der Ravensberger Spinnerei. Edda und Marc waren kaum losgefahren, da ging das Gewitter los und der Regen prasselte auf das Autodach. Die verschlissenen Scheibenwischer hatten erhebliche Mühe, die Wassermassen zur Seite zu räumen.

»An der nächsten Kreuzung rechts abbiegen«, befahl Marc. »Und dann erst mal immer geradeaus.«

Draußen huschte das nächtliche Bielefeld vorbei. Eine Sekunde hielt ein Blitz alle Bewegungen an und Marc erkannte Lizzys Schule. Ob er sie jemals wiedersehen würde? Bis er Melanie kennengelernt hatte, hatte er sich aus Kindern nie etwas gemacht. Inzwischen wollte er sich ein Leben ohne die beiden nicht mehr vorstellen.

»Und was ist jetzt mit Bodenwerder?«, riss Edda ihn aus seinen Gedanken.

»Moment.« Marc schaltete die Innenraumbeleuchtung an. »Ich lese mal vor: ›Die Stadt Bodenwerder ist Sitz der gleichnamigen Samtgemeinde und liegt im Weserbergland. Bekannt geworden ist sie vor allem als Geburtsort und langjähriger Wohnsitz des Lügenbarons Karl Friedrich Hieronymus von Münchhausen.‹«

Edda trat so abrupt auf die Bremse, dass allein der Sicherheitsgurt verhinderte, dass Marc durch die Frontscheibe katapultiert wurde. Der Golf schlenkerte auf dem regennassen Asphalt nach rechts und nach links und kam schließlich mitten auf der Straße zum Stehen. Hinter sich hörten sie quietschende Reifen, es folgte ein wütendes Hupkonzert.

»Sind Sie verrückt geworden?«, stieß Marc hervor, als sich sein Puls wieder einigermaßen normalisiert hatte.

»Bodenwerder ist nicht richtig«, gab Edda zurück. Sie war auf einmal vollkommen ruhig und bestimmt. »Wir müssen umkehren.«

»Nicht richtig?« Marc schüttelte den Kopf. »Nein, das ist unmöglich. Das ist im Gegenteil der erste wirklich eindeutige Hinweis Ihres Vaters. Mit geografischen Koordinaten lässt sich die Lage eines jeden Punktes auf der Erde exakt beschreiben. Und die Koordinaten weisen nach Bodenwerder!«

»Das mag sein. Trotzdem ist es eine falsche Spur. Erinnern Sie sich, wie wir überhaupt auf Bodenwerder gekommen sind? Durch die erste Zeile der Nachricht meines Vaters am Hermannsdenkmal: ›Loki sagt: Befrage die Nornen.‹ Ich habe mich doch gleich gewundert, dass mein Vater Loki überhaupt erwähnt hat. Warum nicht ganz einfach: Befrage die Nornen.«

Marc nickte. »Und?«

»Sie können eins nicht wissen, weil Sie meinen Vater nicht gekannt haben: Wenn mein Vater etwas auf der Welt gehasst hat, dann waren das Lügner und Heuchler. Dazu gibt es eine Geschichte: Kurz, nachdem mein Vater meine Mutter geheiratet hatte, hat er seinem besten Freund praktisch sein gesamtes Geld geliehen, weil der behauptet hat, in finanziellen Schwierigkeiten zu stecken. Mein Vater hat diesem Menschen hundertprozentig vertraut. Und das Geld war weg, der ›Freund‹ hat sich damit aus dem Staub gemacht. Später hat mein Vater erfahren, dass dieser Mensch seine Nähe nur gesucht hatte, weil er wusste, dass meine Mutter reich war. Mein Vater hat mir diese Geschichte wahrscheinlich tausendmal erzählt. Seitdem hasste er Lügner. Deshalb habe ich mich von Anfang an gewundert, warum wir ausgerechnet dem Ratschlag eines Lügners und Betrügers wie Loki folgen sollen. Und jetzt führt uns der Rat des Lügners Loki zu einem weiteren Lügner, bei dem es sich sogar um den wohl bekanntesten Lügner aller Zeiten handelt, den Baron von Münchhausen. Nein, ich bin mir absolut sicher, bei Lokis Rat und dem Hinweis auf Bodenwerder handelt es sich um einen falschen Hinweis!«

Marc war verwirrt. Woher wusste diese Frau das alles, wenn sie nicht Wehkings Tochter war? Egal, sie schien von ihrer Theorie überzeugt zu sein, und das war alles, auf was es jetzt ankam. Das Wichtigste war, Wehkings Nachrichten zu entschlüsseln. Marc sah auf die Uhr: 22.39 Uhr. Noch genau sieben Stunden, bis das Ultimatum von diesem Hugin ablief.

»Also gut, was schlagen Sie vor?«, lenkte Marc ein.

»Die erste Zeile der Botschaft meines Vaters vom Hermannsdenkmal war ein falscher Hinweis. Ich denke, wir müssen sie einfach überspringen und mit der nächsten Zeile weitermachen.«

Marc brauchte einen Moment, um sich die Botschaft wieder in Erinnerung zu rufen: »Der Sieger wacht über dem Ahnen. Der Ahne wacht über dem Sieger.«

»Ich denke, das ist gar nicht so schwer«, verkündete Edda. »Schließlich haben wir am Hermannsdenkmal herausgefunden, wer der Sieger ist: Kaiser Wilhelm I. Und die Ahnen kennen wir auch: Odin, Arminius, Widukind und Heinrich I. Jetzt müssen wir nur noch einen Ort finden, an dem Wilhelm I. über einem der Ahnen wacht. Und umgekehrt, wenn ich die dritte Zeile richtig deute.«

»›Nur‹«, erwiderte Marc spöttisch. »Ich habe keine Vorstellung, wie Sie das anstellen wollen.«

»Ganz einfach.« Edda wendete, dann sah sie Marc an. »Wir müssen noch einmal Wikipedia bemühen.«

35

Schönfeld hatte die *Möhnesee* wie von den Gangstern befohlen neben die Staumauer gesteuert. Jetzt lag sie etwa zehn Meter von dem mächtigen Damm entfernt vor Anker.

Unmittelbar nach dem Manöver hatte man Schönfeld auf das Unterdeck gebracht und seine Hände mit Plastikbändern auf den Rücken gefesselt. Und so lag Schönfeld jetzt auf dem Boden zwischen den Ständen mit Bier, Eis und Erfrischungsgetränken, an denen sich sonst die Passagiere bedienten.

Die große Holzkiste, die die Entführer von dem Lkw auf das Schiff verladen hatten, stand nur knapp zwei Meter von ihm entfernt. Schönfeld hatte nach wie vor nicht die geringste Ahnung, was die Männer vorhatten, doch es musste irgendetwas mit dieser Kiste zu tun haben.

Auf einmal durchzuckte den Kapitän ein schrecklicher Gedanke: Der Möhnesee war eines der großen Wasserreservoire des Ruhrgebiets und nach dem 11. September hatte es ernsthafte Warnungen vor islamistischen Anschlägen auf die Trinkwasserversorgung gegeben. Schönfeld hatte deshalb sogar an zwei Sicherheitstrainings und einem Planspiel teilgenommen. So wusste er, dass mehrere Tonnen Pflanzenschutzmittel nötig waren, um, in eine Talsperre gekippt, eine tödliche Bedrohung darzustellen. Dafür war die Kiste, die die Gangster an Bord gebracht hatten, viel zu klein. Wenn diese Menschen allerdings über ein Gift wie den bakteriellen

Wirkstoff Botulin verfügten, würden wenige Kilogramm reichen, um das Reservoir für eine Einhunderttausend-Einwohnerstadt zu verseuchen. Und so eine Menge hatte in der Holzkiste mit Sicherheit Platz.

Schönfeld beäugte die Kiste argwöhnisch. War es so, dass diese Leute das Wasser des Sees vergiften wollten?

Nein, das war nicht logisch! Wenn die Gangster wirklich vorhatten, einen Giftstoff in den See zu kippen, wäre es nicht nötig gewesen, ihn und sein Schiff zu entführen. Sie hätten das Gift an einer x-beliebigen Stelle vom Ufer aus in den See einbringen können. Außerdem wurde das Wasser des Sees permanent überwacht. Es gab Analyse- und Messstationen, die sofort Alarm schlugen, wenn irgendetwas in das Wasser gemischt würde, das Menschen gefährlich werden könnte.

Aber was waren dann die Pläne der Männer?

Plötzlich polterten schwere Stiefel die Treppe hinunter, die das Unterdeck mit dem Aussichtsdeck verband.

Geri und Freki liefen mit Brecheisen in der Hand an dem Kapitän vorbei. Sie würdigten ihren Gefangenen keines Blickes, sondern brachen mithilfe der Werkzeuge die Holzkiste auf. Schönfeld sah ihnen mit großen Augen dabei zu, aber das schien die Männer nicht im Geringsten zu stören.

Als sie das Holz entfernt hatten, kam ein etwa ein Meter langes, elliptisches Objekt mit einem Durchmesser von bis zu fünfundzwanzig Zentimetern an der dicksten Stelle zum Vorschein. Die Oberfläche glänzte wie polierter Chrom und war vollkommen glatt. Auf dem Objekt waren asiatische Schriftzeichen angebracht, die Schönfeld selbstverständlich fremd waren. Aber ein Zeichen erkannte der Kapitän sofort und es nahm ihm fast die Luft zum Atmen: ein gelbschwarzes Dreieck mit einem Symbol, das aussah wie ein Propeller – das internationale Warnzeichen vor radioaktiven Stoffen oder ionisierenden Strahlen.

Schönfeld spürte, wie sich in seinem Magen ein Klumpen bildete. Und dann bemerkte er etwas, was seine Panik noch steigerte: Am rechten Rand des Objekts war eine Schaltuhr mit rotem Digitalanzeiger angebracht, die auf 00:00:00 stand.

Ein Zeitzünder, schoss es dem Kapitän durch den Kopf. Also handelte es sich bei dem metallischen Objekt offenbar um eine Bombe! Und wenn er die Zeichen richtig deutete, sogar um eine Nuklearbombe! Aber woher sollten diese Männer eine Atombombe haben? Das war ja lächerlich!

Schönfeld fühlte eine plötzliche Erleichterung und war kurz davor loszulachen. Das ist ein Scherz, dachte er. Ein makabrer Scherz, ein schlechter Scherz, aber immer noch ein Scherz. Er blickte sich suchend um und hielt nach einer versteckten Kamera Ausschau. Jeden Moment würde Kurt Felix oder Frank Elstner oder wer auch immer gerade diese Sendung moderierte, um die Ecke kommen und sich über ihn lustig machen.

»Was grinst du so blöd?«, fuhr Geri ihn an und verpasste ihm einen Fußtritt in die Rippen. »Dir wird das Lachen noch vergehen!«

In Schönfelds Körper explodierte ein gewaltiger Schmerz, der ihm die Tränen in die Augen trieb. Aber immerhin hatte ihn der Tritt in die Realität zurückgeholt. Nein, das hier passt irgendwie so gar nicht zu dem netten Herrn Elstner, dachte er. Genauso wenig wie eine Entführung mit vorgehaltener Pistole.

Als die Schmerzen endlich nachließen, stellte er fest, dass er wieder allein war.

Schönfeld richtete sich halb auf, um das metallisch schimmernde Objekt besser sehen zu können. Er musste jetzt Gewissheit haben! Irgendwie schaffte er es, auf die Knie zu kommen. Er ignorierte seine brennenden Rippen, schob sich langsam auf das Objekt zu und brachte sein Gesicht ganz nah an das Metall heran. Noch aus einer Entfernung von einigen Zentimetern spürte er, dass das Objekt Wärme ausstrahlte. Mein Gott!, dachte er. Das ist tatsächlich eine Atombombe! Er hatte mal gelesen, dass man allein durch die Gammastrahlen einer solchen Bombe getötet werden konnte. Vielleicht war er schon ein toter Mann, ohne es zu wissen.

Andererseits schienen die Gangster selbst keine Bedenken zu haben, sich in der Nähe der Bombe aufzuhalten. Aber vielleicht waren diese Männer ja Selbstmordattentäter, denen ihr Schicksal gleichgültig war. Auch wenn Geri und Freki überhaupt nicht wie Araber aussahen. Eher wie Skinheads. Aber vielleicht gab es auch rechtsextreme Gewalttäter, denen ihr Leben egal war. Wichtig war nur, dass sie eine Atombombe zünden wollten.

Und wenn das passierte, war nicht nur er, Schönfeld, tot, nein, seine gesamte Familie in dem nur wenige Kilometer entfernten Körbecke befand sich in tödlicher Gefahr. Schönfeld hatte die schrecklichen Bilder nach den Atombombenabwürfen auf Hiroshima und Nagasaki noch in guter Erinnerung.

Der riesige Geri war inzwischen zurückgekehrt und nahm sich ein Bier aus einem der Ständer. Dann setzte er sich auf einen der unzähligen roten Stühle, auf denen sonst die Ausflügler ihr Essen einnahmen, knackte die Dose auf, trank sie mit einem Zug aus und rülpste herzhaft.

Wenn Schönfeld noch eines Beweises bedurft hätte, dass er es nicht mit fundamentalistischen Moslems zu tun hatte, so war dieser Beweis nun erbracht.

Schönfeld dachte fieberhaft darüber nach, wie er diese Wahnsinnigen aufhalten und seine Familie retten konnte. Noch war es nicht zu spät, die Explosion der Bombe zu verhindern. Wenn er die Anzeige der digitalen Schaltuhr richtig deutete, war die Bombe noch nicht scharf gemacht worden.

Schönfeld hatte das unbestimmte Gefühl, dass die Männer auf etwas warteten. Also gab es vielleicht noch eine winzige Chance! Er musste irgendwie versuchen, die Polizei zu alarmieren. Aber dazu musste er zuerst einmal hier raus …

»Ich muss mal zur Toilette«, sagte er zu seinem Bewacher.

Geri bedachte ihn mit einem mitleidlosen Blick. »Von mir aus kannst du dir in die Hose pinkeln«, blaffte er. »Du bleibst genau da, wo du bist, und rührst dich nicht von der Stelle!«

Schönfeld schloss verzweifelt die Augen. Was soll ich nur tun?, dachte er.

36

Der blaue Widerschein des Laptop-Bildschirms erleuchtete Eddas und Marcs Gesichter und bildete die einzige helle Insel in dem dunklen Büro.

Marc hatte die Stichworte ›Kaiser Wilhelm I.‹, ›wacht‹ und ›Ahne‹ in die Suchmaschine eingegeben. Wenige Sekunden später wurde das Ergebnis angezeigt und Marc klickte die erste Seite an.

»In der Nähe von Rüdesheim am Rhein gibt es zur Erinnerung an den Deutsch-Französischen Krieg von 1870/1871 und an die Reichsgründung das Niederwalddenkmal, das am 28.9.1883 in Anwesenheit von Kaiser Wilhelm I. eingeweiht wurde«, dozierte er.

»Und was hat das mit ›wacht‹ und ›Ahne‹ zu tun?«, wollte Edda wissen.

»Das Monument und die Statue symbolisierten die ›Wacht am Rhein‹«, erklärte Marc. »Der Text des Liedes *Wacht am Rhein* ist unterhalb des großen Hauptreliefs, auf welchem Kaiser Wilhelm I. zusammen mit Fürsten, Herzogen und einigen Soldaten dargestellt ist, angebracht. Das antifranzösische Gedicht *Wacht am Rhein* wurde bei Ausbruch des Deutsch-Französischen Krieges 1870/1871 zur deutschen Volkshymne.«

»Hört sich gut an«, meinte Edda. »Wir haben wieder den Hinweis auf den Sieger Kaiser Wilhelm I., auf den Feind Frankreich und auch der Begriff *wacht* kommt vor.«

Marc überflog den Rest des Artikels. »Einer der Ahnen wird allerdings nicht erwähnt.«

Er befragte noch einmal die Suchmaschine, aber auch die Wortkombinationen Kaiser Wilhelm I. mit Odin, Widukind, Arminius und Heinrich I. brachten keine neuen Erkenntnisse.

»So kommen wir nicht weiter«, sagte Marc schließlich. »Wir müssen noch einmal ganz von vorn anfangen. Also, was wissen wir mit Sicherheit? Kaiser Wilhelm I. ist der Sieger. Und er wacht irgendwo. Da er tot ist, kann er das nicht mehr persönlich tun. Aber vielleicht ein Denkmal Kaiser Wilhelms I. Ich glaube allerdings nicht, dass das Niederwalddenkmal gemeint ist. Zum einen gibt es dort keinerlei Hinweise auf einen der Ahnen, zum anderen ›wacht‹ auf diesem Denkmal nicht Kaiser Wilhelm I., sondern auf dem Sockel thront das Standbild der Germania.«

»Aber es gibt doch bestimmt noch mehr Denkmäler, die Kaiser Wilhelm I. darstellen«, meinte Edda. »Vielleicht sollten wir danach suchen.«

Marc richtete seinen Zeigefinger wie eine Pistole auf die junge Frau. »Das ist eine Idee«, sagte er.

Erneut drückte Marc die Tasten des Laptops, um dann laut aufzustöhnen.

»Die Geschichte kennt keinen anderen Monarchen, dem so viele Denkmäler in Erz und Stein errichtet wurden, wie Kaiser Wilhelm I.«, las er vor. »Das Preußische Denkmal-Institut e. V. kann bisher 63 Reiterstandbilder, 231 Standbilder, 5 Sitzstatuen und 126 Büstendenkmäler nachweisen, die zwischen 1888 und 1918 im deutschsprachigen Raum geschaffen und errichtet wurden. Am bekanntesten der heute noch erhaltenen Kaiserdenkmäler sind das Kyffhäuserdenkmal, das Kaiser-Wilhelm-Denkmal an der Porta Westfalica und das Denkmal am Deutschen Eck in Koblenz.«

»Wir sollten mit dem Kaiser-Wilhelm-Denkmal an der Porta Westfalica beginnen«, schlug Edda vor. »Bisher befanden sich alle Punkte, die wir aufsuchen mussten, in Ostwestfalen-Lippe. Es liegt nahe, dass auch der nächste Ort hier in der Gegend zu finden ist.«

Marc klickte auf die Seite des Kaiser-Wilhelm-Denkmals bei Porta Westfalica. Erneut las er vor: »Wilhelm I. ist sieben Meter groß und in Erz gegossen. Anders als der Hermann im Teutoburger Wald blickt er nicht nach Frankreich, damals noch Erbfeind, sein Blick ist nach Hause, nach Berlin, gewandt, gemütlich und ein wenig müde. Das Denkmal wurde an der Ostflanke des Wittekindsberges an der Porta Westfalica errichtet …«

»Wie bitte?«, unterbrach ihn Edda aufgeregt.

»Das Denkmal wurde an der Ostflanke des Wittekindsberges an der Porta Westfalica errichtet. Und?«

»Ja, verstehen Sie denn nicht? Das Denkmal steht auf dem Wittekindsberg. Wittekind ist ein anderer Name für Widukind. Der Sieger wacht über dem Ahnen.«

Marc riss die Augen weit auf. »Natürlich! Das ist die richtige Spur.«

»Wir müssen sofort zum Kaiser-Wilhelm-Denkmal an der Porta Westfalica. Dort befindet sich der nächste Hinweis.«

»Langsam. Aufgrund der zweiten Zeile wissen wir, welcher der Ahnen gemeint ist, nämlich Widukind. Aber wo ist der Ort, wo Widukind über dem Sieger, über Kaiser Wilhelm, wacht?«

»Wenn es ein Kaiser-Wilhelm-Denkmal gibt, gibt es ja vielleicht auch ein Widukind-Denkmal«, mutmaßte Edda.

Marc nickte und gab den entsprechenden Suchbegriff ein. »Das einzige Widukind-Denkmal Deutschlands steht in Herford«, zitierte er. »Das 1899 eingeweihte Reiterdenkmal zeigt die Sage vom ›Quellwunder‹: Widukind erhält vom christlichen Gott ein Zeichen – die sprudelnde Quelle zu seinen Füßen. Hierauf unterwirft sich Widukind und erklärt sich aus freien Stücken zur Taufe bereit.« Auf einmal lachte Marc laut auf. »Das ist wirklich gut«, sagte er. »Dreimal dürfen Sie raten, wo in Herford das Widukind-Denkmal steht: Auf dem Wilhelmsplatz. Der Ahne wacht über dem Sieger.«

»Das ist es!«, rief Edda begeistert aus. »Nun fehlt uns nur noch der letzte Satz der Botschaft: ›Das Schicksal liegt im Ursprung‹. Was könnte das bedeuten?«

Marcs Gedanken kreisten eine Weile um diesen Punkt. Schließlich folgte er einer Eingebung und tippte *Ursprung* in die Suchmaschine ein.

»Ursprung«, zitierte er. »Mittelhochdeutsch ›ursprunc‹, althochdeutsch ›urspring‹, ursprünglich in der Bedeutung ›Quelle‹.«

»Ursprung bedeutet Quelle«, fasste Edda zusammen. »Nun passt alles: Das Widukind-Denkmal stellt die Sage von der Quelle nach, die sich zu Widukinds Füßen auftut. Also müssen wir zu Füßen des Widukind-Denkmals in Herford suchen. Dort werden wir den Speer des Schicksals finden!«

37

Zeidler wischte sich den Mund ab und legte die Stoffserviette zur Seite. Er konnte sich nicht erinnern, in seinem Leben schon einmal so gut gegessen zu haben. Und auch die Gespräche mit seinen Tischnachbarn Tyr und Heimdall hatte er sehr genossen.

Allerdings wusste er noch immer nicht, was es mit ›Ragnarök‹ auf sich hatte. Als er nach langem Zögern gewagt hatte, Tyr zu fragen, hatte der nur gelacht und gesagt, Zeidler solle einfach abwarten. Er werde es früh genug erfahren.

Nachdem das Dessert abgeräumt worden war, wurden kubanische Zigarren und Portwein serviert und die ohnehin gute Stimmung steigerte sich weiter. Auch Zeidlers nervöse Anspannung legte sich. Ragnarök hatte er fast schon vergessen.

Nachdem der letzte Diener den Saal verlassen hatte, erhob Odin sich von seinem Platz. Die Gespräche verstummten.

»Die *Edda* ist das Buch der Erinnerung und der Wiedergeburt nicht bloß eines Volkes, sondern der Menschheit«, hob von Sebottendorff an. »Die *Edda* lehrt den Tod und die Vernichtung des Germanentums als Rasse. Nichts kann dieses Schicksal aufhalten. Aber bestimmte Zeichen lassen uns das Schicksal vorauswissen. Diese Vorzeichen des nahenden Endes äußern sich in Naturerscheinungen und in der Auflösung der sittlichen Ordnung unter den Menschen. Ich darf an die Worte des Hyndaliedes erinnern: ›Es steigt das Meer im Sturme zum Himmel, die Länder verschlingt es.‹ Was ist dies anderes als die exakte Beschreibung der Klimakatastrophe, die wir gerade erleben? Alle Experten sind sich einig: Steigende Meeresspiegel vernichten weite Landflächen und treiben Millionen Menschen in die Flucht!

Und von wo geht diese Katastrophe aus? Vom hohen Norden, von dort, wo einst Thule lag. Dort schmelzen die Polkappen, ergießen sich ins Meer und lassen es ansteigen.

Gleichzeitig verfallen die Sitten. Unser Volk wird seit Jahrzehnten durch fremdrassische Einflüsse erstickt. Der Ausländeranteil in Deutschland liegt inzwischen bei fast zehn Prozent. Und diese Ausländer gebären doppelt so viele Kinder wie wir Deutsche. Schon bald werden wir zu einer Minderheit im eigenen Land werden und schließlich aussterben und durch Nichtdeutsche ersetzt werden. Und in diesen Zeiten erhebt auch unser alter Todfeind wieder sein Haupt: Nachdem es nach dem Zweiten Weltkrieg nur noch zehn- bis fünfzehntausend Juden in Deutschland gab, ist ihre Zahl bis 1989 schon wieder auf dreißigtausend gestiegen. 1990 begann die Zuwanderung aus den Nachfolgestaaten der Sowjetunion. Heute leben mehr als hunderttausend Juden in Deutschland, ihre Zahl hatte sich somit seit Beginn der Neunzigerjahre mehr als verdreifacht und sechs Jahrzehnte nach ihrer fast vollständigen Auslöschung bildet das Judentum in Deutschland die am schnellsten wachsende jüdische Gemeinde der Welt.«

Von Sebottendorff ließ seine Worte wirken und nahm einen Schluck Wein. »Euch allen sind diese Zahlen bekannt«, fuhr er schließlich fort. »Und diese Zahlen beweisen eines: Unsere Kultur und die bisherige Zivilisation sind am Ende angelangt. Thule musste untergehen und wurde bestraft, weil sich die Arier mit niederen Rassen vermischt haben. Nichts anderes geschieht gegenwärtig in Deutschland. Und deshalb ist es an der Zeit, uns wieder unserem Schicksal zu stellen!«

Odin schaute in die Runde und blickte auf neun nickende Köpfe. Nur Zeidler verstand immer weniger.

»Das *Havamal*, das Hohe Lied der *Edda*, berichtet davon, wie Odin neun Nächte am Weltenbaum Yggdrasil hängt. In der neunten, in der ›tiefsten Nacht‹ der Menschheit erwacht er durch die Kraft der Notrune und steigt vom Weltenbaum herab, die Not ruft ihn. Das ist das Erwachen an der Notrune, wie es in der Schrift geschildert wird. Christus, der Judengott, hat die Welt zum Untergang geführt, Odin, der

Erwachende am Weltenbaum, wird sie wieder zur Auferstehung führen. Und das wird er in dieser Nacht tun. Die neun Nächte sind die neun großen Mondzyklen, die die Menschheit bisher von der Geburt des Christengottes an erlebte, in der neunten Nacht erregt Wotan sich, sagt die *Edda,* er erwacht an der Not, die unser Volk ergriffen hat.

Um den Leidenszustand aufzuhalten, müssen wir mit Odin in die neunte Nacht treten. In der neunten Nacht erfassen wir die Kraft der Notrune und werden von ihr erlöst. Denn Not ist bekanntlich auch die beste Lehrmeisterin. In der Not werden essentielle Kräfte geboren und erprobt, hier zeigt sich, wozu der Mensch fähig ist. Denn Not bedeutet auch: Kraft des Widerstandes. Wer in Not ist, kann eine Wende herbeiführen, wer in die Enge getrieben wird, entfaltet ungeahnte Kräfte und nie gekannte Motivationen, dieser Situation noch einmal zu entkommen. Und schließlich bedeutet Not auch: *Not*wendigkeit! Wir müssen den Weg der großen Verwandlung gehen. Nichts wird uns um diese *Notwendigkeit* herumbringen.«

Er hielt erneut einen Moment inne und fuhr etwas ruhiger fort: »Weil wir das begriffen haben, steigen wir in dieser Nacht wie Odin vom Baum herab und tilgen alle Not. Dieser Abstieg ist der einzige Weg zur Regeneration der Menschheit. Wir, die Nachfahren von Thule, haben sämtliche Hochkulturen der Welt gegründet. Deshalb haben wir auch eine besondere Verantwortung der Welt gegenüber. Die Welt vom Bösen zu befreien, ist unsere heilige Aufgabe.«

Er schaute alle Mitglieder des innersten Kreises an, bis sein Blick auf Zeidler hängen blieb. »Ich wende mich jetzt an das neueste Mitglied in unserem Kreis, an unseren Bruder Thor. Du musst wissen: In dieser Nacht ist Ragnarök, die Zeit des großen Endkampfes, gekommen und dieser Endkampf wird schrecklich sein.«

Zeidler spürte, dass sein Mund trocken wurde. Er wollte schlucken, aber es gelang ihm nicht. In seinem Hals hatte sich ein riesiger Kloß gebildet. Er ahnte, dass er gar nicht wissen wollte, was jetzt kam. Aber für Reue war es natürlich zu spät.

»Wir planen einen Anschlag auf den G8-Gipfel«, kam von Sebottendorff zur Sache. »Die Damen und Herren dort sind fest davon überzeugt, die gesamte Welt zu repräsentieren. Nun, dann sollen sie auch für die Welt untergehen. Wenn alles nach Plan läuft, und daran habe ich keinen Zweifel, wird in dieser Nacht auf dem Möhnesee eine Nuklearbombe mit einer Sprengkraft von zehntausend Tonnen TNT explodieren und die Staumauer wegreißen. Alles wird so sein, wie Ragnarök in der Schrift beschrieben wurde.« Er schloss die Augen und rezitierte: »Die Sonne wird schwarz, es sinkt die Erde ins Meer. Vom Himmel fallen die Sterne; Dampf und Feuer sprühen auf, heiße Lohe bedeckt den Himmel.« Von Sebottendorff öffnete die Augen und zeigte mit dem ausgestreckten Arm auf das Ornament an der Wand. »Das ist die wahre Bedeutung der Schwarzen Sonne. Niemand hat sie bisher verstanden. Sie ist das Symbol für den letzten Kampf, den Untergang der Welt!«

Zeidler war vor Entsetzen wie erstarrt. Er starrte den Führer der Thule mit großen Augen an. »Eine Atombombe?«, presste er hervor. »Aber wie …?«

»Wie wir an die Bombe gekommen sind?«, vollendete Odin die Frage. »Nun, ich denke, das spielt im Moment keine Rolle, nicht wahr?«

Zeidler nickte langsam. Schlagartig war ihm klar geworden: Odin war wahnsinnig! Wenn die Bombe explodierte, würde das nicht nur den Tod Tausender Menschen, sondern auch das Ende der Thule-Gesellschaft bedeuten. Und damit unweigerlich auch sein Ende! Er musste irgendwie versuchen, von Sebottendorff zur Vernunft zu bringen.

»Du sprichst von einer Nuklearexplosion«, wagte Zeidler vorzubringen. »Viele Menschen werden sterben. Unschuldige Menschen, Frauen und Kinder. Nordische Menschen! Unser Volk!«

Odin schüttelte unbeeindruckt den Kopf. »Du kennst die *Edda* so gut wie ich: Den Germanen ist der Weltuntergang gewiss. Wir Germanen sind die priesterliche Rasse und dazu bestimmt, das Schicksalsgesetz zu erfüllen. Ich weiß, nicht leicht ist dieses Opfer, aber es ist notwendig. Und es gibt nun einmal kein Opfer ohne Schmerzen. Auch deshalb habe ich Odins Selbstopfer am Weltenbaum erwähnt. Die neunte Nacht ist nicht nur für Odin unglaublich schmerzvoll, sondern auch für unser Volk. Das Opfer, das wir wie Odin zu erbringen haben, muss ein vollständiges Opfer sein. Nur dort, wo der Opfertod des Germanentums in Erfüllung des Schicksalsgesetzes vollständig ist, nur dort entsteht es neu und erlöst die versinkende Menschheit. Wir bejahen den Weltuntergang deshalb als unvermeidliche, aber reinigende Katastrophe. Die Welt endigt im Feuer, aber aus dem Untergang wird eine reinere, unzerstörbare Welt aufsteigen. Das Feuer wird alles läutern, alle Schuld sühnen und das goldene Zeitalter, das einst geherrscht hat, kann wiederkehren. Wir müssen uns als Erste opfern, aber nicht, um unterzugehen, sondern um das Leben neu zu empfangen. In diesem Sinne ist unser Opfer die höchste Lebensbejahung.«

»Aber ... was ...« Zeidler stotterte vor Erregung. »Was wird ... aus uns? Was wird aus meiner Familie? Ich wohne in Paderborn, keine siebzig Kilometer vom Möhnesee entfernt. Die radioaktive Strahlung wird auch viele meiner Verwandten und Freunde töten.«

Odin schnaubte. »Was redest du von uns, was redest du von dir?«, erwiderte er mit herablassender Arroganz. »Das ist nun einmal das Schicksal der Götter. Und dieses Schicksal ist festgelegt und unvermeidlich. Wir *können* ihm nicht aus dem Weg gehen. Und wir wissen dieses Schicksal wie die Götter zu tragen: stark und mit Gelassenheit, wir fallen stolz und stumm. Genauso, wie Odin am Tag des letzten Kampfes vom Fenriswolf verschlungen wurde, wie der gewaltige Thor vom Gifthauch der sterbenden Midgardschlange in den Tod gerissen wurde, wie Heimdall von Loki getötet wurde, so müssen auch wir bereit sein, den Weg zu Ende zu gehen.«

Odin hob seinen Becher, blickte zur Schwarzen Sonne und neun andere Männer taten es ihm unter beifälligem Gemurmel nach.

Zeidler suchte in den Gesichtern der anderen Mitglieder des innersten Kreises Unterstützung. Aber er musste erkennen, dass es hoffnungslos war. Die anderen Männer dachten wie Odin, waren genauso fanatisch wie er. Zeidler fühlte sich auf einmal allein, so allein wie noch nie zuvor in seinem Leben.

Verzweifelt schlug er die Hände vor sein Gesicht. Oh, mein Gott!

38

Der Wilhelmsplatz war sowohl der Name einer Herforder Straße, die von Jugendstilvillen auf großen Grundstücken gesäumt wurde, als auch der eines idyllischen kleinen Parks, der direkt an der gleichnamigen Straße lag.

Marc parkte den Golf am Straßenrand und stieg aus. Der Regen hatte die Luft gewaschen und die Temperatur um mindestens fünfzehn Grad fallen lassen. Marc holte seine Jacke aus dem Kofferraum und musterte die Villen in der Umgebung. Sämtliche Fenster waren stockdunkel und die

Straße wirkte wie ausgestorben. Doch kein Wunder: Eine Villa beherbergte ein Berufskolleg, eine andere eine Studieneinrichtung der Fernhochschule Hamburg, in dieser Gegend wohnte man nicht, sondern arbeitete nur.

Der Park selbst bestand aus einer von Bäumen, Büschen und Bänken umgebenen Rasenfläche und war etwa zweitausend Quadratmeter groß. Einige wenige Laternen spendeten ein schwaches Licht und Edda und Marc hatten erhebliche Schwierigkeiten, das Widukind-Denkmal auszumachen.

Erst als sie weiter in den Park hineingingen und ihre Augen sich an das diffuse Licht gewöhnt hatten, schälten sich am Rande der Rasenfläche die Konturen eines großen Objektes aus der Dunkelheit.

Marc schätzte die Höhe des Denkmals auf etwa vier Meter. Widukind saß auf einem riesigen, sich aufbäumenden Pferd und schien mit den Augen eine Stelle auf dem Boden vor sich zu fixieren. Große Steine und ein kleiner Brunnen, in dem sich nach dem Gewitter etwas Wasser gesammelt hatte, bildeten den Sockel des Denkmals.

»Schauen Sie, was Widukind in seiner rechten Hand hält«, sagte Edda. »Einen gewaltigen Speer! Und wir suchen den Speer des Schicksals.«

»Vielleicht ein weiterer Hinweis«, entgegnete Marc zögernd. »Aber wir suchen den Ursprung, also die Quelle, die sich zu Widukinds Füßen aufgetan hat. Das muss am Boden zu finden sein.«

Edda begann, den Sockel des Denkmals und den flachen Brunnen abzutasten. Schon bald schüttelte sie den Kopf. »Das ist massiver Stein«, sagte sie. »Unmöglich, hier etwas zu verstecken.«

Marc sah verzweifelt auf die Uhr. Er hatte nur noch etwas mehr als sechs Stunden Zeit.

Edda schaute wieder zu dem Denkmal hinauf. »Vielleicht

zeigt uns der Speer, den Widukind in seiner Hand hält, die Richtung an«, meinte sie

»Das kann nicht sein«, widersprach Marc sofort. »Die Spitze des Speeres zeigt nach hinten in die Luft.« Auf einmal durchzuckte ihn ein Gedanke. »Oder es geht um die Stelle, auf die Widukind schaut. Wenn man seinem Blick folgt, sieht man genau dorthin.« Er deutete auf ein kreisrundes Blumenbeet, das in die Rasenfläche vor dem Denkmal eingelassen war. »Vielleicht hat Ihr Vater dort etwas vergraben.«

»Möglich. Aber wir können das Beet ja schlecht umgraben.«

»Wieso nicht?«, fragte Marc zurück und schaute sich um. »Es ist unwahrscheinlich, dass uns hier jemand sieht. Die Häuser stehen ziemlich weit entfernt und wir sind durch die Bäume und Büsche, die den Park umgeben, recht gut geschützt. Und es ist stockdunkel.«

»Ja, so dunkel, dass wir wahrscheinlich nicht einmal dann etwas entdecken würden, wenn es sich direkt vor unseren Augen befindet. Und womit wollen Sie das Beet umgraben? Mit den Händen?«

Marc hatte schon sein Handy gezückt und suchte im Verzeichnis nach einer Nummer. »Vielleicht haben wir Glück«, murmelte er.

Nach wenigen Sekunden hatte er einen Gesprächspartner am anderen Ende der Leitung.

»Jörg?«, fragte er. »Marc Hagen hier. Hast du einen Moment Zeit? Diesmal brauche ich deine Hilfe.«

Er zog sich ein paar Schritte zurück.

»Jörg ist bereit, uns zu helfen«, verkündete Marc, nachdem er wieder neben Edda stand. »Er wohnt in Herford und kann in fünf Minuten hier sein. Und er bringt Taschenlampen, Spaten und eine Schaufel mit.«

»Ein Freund von Ihnen?«, wollte Edda wissen.

»Viel mehr als das«, grinste Marc. »Ein Mandant. Sogar

einer meiner treuesten. Jörg ist oder, besser gesagt, war ein Dieb und Einbrecher. Und zwar ein sehr erfolgreicher. Allerdings ist er auch einige Male geschnappt worden und ich hatte die Ehre, ihn zu verteidigen. Jetzt arbeitet er als Berater einer Sicherheitsfirma, die Häuser mit Alarmanlagen ausstattet. Aber so ganz falsch liegen Sie nicht. Mittlerweile könnte man ihn fast als meinen Freund bezeichnen.«

»Dann hoffe ich, dass Ihr Freund sich ein bisschen beeilt«, sagte Edda. »Ich glaube, es zieht schon wieder ein Gewitter auf.«

Wie um Eddas Worte zu bestätigen, ertönte in diesem Moment ein nahes Donnergrollen.

Wenige Minuten später hörten sie ein Fahrzeug, das langsam die Straße entlangfuhr. Der Motor verstummte und die Scheinwerfer erloschen. Kurz darauf löste sich die Silhouette eines Mannes aus der Dunkelheit. Unter seinem rechten Arm klemmten zwei Schaufeln und ein Spaten, in der linken Hand hielt er eine große Sporttasche.

Eddas Mund formte ein kleines o. Jörg war knapp zwei Meter groß und breit wie ein Bodybuilder. Auf seinen Schultern thronte ein mächtiger Quadratschädel, den struppige blonde Haare krönten.

»Hallo, Marc«, begrüßte er den Anwalt mit einem Händedruck. Seine Stimme war so voluminös wie sein Körper. »Und wer ist die junge Dame, die den Mund nicht mehr zubekommt?«

»Das ist Edda Wehking«, stellte Marc vor. »Edda, Jörg.«

Edda hatte inzwischen ihre Sprache wieder gefunden. »Entschuldigung, dass ich Sie so anstarre, aber ich hatte mir Einbr…, also ich hatte mir Leute, die in Ihrem … äh … Beruf tätig sind, irgendwie anders vorgestellt.«

»Kleiner und wendiger, was?« Jörg lachte dröhnend. »Sie haben zu viel *Ocean's Eleven* gesehen, wie gesagt. Wichtig ist nur das, was man hier hat, wie gesagt.« Er tippte sich mit dem Zeigefinger gegen die Stirn.

Edda wirkte erneut irritiert und Marc nutzte die Gelegenheit, das Wort zu ergreifen. »Vielen Dank, dass du gekommen bist.«

»Kein Problem, wie gesagt. Aber verrätst du mir jetzt auch, worum es hier eigentlich geht?«

Marc klärte ihn über das Notwendigste auf. Dabei blieb er bei der Version, dass sie den Speer des Schicksals suchten.

Jörgs Gesicht blieb ausdruckslos, anscheinend war er kein Mensch, den man schnell beeindrucken konnte. Er öffnete seine Sporttasche und entnahm ihr Taschenlampen und neonorangefarbene Warnwesten mit reflektierenden Streifen, die er anschließend an Edda und Marc verteilte.

»Das soll unsere Tarnung sein?«, fragte Marc und hielt eine Weste hoch. »Mit diesen Dingern fallen wir auf wie eine Kakerlake auf der weißen Bettdecke.«

»Vertrau mir einfach, wie gesagt«, gab Jörg zurück. »Ich weiß, was ich tue.«

Als Edda und Marc ihre Westen übergestreift hatten, fuhr er mit seinen Anweisungen fort: »Am besten, wir teilen uns auf. Marc und ich graben das Beet um, wie gesagt. Edda sucht das Denkmal mit der Taschenlampe nach etwaigen weiteren Botschaften ihres Vaters ab. Auf geht's.«

Gemeinsam mit dem großen Mann begann Marc, die feuchte, schwere Erde auszuheben. Dass dabei auch das Beet zerstört wurde, mussten sie in Kauf nehmen. Marc sah schon die Schlagzeilen der übermorgigen Lokalpresse vor seinem geistigen Auge. In den fett gedruckten Überschriften stachen besonders die Wörter ›Rechtsanwalt‹ und ›Vandalismus‹ hervor. Aber das war egal. Es ging um das Leben von Melanie und Lizzy.

Eine Weile arbeiteten sie still vor sich hin. Marc lief ob der ungewohnten Arbeit der Schweiß in Strömen das Gesicht und den Nacken herunter. Nach kurzer Zeit vermischte sich der Schweiß mit einsetzendem Regen. Der Wind hatte erheblich aufgefrischt und das Donnergrollen wurde immer lauter.

Eine Viertelstunde später hatten sie das kreisrunde Beet fast dreißig Zentimeter tief ausgehoben, aber nichts gefunden. Dafür war das Gewitter jetzt direkt über ihnen. Es schüttete wie aus Kübeln, stürmische Böen rüttelten die umstehenden Bäume und Büsche durch und von Zeit zu Zeit warfen Blitze bizarre Lichtmuster auf das Denkmal.

Marc war vollkommen durchnässt, doch er biss die Zähne zusammen und arbeitete unermüdlich weiter.

Nur wenige Minuten, dann war der Spuk vorüber. Regen und Wind hatten schlagartig aufgehört.

Marc rammte seine Schaufel in den Boden und stützte sich mit beiden Händen auf dem Griff ab, um einen Moment zu verschnaufen. Er sah zu Edda hinüber und stellte verwundert fest, dass sie versuchte, sich hinter dem Denkmal zu verstecken. Im gleichen Moment hörte er Schritte, die sich von hinten näherten. Marc drehte sich langsam um. Ein älterer Mann, der seinen Zwergpinscher Gassi führte, kam auf dem Weg, der das Denkmal von der Rasenfläche trennte, auf sie zu. Marc erstarrte zu einer Salzsäule. Er hatte keine Ahnung, was er tun sollte.

Auf einmal vernahm er Jörgs laute Stimme in seinem Rücken.

»Na, Meister, alles klar?«

Marc drehte sich um. Jörg legte zwei Finger seiner rechten Hand an eine imaginäre Mütze auf seinem Kopf.

Der Mann mit dem Hund erwiderte nichts, nickte Jörg nur kurz zu. Nach wenigen Schritten hatte ihn die Dunkelheit schon wieder verschluckt.

Marc presste die angestaute Luft langsam aus den Lungen. »Das war knapp«, sagte er. »Glaubst du, er ruft die Polizei?«

»Sehr unwahrscheinlich, wie gesagt«, beschied Jörg knapp. »Lass dir das von einem Profi gesagt sein: Die beste Tarnung ist immer die, so zu tun, als wäre das, was man tut, das Normalste der Welt. Der Typ denkt wahrscheinlich, wir seien Gärtner, die das Beet in Ordnung bringen sollen. Deshalb auch die Warnwesten, wie gesagt.«

»Aber es ist mitten in der Nacht«, wandte Marc ein.

»Das ist egal. Die Leute glauben, was die Leute glauben wollen. Meine größten beruflichen Erfolge hatte ich, wenn ich mir einfach einen Blaumann übergezogen habe, in ein Warenhaus gegangen bin und vor den Augen der Verkäufer wie selbstverständlich Kühlschränke, Fernseher oder Computer abtransportiert habe. Jeder denkt, irgendwer wisse schon Bescheid, gesagt hat nie jemand etwas.«

Marc sah sich unbehaglich um. »Trotzdem, die Sache ist mir nicht geheuer.«

»Stimmt, wir sollten uns ein wenig beeilen«, pflichtete Jörg ihm bei. »Aber ich fürchte, hier ist ohnehin nichts, wie gesagt.«

Marc betrachtete das Beet, das sich inzwischen in eine fast einen Meter tiefe Grube verwandelt hatte. Dann warf er einen Blick auf Edda, die zögernd hinter dem Denkmal hervorgekommen war.

»Wie sieht es bei Ihnen aus?«, fragte er.

Edda richtete den Schein der Taschenlampe auf sein Gesicht. »Nichts«, sagte sie. »Kein Speer, keine weitere Botschaft, rein gar nichts.«

Marc ließ sich schwer auf den Erdwall fallen und vergrub das Gesicht in den Händen. Er war der Verzweiflung nahe. Das hatte doch alles keinen Zweck mehr! Sie würden es nie schaffen, den Code rechtzeitig zu finden. Vielleicht war es am besten, die Polizei anzurufen und es den Profis zu überlassen, Melanie und Lizzy zu befreien. Aber dann musste er wieder an die Daumenschrauben denken. Die Entführer meinten es ernst. Bitterernst! Jeder Verstoß gegen ihre Anweisungen würde Melanies und Lizzys Leben noch mehr gefährden.

»Ihr seid hier offensichtlich falsch, wie gesagt«, meinte Jörg. »Ich schlage vor, ihr kommt erst mal mit zu mir.«

Marc schüttelte den Kopf. »Danke für die Einladung, aber dazu haben wir keine Zeit. Wir müssen weitersuchen!«

»Ihr müsst jetzt nur eines, wie gesagt«, widersprach Jörg energisch und deutete mit dem Kinn auf Edda, die zitternd wie Espenlaub neben ihnen stand. »Ihr müsst aus den nassen Klamotten raus, sonst holt ihr euch den Tod. Danach sehen wir weiter.«

39

»Was ist passiert?«, lautete Dr. Johanna Glauers erste Frage, nachdem sie und ihr Referent, ohne anzuklopfen, in das Konferenzzimmer gestürmt waren.

»Wir haben ein Problem«, kam Berger ohne Umschweife zur Sache. Johanna Glauer war für ihre Ungeduld bekannt. »Wahrscheinlich ein großes Problem.«

Trotz der angespannten Lage verzog sich Glauers Gesicht zu einem hämischen Grinsen. »Wahrscheinlich?«, fragte sie. »Ist das Ihre exakte Analyse der Lage?«

»Momentan ja.« Berger ließ sich nicht aus der Ruhe bringen. »Wir haben einen anonymen Anruf erhalten. Demnach beabsichtigen Terroristen, den Möhne-Staudamm mit einer Atombombe in die Luft zu sprengen.«

Johanna Glauers Mund öffnete und schloss sich wie bei

einem Fisch. »Mit einer *Atombombe?*«, fragte sie dann. »Das ist das Lächerlichste, was ich jemals gehört habe. Es handelt sich offenbar um den Versuch eines G8-Gegners, den Gipfel zu stören. Solche Anrufe bekommen wir jeden Tag dutzendweise.«

Berger nickte. »Das ist mir bekannt. Aber dieser Anruf war anders.«

Johanna Glauer wollte zu einer Entgegnung ansetzen, hielt jedoch inne. »Ich höre.«

»Erstens«, Berger hob den Daumen seiner rechten Hand, »hat der Anrufer zahlreiche Details genannt. Es soll sich um eine Bombe mit einer Sprengkraft von zehn Kilotonnen TNT handeln. Die Bombe soll auf dem Ausflugsschiff *Möhnesee* zur Explosion gebracht werden. Wir haben das natürlich sofort überprüft und festgestellt, dass die *Möhnesee* tatsächlich direkt neben die Staumauer gesteuert wurde.«

Johanna Glauers Pupillen weiteten sich. »Wie ist das Schiff dorthin gekommen?«, fragte sie.

»Das wissen wir noch nicht. Die Reederei hat versichert, dass es sich nicht um eine Ausflugsfahrt handelt und das Schiff eigentlich im Hafen liegen müsste. Der Kapitän der *Möhnesee,* ein Rüdiger Schönfeld, ist telefonisch nicht zu erreichen, weder über Festnetz noch über sein Handy. Auf Schellen an seiner Wohnungstür wurde nicht geöffnet. Das ist merkwürdig, denn Nachbarn und Verwandte sind der Meinung, dass die Familie eigentlich zu Hause sein müsste.«

»Und das Schiff liegt jetzt neben der Staumauer?«

Berger nickte erneut. »Ich habe sofort ein Bombenentschärfungsteam und einen Präzisionsschützentrupp der GSG 9, bestehend aus zwei Schützen und einem Beobachter, in Richtung Möhnesee in Bewegung gesetzt. Die haben das Schiff unter permanenter Beobachtung. Es handelt sich um ein rundum fast vollständig verglastes Ausflugsschiff, das heißt, wir können praktisch alles sehen. Auf dem Schiff halten sich mehrere Personen auf. Was diese Personen vorhaben, ist jedoch nicht klar. Wir haben versucht, mit der *Möhnesee* Kontakt aufzunehmen. Ohne Erfolg.«

»Vielleicht ein Schülerscherz?«, überlegte Glauers Referent laut. »Sind im Moment nicht überall Abiturfeiern?«

Berger musterte den jungen Mann erstaunt, als wunderte er sich, dass einer von Johanna Glauers Begleitern überhaupt sprechen konnte. »Wir reden hier nicht von einer geklauten Segeljolle, sondern von einem ausgewachsenen Ausflugsdampfer«, wies der Leitende Kriminaldirektor ihn zurecht. »Den kann ein Achtzehnjähriger mit Sicherheit nicht steuern.«

Der Referent lief rot an.

»Wir sollten die Lage ruhig und rational analysieren«, entschied Glauer. »Wie wahrscheinlich ist es, dass diese Personen auf dem Schiff tatsächlich im Besitz einer Atomwaffe sind?«

Berger warf Regierungsdirektor Rübberdt, der das Gespräch bisher stumm verfolgt hatte, einen auffordernden Blick zu.

»Da muss man unterscheiden«, verstand Rübberdt richtig. »Die Wahrscheinlichkeit, dass Terroristen in den Besitz einer sogenannten schmutzigen Bombe gelangen könnten, ist recht groß. Seit 1990 sind Dutzende Fälle bekannt geworden, bei denen in den ehemaligen Staaten der Sowjetunion kernwaffenfähiges Material entwendet worden ist. Die Amerikaner sind in Kasachstan auf waffenfähiges Material gestoßen, das in Blechschuppen gelagert war, nur geschützt durch ein schwaches Vorhängeschloss. Vor einigen Jahren sind selbst aus der britischen Wiederaufbereitungsanlage Sellafield dreißig Kilogramm Polonium verloren gegangen. Teilweise ist das kernwaffenfähige Material auf dem Schwarzmarkt aufgetaucht, teilweise ist es immer noch verschwunden. Gut möglich, dass irgendwelche Terrorgruppen etwas davon in ihre Gewalt gebracht haben und in der Lage sind, eine ›schmutzige Bombe‹ zu bauen, also eine Bombe, die nur zu einer radioaktiven Verseuchung führt und keine Detonationswirkung hätte.«

»Ich dachte, diese Leute wollen den Staudamm *sprengen«*, warf Glauers Referent ein, der offenbar wieder Mut gefasst hatte. »Dazu brauchen die eine richtige Atombombe. Und so etwas herzustellen ist doch wesentlich schwerer, oder?«

»Das ist korrekt«, musste Rübberdt einräumen. »Manchmal liest man in der Zeitung, jeder Chemie- oder Physikstudent könne aufgrund der öffentlich verfügbaren Literatur eine Atombombe quasi in der Kaffeekanne bauen. Das ist natürlich vollkommener Unsinn. Man braucht Kenntnisse in Nuklearphysik, Elektronik, Materialkunde, Materialbearbeitung, Kenntnis konventioneller Sprengstoffe und alle diese Kenntnisse muss man zusammenführen. Man muss die entsprechenden Experten und Geräte zusammenbringen, die technischen Hürden des Engineerings überwinden und das alles, ohne Nichteingeweihten sein Tun zu offenbaren. Ein amerikanischer Waffenexperte hat mir versichert, die Produktion von einer Million Automobile sei weniger teuer und technisch leichter als die einiger weniger Rohr-Sprengsatz-Kernwaffen. Der Irak hat über ein Jahrzehnt ohne Erfolg mit Hochdruck an seinem Kernwaffenprogramm gearbeitet. Das Gleiche gilt für Staaten wie Iran, Algerien, Ägypten und Saudi-Arabien. Es ist also praktisch ausgeschlossen, dass eine Terroristengruppe, und sei sie finanziell auch noch so gut ausgestattet, in der Lage ist, eine Bombe zu bauen.«

Glauer atmete tief durch. »Also keine konkrete Gefahr«, stellte sie fest.

»Das habe ich so nicht gesagt«, korrigierte Rübberdt schnell. »Es besteht die Möglichkeit, dass sich Terroristen eine fertige Bombe besorgt haben.«

»Aber wo sollten sie die herhaben?«

Rübberdt hob die Hände zu einer unbestimmten Geste. »Heutzutage ist vieles möglich. Die russische Generalstaatsanwaltschaft hat vor einigen Jahren den kurzzeitigen Verlust von zwei taktischen Kernwaffen bestätigt. Wir wissen, dass die für die Bewachung der Kernwaffen zuständigen Truppenteile in Russland privilegiert versorgt werden, trotzdem herrschten vor allem in den Neunzigerjahren vor Putin eine allgemeine Misere, Demoralisierung und Disziplinschwierigkeiten. Wer weiß, wie viele Bomben damals verloren gegangen sind. Die Sicherheit bei den Kernwaffen mag höher sein als bei den Spaltmaterialien, absolut ist sie nicht. Das alles gilt heute noch in viel größerem Ausmaß für ein Land wie Nordkorea. In den Neunzigerjahren sollen dort bis zu zweieinhalb Millionen Menschen, ungefähr zehn Prozent der Gesamtbevölkerung Nordkoreas, verhungert sein. Noch heute sind acht Millionen Nordkoreaner bzw. siebenunddreißig Prozent der Kinder chronisch unterernährt. Seit Anfang 2007 verschlechtert sich die Ernährungslage wieder. Die Menschen dort sind dermaßen verzweifelt, die würden Ihnen alles verkaufen.«

»Aber doch wohl keine Atombombe?«, warf die Politische Direktorin spöttisch ein.

»Warum nicht?«, gab Rübberdt unbeeindruckt zurück. »Es gibt eigentlich nur einen Grund, warum ein bitterarmes Land wie Nordkorea an einer Atombombe arbeitet: um sie an reiche Staaten, etwa am Persischen Golf, oder an andere Interessierte, die genug Geld bieten, zu verkaufen. Selbst einsetzen kann Nordkorea die Bombe nicht, auch wenn sie behaupten, über eine Interkontinentalrakete zu verfügen, die mit einem Atomsprengkopf bestückt die Westküste der USA erreichen können soll. Die nordkoreanische Staatsführung weiß sehr genau, dass im Fall des Falles ihr Land im

Gegenschlag sofort vernichtet werden würde. Warum also besitzen sie eine Bombe?«

»Das ist doch offensichtlich«, erwiderte Glauer. »Um sie als politisches Druckmittel zu benutzen.«

»Genau das haben die Nordkoreaner mit Erfolg getan«, bestätigte Rübberdt. »Im Oktober 2007 hat Nordkorea mit amerikanischen und weiteren internationalen Experten begonnen, seine Atomanlagen zu zerstören. Als Gegenleistung bekommt Nordkorea Unterstützung in der Wirtschaft und weitere Hilfsmaßnahmen für die verarmte Bevölkerung. Im Juni 2008 hat Bush das Ende aller amerikanischen Sanktionen gegen Nordkorea verkündet, im Oktober 2008 haben die USA Nordkorea von der schwarzen Liste der Terrorstaaten gestrichen. Das Ziel ist erreicht. Was wollen sie also noch mit den Bomben?«

»Ist eigentlich gesichert, dass Nordkorea über einsatzfähige Atomwaffen verfügt?«, erkundigte sich Glauers Referent.

»Nordkorea hat sich nachweislich seit 1986 einen Plutoniumvorrat zugelegt, der, unterschiedlichen Schätzungen zufolge, für zwei bis dreizehn Atomwaffen ausreichen würde«, erklärte Rübberdt. »Wir gehen von wenigstens sechs einsatzfähigen Atomwaffen aus. Wie Sie vielleicht wissen, hat Nordkorea im Oktober 2006 eine davon zur Explosion gebracht.«

»Ja«, höhnte Johanna Glauers Referent. »Ich habe den BND-Bericht gelesen. Der südkoreanische Geheimdienst schätzt, dass diese Bombe eine Sprengkraft von 0,55 Kilotonnen TNT besaß. Wenn man bedenkt, dass der Wirkungsgrad der Hiroshima-Bombe im August 1945 bei 12,5 Kilotonnen TNT lag, können Sie sich ausrechnen, über welch hoch entwickelte Technologie die Nordkoreaner verfügen. Somit ist es mehr als unwahrscheinlich, dass sie über eine Bombe mit einer Sprengkraft von zehn Kilotonnen verfügen, wie der Anrufer behauptet hat.«

Berger schenkte dem Referenten einen unfreundlichen Blick, als habe er ein ekliges Insekt vor sich. »Können Sie mir *garantieren,* dass die Nordkoreaner keine Bombe mit einer Sprengkraft von zehn Kilotonnen besitzen?«, fragte er verächtlich.

Der Mann lief sofort wieder rot an. »Nein, das kann ich natürlich nicht.«

»Gibt es denn irgendwelche Erkenntnisse der Auslandsgeheimdienste, dass Nordkorea Atombomben verkauft hat oder dass Atombomben in Nordkorea vermisst werden?«, wollte Johanna Glauer wissen.

»Nein, die gibt es nicht«, musste Rübberdt zugeben. »Aber unsere Erkenntnismöglichkeiten in Nordkorea sind sehr beschränkt und die nordkoreanische Regierung würde den Verlust einer Plutoniumbombe mit Sicherheit nicht an die große Glocke hängen.«

»Gut«, beendete Johanna Glauer vorerst das Thema. »Lassen Sie uns für einen Moment unterstellen, dieser Anrufer hätte recht und es gibt tatsächlich Terroristen, die den Staudamm mit einer Atombombe sprengen wollen. Wie sähe der zu erwartende Schaden aus?«

»Nun«, begann Berger geschäftsmäßig und zog die Unterlagen zurate, die Rübberdt für ihn zusammengestellt hatte. »Da wäre zum einen die Sprengung des Staudamms. Wenn die Bombe tatsächlich eine Sprengkraft von zehn Kilotonnen TNT hat und sich auf diesem Schiff befindet, das neben dem Damm liegt, würde dies den Damm natürlich zerstören. Was die Auswirkungen einer Staudammsprengung angeht, können wir auf Erfahrungen aus dem Zweiten Weltkrieg zurückgreifen. Dagegen war der Tsunami im Indischen Ozean im Dezember 2004 ein kleiner Wasserrohrbruch. Am 17.5.1943 wurde die Staumauer des Möhnesees durch englische Flugzeuge mit speziellen Roll- und Rotationsbomben zerstört. Daraufhin sind innerhalb von zwei Stunden einhundertzwanzig Millionen Kubikmeter Wasser aus dem See abgelaufen. Eine mehrere Meter hohe Flutwelle ist mit einer Wassergeschwindigkeit von sechs Metern pro Sekunde durch die Täler der Möhne und der Ruhr gestürzt und hat alles mitgerissen, was sich ihr in den Weg stellte. Sogar schwere Eisenbahnbrücken sind noch nach einem Flutweg von fünfunddreißig Kilometern wie Streichholzkonstruktionen weggeknickt, die Zahl der Toten wird auf tausendzweihundert bis tausendsechshundert geschätzt, den letzten Toten gab es in Essen-Steele, über hundert Kilometer von der Staumauer entfernt.«

»Mhm.« Glauer dachte nach. »Wäre das Tagungshotel im Falle eines Bruchs der Staumauer gefährdet?«

»Nein, das Schlosshotel steht nicht in dieser Richtung. Allerdings befindet sich in unmittelbarer Nähe unterhalb des Damms ein Lager der G8-Gegner.«

Glauer nickte langsam. »Gut, das wäre der Staudamm. Was ist mit den anderen Auswirkungen einer Atomexplosion, insbesondere der freigesetzten Radioaktivität?«

Berger nickte langsam. »Black Dawn«, sagte er.

Glauer sah ihn fragend an. »Ich glaube, davon habe ich schon mal gehört«, meinte sie.

»›Black Dawn‹ oder ›Schwarze Dämmerung‹ war ein Planspiel von Sicherheitsexperten aus EU und NATO«, übernahm Rübberdt wieder. »Das Ergebnis wurde im Frühjahr 2005 in Ljubljana vorgestellt: Eine Gruppe dschihadistischer Terroristen stiehlt aus einem Atomreaktor in Weißrussland hoch angereichertes Uran und baut daraus einen primitiven nuklearen Sprengsatz. Wenig später nähert sich der NATO-Zentrale auf dem Boulevard Leopold III. in Brüssel ein Pickup. Bevor Sicherheitskräfte eingreifen können, explodiert vor dem Haupteingang eine Zehnkilotonnenbombe, was zehntausend Tonnen TNT und genau der Sprengkraft der Bombe, die hier zur Explosion gebracht werden soll, entspricht. In Sekundenschnelle verwandeln sich die Gebäude in einem Umkreis von knapp zwei Kilometer in ein Feuermeer. Innerhalb von vierundzwanzig Stunden sterben vierzigtausend Menschen und etwa dreihunderttausend werden schwer verletzt. In mehreren Ländern gehen auf riesigen Flächen radioaktive Niederschläge nieder. Etwa sechzigtausend Menschen sterben infolge der radioaktiven Verseuchung und die Landwirtschaft in weiten Teilen Belgiens, der Niederlande und Nordwestdeutschlands liegt für Jahre brach.«

»Das Tagungshotel liegt acht Kilometer vom Damm entfernt«, überlegte Johanna Glauer. »So weit reicht die Druck- und Hitzewirkung einer Zehnkilotonnenbombe offenbar nicht. Also auch von daher keine unmittelbare Gefahr, oder?«

Berger starrte sie mit großen Augen an, als könnte er nicht glauben, was er soeben gehört hatte. »Und was ist mit der Bevölkerung?«, fragte er. »Wir müssen sofort mit der Evakuierung der umliegenden Dörfer, der Camps der Gipfelgegner und des Tagungshotels beginnen.«

Glauer fixierte Berger mit eisigem Blick. »Guter Mann«, sagte sie. »Wir befinden uns in der schlimmsten Wirtschafts- und Finanzkrise seit den Dreißigerjahren, die Welt steht am Scheideweg, wie die Bundeskanzlerin gestern gesagt hat. Dieser Gipfel ist die letzte Chance, um das Vertrauen in die Finanzmärkte wiederherzustellen. Wenn wir jetzt abbrechen, ist der Gipfel gescheitert, denn alle wesentlichen Entscheidungen sollen erst morgen getroffen werden. Ein solches Scheitern wäre eine Katastrophe. Die Aktienmärkte und die Konjunktur werden vollkommen einbrechen, Sozialversicherungsträger, Gemeinden, ganze Staaten werden pleitegehen. Und das alles wegen eines einzigen anonymen Anrufes? Wir haben den neuen amerikanischen Präsidenten kurz davor, einer wirksamen Regulierung des Weltfinanzsystems zuzustimmen. Diese Chance bekommen wir vielleicht nie wieder, weil Obama gerade bei seinem Antrittsbesuch in Europa an versöhnlichen Tönen und Kompromissen gelegen ist. Soll ich den Mann jetzt mitten in der Nacht wecken lassen? Der steigt in seine Air Force One und verschwindet auf Nimmerwiedersehen. Und morgen früh muss ich der Bundeskanzlerin dann erklären, dass es sich bei dem Anruf um einen schlechten Scherz gehandelt hat. Wie Sie ja selbst gesagt haben, ist die Wahrscheinlichkeit des Vorliegens einer realen Gefahr minimal.«

Berger musste sich zur Ruhe zwingen. »Zugegeben«, sagte er, »die Wahrscheinlichkeit, dass diese Leute auf dem Möhnesee tatsächlich über eine funktionierende Atombombe verfügen, ist sehr gering. Aber der drohende Schaden ist unwahrscheinlich hoch, wenn das Ereignis doch eintritt. Auch wenn für die Gipfelteilnehmer im Falle der Explosion keine direkte Gefahr besteht, muss nur der Wind ungünstig stehen und den Fallout in Richtung des Hotels treiben. Wollen Sie dem amerikanischen, dem russischen und dem japanischen Volk in fünf Jahren erklären, warum ihre Staatschefs sämtlich an Leukämie gestorben sind?«

Glauer schaute an Berger vorbei aus dem Fenster in die Dunkelheit. Als sie sich dem BKA-Mann wieder zuwandte, fragte sie: »Was schlagen Sie vor?«

Berger atmete tief durch. Gott sei Dank. Die Frau schien endlich zur Vernunft zu kommen. Mit einem zielsicheren Griff zog er eine Aktenmappe zwischen den anderen hervor.

»Das BKA ist für den Schutz des Gipfels verantwortlich«, begann er. »Und ich darf sagen: Wir haben an alles gedacht, selbst an den äußerst unwahrscheinlichen Fall eines Angriffs auf den Gipfel mit atomaren, biologischen oder chemischen Waffen.«

Glauer hob eine Augenbraue. »Ich höre Ihnen zu.«

»Etwa dreißig Kilometer südlich von hier gibt es einen Atombunker«, erläuterte Berger. »Unser Plan sieht vor, dass wir im Falle eines ABC-Alarms dorthin ausweichen.«

»Davon habe ich noch nie etwas gehört«, sagte Glauer. »Ich kenne nur den ehemaligen Regierungsbunker in der Nähe von Bonn.«

Auch ihr Referent runzelte die Stirn. »Was für ein Regierungsbunker?«

Berger sah den Mann an. »Dazu sind Sie offenbar zu jung. Während des Kalten Krieges wurde in den Sechzigerjahren ein ungenutzter Eisenbahntunnel unter dem Decknamen ›Dienststelle Marienthal‹ zum sogenannten Regierungsbunker ausgebaut. Dazu wurden kilometerlange Stollen in das Gestein gesprengt, um einer Notverwaltung des Bundes im Falle eines Atomkrieges ein Ausharren von mindestens dreißig Tagen zu ermöglichen. Der Bunker sollte die wichtigsten Politiker des Landes aufnehmen, also den Bundespräsidenten, den Bundeskanzler, den Präsidenten des Bundesverfassungsgerichts, verschiedene Minister und dazu ziviles und militärisches Personal, insgesamt etwa dreitausend Personen. 1989 fiel die Mauer und 1997 hat die Bundesregierung beschlossen, den Bunker aufzugeben, da man kein ziviles Nutzungskonzept für die Anlage vorlegen konnte und die laufenden Betriebskosten von zwanzig Millionen Mark pro Jahr zu hoch waren. In den folgenden Jahren wurde der Bunker leer geräumt, versiegelt und zurückgebaut. Jetzt kann man dort nur noch die nackte Tunnelröhre besichtigen.«

Glauer mischte sich ein. »Das ist mir bekannt. Von einem zweiten Bunker weiß ich allerdings nichts.«

»Und doch existiert er, wenn darüber auch in der Öffentlichkeit«, Berger lächelte, »und anscheinend auch im Auswärtigen Amt nichts bekannt ist. Bei dem Regierungsbunker in

Marienthal gab es zwei gravierende Probleme: Obwohl der Bunker mit bis zu einhundertzehn Meter Fels überdeckt war, hätte er gerade einmal einer Zwanzigkilotonnenbombe, vergleichbar mit der Nagasaki-Bombe aus dem Zweiten Weltkrieg, standgehalten. Aber bereits 1962 waren Atombomben schon bis zu zweihundertfünfzigmal stärker. Zum anderen war der DDR-Geheimdienst durch einen als Handwerker beschäftigten Spion genau über den Bunker informiert, was wiederum uns bekannt war. Es ergab sich deshalb schon in den Siebzigerjahren die Notwendigkeit, einen zweiten, besser gesicherten Bunker zu bauen. Und das geschah dann auch etwa dreißig Kilometer südlich von hier.«

»Und dieser zweite Bunker existiert noch?«, fragte der Referent. »Der Kalte Krieg ist doch schon lange zu Ende.«

»Natürlich gab es Überlegungen, auch diesen Bunker aufzugeben«, räumte Berger ein. »Aber in fast allen westlichen Ländern existieren bis heute derartige Anlagen, da wollte man nicht zurückstehen. Außerdem hat sich die Stimmungslage nach dem 11. September 2001 geändert, da man nun mit atomaren Anschlägen rechnen musste.«

Glauer schien noch nicht überzeugt zu sein. »Und der Bunker ist wirklich sicher?«, hakte sie nach.

»Todsicher, um es einmal so zu nennen. Er würde sogar dem direkten Treffer durch eine Zweihundertkilotonnenbombe standhalten. Der Bunker ist vollkommen autark in der Versorgung mit elektrischer Energie, Frischluft und Trinkwasser. Es gibt zwei eigene Tiefbrunnen, eine unabhängige Stromerzeugung, Luftfilter und Vorräte sowie die Infrastruktur, die einen mehrtägigen Aufenthalt ohne Kontakt nach draußen ermöglicht. Man kann den Bunker in Sekundenschnelle hermetisch abschließen, das heißt, es besteht auch keinerlei Gefahr durch einen Fallout.«

»Aber was ist mit dem Komfort?«, zweifelte Glauer. »Ich

meine, wir sprechen hier von den führenden Staats- und Regierungschefs der Welt, die bis jetzt in einem Luxushotel untergebracht sind.«

Berger hob die Hände. »Zugegeben, die Ausstattung in dem Bunker ist mit der des Schlosshotels nicht zu vergleichen. Aber ich habe mich persönlich davon überzeugt, dass die Unterkünfte zwar nicht luxuriös, aber komfortabel sind. Und es gibt mehrere Konferenzräume, in denen wir den Gipfel zu Ende bringen können. Wenn sich der Anruf tatsächlich als falscher Alarm erweisen sollte, bringen wir die Gipfelteilnehmer selbstverständlich sofort wieder in das Hotel zurück.«

Glauer nickte langsam. »Ist der Bunker denn so schnell verfügbar?«

»Natürlich, der Bunker wird in ständiger Einsatzbereitschaft gehalten, das ist ja der Sinn der Anlage.«

Glauer atmete tief durch. »Vielleicht haben Sie recht«, sagte sie dann. »Ich sehe derzeit zumindest keine Alternative.«

»Es *gibt* keine Alternative«, bestätigte Berger erleichtert und Rübberdt bekräftigte die Auffassung seines Chefs mit einem energischen Kopfnicken.

»Okay«, verkündete Glauer. »Ich muss das natürlich zuerst mit den anderen Sherpas und der Kanzlerin besprechen. Ich werde Ihnen das Ergebnis unverzüglich mitteilen. Und Sie bereiten bitte schon mal alles für eine Evakuierung des Schlosshotels vor.«

40

Jörg wohnte mit seiner Familie im dritten Stock eines Hochhauses. Als er die Wohnungstür aufschloss und mit Edda und Marc im Gefolge durch den Flur schlich, erschien

Jörgs Frau in der Schlafzimmertür. Sie wirkte verschlafen, aber nicht sonderlich verwundert ob des Besuchs mitten in der Nacht. Wahrscheinlich ist sie so etwas aufgrund von Jörgs früherem Beruf gewöhnt, ging es Marc durch den Kopf. Jörgs Frau hieß Sabine und bot Edda umgehend an, die Dusche zu benutzen. Ein Vorschlag, dem Edda nur allzu gerne nachkam.

Marc begnügte sich damit, Haare und Körper trocken zu rubbeln. Dann zog er die Kleidung an, die Jörg für ihn rausgelegt hatte. Obwohl Marc selbst nicht gerade klein war, schlotterten ihm die Sachen um den Körper, als habe er ein Clownskostüm übergestreift.

Sabines Kleidung bewirkte bei Edda das genaue Gegenteil, war Jörgs Frau doch gut zwanzig Zentimeter kleiner als sie. Aber das schien Edda nicht zu stören. Sie war so froh, etwas Trockenes anzuhaben, dass sie versuchte, ihre Hochwasserhosen als modische 7/8-Hosen zu verkaufen.

Jetzt saßen sie im Wohnzimmer, jeder mit einer Tasse heißen Tees vor sich, und überlegten, wie es weitergehen könnte.

»Ich glaube immer noch, dass wir am Widukind-Denkmal richtig waren«, meinte Edda. »Der Sieger wacht über dem Ahnen, der Ahne wacht über dem Sieger. Damit kann mein Vater nur Widukinds Denkmal auf dem Wilhelmsplatz gemeint haben.«

»Das Problem ist nur, dass dort nichts ist!«, erinnerte Marc genervt. »Wir haben alles abgesucht.«

»Vielleicht müsst ihr ja den richtigen Ursprung, also die richtige Quelle suchen, die sich zu Widukinds Füßen aufgetan hat, nicht die an seinem Denkmal, wie gesagt«, sagte Jörg.

Für einen Moment herrschte erstauntes Schweigen.

»Super Idee«, stimmte Marc sarkastisch zu. »Leider gibt es diese Quelle nicht. Es handelt sich um ein Wunder, eine

Sage, eine Legende – wie auch immer man das nennen mag. Auf jeden Fall handelt es sich bei dieser Quelle nicht um einen real existierenden Ort. Genauso gut können wir Schneewittchens Schloss, Rapunzels Turm oder Rumpelstilzchens Versteck suchen.«

»Woher wollen Sie das wissen?«, ergriff Edda für Jörgs Theorie Partei. »Das haben wir gar nicht überprüft.« Sie wandte sich Jörg zu. »Könnten Sie im Internet nachschauen, ob es dort irgendetwas über die Widukindquelle gibt?«

»Leider nein, wie gesagt. Wir haben unseren Internetanschluss vor einigen Monaten abgeschafft, weil die Kinder nur noch gechattet haben, anstatt ihre Hausaufgaben zu machen. Aber ich glaube, ich habe etwas anderes, das helfen könnte.«

Er verließ das Zimmer und kehrte kurz darauf mit einem Buch in der Hand zurück. »Das hat mir mein Vater geschenkt, als ich klein war«, erklärte er. »*Die Wittekindsage* von Karl Paetow. In meiner Jugend besaß das in Herford jedes Kind, wie gesagt. Vielleicht finden wir darin etwas.«

Marc verdrehte die Augen. »Und was soll das bringen?«, fragte er verzweifelt. »Ein Buch über Sagen! Wir sollten endlich anfangen, uns *ernsthaft* Gedanken zu machen. Uns läuft immer mehr die Zeit davon.«

Edda blickte ihn verwundert an. »Welche Zeit?«, fragte sie.

Marc spürte, dass er rot wurde. »Macht doch, was ihr wollt«, winkte er ab und starrte aus dem Fenster.

Jörg hatte unterdessen begonnen, das Buch durchzublättern. »Hier«, sagte er schließlich. »Das Kapitel ist mit *Das Quellwunder von Bergkirchen* überschrieben. Ich lese es euch am besten ganz vor. Es ist nicht besonders lang, wie gesagt.« Er vertiefte sich in den Text und senkte die Stimme wie ein Märchenerzähler: »Noch hing die Hoffnung des

Volkes dem Herzog an, aber aus dem gewaltigen Kämpfer war ein Grübler geworden. Das lange Siechtum hatte ihm Muße gebracht, seinem Schicksal nachzusinnen. Warum, so fragte er sich, hatten die alten Götter doch ihren treuesten Schildwächter verlassen? War er nicht ihr Schwert gewesen, ihr Feldgeschrei? Und dennoch fühlte er tief, sie wichen und wichen. Er konnte keinen Reim darauf finden. Ein rastloser Reiter war Weking geworden, waldein, waldaus, ziellos und ohne Zügel zog er dahin in trauriger Versunkenheit. Als er über den Pass kam, der heute Bergkirchen genannt wird, da übermannte ihn die Erinnerung. Hier oben hatte auch eine Irminsul gestanden, dort lag sein Schloss Wedegonisberg nun als trauriges Trümmerwerk, jene Burg, welche Karl ihm schon vor Jahren abgewann und die Weking dann selber vergeblich belagert hatte. So wüst wie hier war es allerorten im Sachsenland. Da rief der Herzog aus gequältem Herzen: ›Du, Herr der Christenheit, wenn du der wahre und rechte Gott bist, so gib mir ein Zeichen, damit ich gewiss werde, so will ich dir dienen.‹

Wie angerufen stutzte sein Ross, wieherte und scharrte mit dem vernagelten Eisenhuf den felsigen Grund. Und siehe, alsbald rollte ein Stein und sprang hervor ein silberner Brunnquell. Ergriffen vom tiefen Sinn dieses Wunders stürzte sich der Recke zu Boden, schöpfte und schlürfte aus hohler Hand das Wasser des Lebens. Mit jenem Trunk bereitete sich in seiner Seele die Wandlung und wuchs ihm mit jedem Schluck der Durst nach den ungetrübten Quellen des neuen Glaubens.«

Jörg sah auf. »Das ist die Sage, die das Herforder Widukind-Denkmal zeigt, wie gesagt.«

»Und es wird ein konkreter Ort genannt«, jubelte Edda. »Die Quelle befindet sich an dem Pass, der heute Bergkirchen genannt wird. Und dort hat eine Irminsul gestanden.

Erinnern Sie sich an die erste Botschaft meines Vaters: Die Irminsul weist dir den Weg.«

»Das ist ja alles schön und gut«, murmelte Marc. »Aber es handelt sich immer noch um eine Sage und dieses Bergkirchen existiert mit Sicherheit nicht in der Realität.«

»Natürlich tut es das«, gab Jörg sofort zurück. »Ich hatte dort einige Male ... äh ... beruflich zu tun, wie gesagt. Bergkirchen ist heute ein Stadtteil von Bad Oeynhausen und liegt an einem Pass, der über das Wiehengebirge führt.«

»Meinetwegen«, räumte Marc ein. »Aber diese Quelle existiert mit Sicherheit nicht.«

»Was macht Sie so sicher?«, fragte Edda. »Wenn Bergkirchen existiert, kann es dort doch auch die Quelle geben. Das will ich jetzt wissen!«

»Dann müsst ihr nach Bergkirchen fahren«, sagte Jörg. »Ich kann leider nicht mitkommen, ich will Sabine nicht allein lassen. Aber wenn ihr mal einen günstigen DVD-Rekorder braucht, meldet euch doch einfach bei mir.«

Er sah Marcs erschrockenes Gesicht und grinste. »Ein Scherz«, sagte er dann. »Ein Scherz, wie gesagt.«

41

Schönfeld wälzte sich unruhig hin und her. Die Fesseln schnitten in seine Handgelenke und seine Rippen brannten wie Feuer, aber das war nichts gegen die Angst, die er um seine Familie hatte. Er musste irgendwie von dem Schiff runter und die Behörden alarmieren, hatte allerdings nicht die geringste Ahnung, wie er das anstellen sollte.

Geri saß keine fünf Meter von ihm entfernt, trank ein Bier nach dem anderen und ließ ihn dabei keine Sekunde aus den Augen.

Der Kapitän drehte sich mühsam vom Rücken auf die unverletzte Seite und richtete seinen Blick auf den Entführer.

»Ich muss jetzt wirklich ganz dringend auf die Toilette«, flehte er. »Sonst mache ich mir in die Hose. Mit dem Gestank müssen Sie dann klarkommen.«

Zu Schönfelds Erstaunen war die Reaktion diesmal keine brüske Beschimpfung, sondern Geri aktivierte sein Sprechfunkgerät. Flüsternd führte er ein Gespräch und stopfte das Walkie-Talkie anschließend wieder in die Tasche.

»Okay«, verkündete Geri. »Du kannst aufs Klo. Aber ich werde dich dabei begleiten.«

Der Gangster half Schönfeld auf die Beine und gemeinsam gingen sie in Richtung der Toiletten, die sich an einem Gang befanden, der durch eine Glastür nach draußen führte. Auf der Glastür stand *Diese Tür ist nur vom Personal zu öffnen*, rechts daneben ging es in die Herrentoilette.

»Du hast genau zwei Minuten«, sagte der Kidnapper. »Dann komme ich und hole dich, egal was du gerade machst.«

Schönfeld beugte sich vor und hob die gefesselten Hände auf seinem Rücken an. »Und wie soll ich pinkeln?«, fragte er. »Oder wollen Sie mir den Schwanz halten?«

Das schien nicht in Geris Absicht zu liegen, denn er zog kommentarlos ein Messer hervor und zerschnitt mit geübten Bewegungen die Plastikfesseln.

Schönfeld wollte gerade die Klotür öffnen, als vom vorderen Teil des Schiffs Lärm zu vernehmen war. Der Kapitän hörte ein Knistern und Rauschen in Geris Walkie-Talkie und dann Frekis verzerrte Stimme.

»Geri?«

»Ja?«

»Komm her! Wir brauchen dich! *Sofort!*«

Geri schien noch einen Moment mit sich zu ringen, dann sagte er zu Schönfeld: »Ich lasse dich jetzt für einen Moment allein. In der Zeit kannst du aufs Klo. Aber mach keinen Scheiß! Ich bin sofort wieder da.«

Mit diesen Worten ließ er Schönfeld stehen, der sein Glück kaum fassen konnte. Das war seine Chance!

Hektisch sah er sich um. Die beiden Fenster der Toilette ließen sich nicht öffnen. Dagegen führte die Glastür vor ihm direkt in die Freiheit, aber der Kapitän wusste, dass die Tür verschlossen war. Und den Schlüssel hatte ihm Freki abgenommen.

Vielleicht konnte er die Tür irgendwie aufbrechen. Schönfeld erinnerte sich, dass sich in dem kleinen Raum am Anfang des Ganges ein Feuerlöscher befand. Wenn er an den herankam, könnte er damit die Glastür zerschlagen. Da der Gang einen leichten Knick machte, würde er vom Hauptraum aus nicht zu sehen sein.

Nein! Schönfeld schüttelte unwillkürlich den Kopf. Auch wenn sie ihn nicht beobachten konnten, würden die Kidnapper den Lärm hören. *Verdammt, verdammt, verdammt.* Er war so nah davor, fliehen zu können, aber es gab keine Möglichkeit, das Schiff unbemerkt zu verlassen. Wütend versetzte er der Klinke der Glastür einen Stoß.

Und da geschah das Wunder: Die Tür schwang lautlos nach außen auf und Schönfeld wehte ein Schwall frischer Seeluft ins Gesicht.

Dem Kapitän blieb vor Überraschung der Mund offen stehen. Wie war das möglich? Die Kidnapper mussten die Tür irgendwann im Laufe des Abends aufgeschlossen haben und hatten dann offenbar vergessen, sie wieder abzuschließen. Egal. Das war die Gelegenheit! Der Kapitän blickte sich um. Von Geri war noch immer nichts zu sehen. Schönfeld schlüpfte zur Tür heraus und schloss sie hinter sich so vorsichtig, als sei sie aus Porzellan. Dann huschte er zum Heck des Schiffes, kletterte über die Reling und glitt langsam in den spiegelglatten See, dessen Oberfläche sich nur etwa einen Meter unter ihm befand. Das Wasser war ziemlich kalt, aber das merkte Schönfeld nicht. Er war vollgepumpt mit Adrenalin und hatte nur ein einziges Ziel: Er musste an Land gelangen und telefonieren.

Schönfeld stieß sich leise vom Schiffsrumpf ab und hielt mit gleichmäßigen Zügen auf die Staumauer zu.

42

Die Mitglieder des innersten Kreises der Thule-Gesellschaft waren nach dem Festessen im Saal geblieben, rauchten, tranken und warteten auf Neuigkeiten über den Stand der Operation Ragnarök.

Richard von Sebottendorff hatte sich mit seinen engsten Freunden Tyr und Heimdall und seinem Sohn Baldur in eine Ecke zurückgezogen.

Baldur, der in ständigem Kontakt zu Hödr stand, steckte sein Handy ein und berichtete, die Vorbereitungen zur Evakuierung des Tagungshotels seien abgeschlossen, es fehle nur noch das letzte Okay der Kanzlerin.

»Warum hast du unseren neuen Bruder Thor eigentlich nicht in den ganzen Plan eingeweiht?«, wollte Tyr wissen.

Von Sebottendorff hob die Hände zu einer unbestimmten Geste. »Nennt es von mir aus Intuition«, sagte er. »Ihr wisst, ich habe unseren sehr verehrten Professor Zeidler schon immer für einen Karrieristen ohne Ideale gehalten und seiner Berufung nur zugestimmt, weil wir sofort ein Ersatzmitglied brauchten, um unseren Kreis zu vervollkommnen. Aber seine Reaktion auf Ragnarök hat mir gar nicht gefallen. Ich glaube, es würde ihn zum momentanen Zeitpunkt einfach überfordern, ihn in alles einzuweihen.«

»Die Größe und Genialität deines Planes ist halt nicht für jeden sofort einsichtig«, stimmte Heimdall zu. »Erinnere dich an unser Erstaunen, als du uns davon erzählt hast. Auch wir mussten uns erst an den Gedanken gewöhnen, bis wir seine Notwendigkeit begriffen haben.«

»Ja, aber bei Thor war es irgendwie …«, von Sebottendorff suchte nach dem richtigen Wort, »… irgendwie anders. Ich bin davon überzeugt, dass Zeidler die Thule ausschließlich als Mittel zum Zweck betrachtet, Karriere zu machen.«

»Wo steckt er eigentlich?«, erkundigte sich Heimdall. »Ich habe ihn seit deiner Rede nicht mehr gesehen.«

Odin hob die Schultern. »Vielleicht liegt er in seinem Zimmer auf dem Bett und weint sich aus. Oder er übergibt sich auf der Toilette.«

»Hältst du es nicht für möglich, dass er uns verrät?«, fragte Baldur seinen Vater.

»Alles ist möglich«, antwortete der. »Aber wie ich Zeidler einschätze, hat er dazu viel zu viel Angst. Und selbst wenn: Alles ist vorbereitet und nichts und niemand kann uns mehr aufhalten.«

Der Sohn war mit dieser Antwort nicht zufrieden. »Vielleicht wäre es trotzdem besser, ihn im Auge zu behalten.«

Sein Vater schüttelte energisch den Kopf. »Du vergisst, dass unser Schicksal festgeschrieben ist. Alles wird genau so geschehen, wie es geschehen soll.«

In diesem Moment schellte sein Handy. Er sah auf das Display, las den Namen des Anrufers und drückte die grüne Taste. »Ja?«

»Hier ist Freki«, war vom anderen Ende der Leitung zu hören. »Der Kapitän ist gerade geflüchtet.«

Odin beendete das Gespräch, ohne etwas zu erwidern. Sein Mund verzog sich zu einem breiten Grinsen. Sehr gut! Alles lief exakt nach Plan.

43

Die Fahrt von Herford nach Bad Oeynhausen über die menschenleere B 61 und die Autobahn A 30 dauerte keine halbe Stunde.

Edda hatte wieder das Steuer übernommen. Marc starrte fast während der gesamten Fahrt auf sein Spiegelbild im Seitenfenster und schaute den Regentropfen zu, die träge das Glas herunterkullerten.

Vor seinem geistigen Auge erschien immer wieder das Gesicht Melanies. Sie fehlte ihm so. Sie fehlte ihm, wie ihm noch nie zuvor jemand in seinem Leben gefehlt hatte. Marc konnte sich noch genau an den Moment erinnern, als er ihr zum ersten Mal begegnet war. Melanie hatte mit gesenktem Kopf in der Sprechzelle der JVA gesessen. Als er zusammen mit Irene von Kleist den trostlosen Raum betreten hatte, hatte sie hochgeschaut und ihn mit betont großen, rot geränderten Augen angestarrt. Melanie war die attraktivste Frau, die Marc je gesehen hatte: lange, blonde Haare, hohe Wangenknochen, volle Lippen, aquamarinblaue Augen. Kurzum: eine Mischung aus Schönheit und Verletzbarkeit, die ihn fast um den Verstand brachte. Marc hatte sofort gewusst, dass es ihn erwischt hatte, und das unbändige Bedürfnis verspürt, Melanie in den Arm zu nehmen. Und jetzt war sie in den Händen von Verbrechern und er wusste nicht, ob er sie jemals auch nur wieder berühren würde.

Edda drückte eine Kassette in den Schlitz des Autoradios und sofort erfüllten die Klänge von *I surrender* den Innenraum des Golf. Marc spürte einen dumpfen Schmerz in der Brust. Drei Tage nach dem Freispruch war er mit Melanie auf einem Saybia-Konzert gewesen.

»Machen Sie das aus!«, schrie er Edda an. »Sofort!«

Edda zuckte für einen kurzen Moment zusammen, dann stellte sie das Radio ab.

»Tut mir leid«, sagte sie. »Ich wusste nicht …«

»Schon gut.« Marc bekam sich wieder einigermaßen unter Kontrolle. »Ich muss mich bei Ihnen entschuldigen. Aber ich kann dieses Lied nicht ertragen.«

Edda nickte kurz und konzentrierte sich wieder auf die Straße. Im schwachen Licht des Armaturenbretts war ihre Miene nicht zu erkennen.

Wer ist diese Frau nur?, schoss es Marc durch den Kopf. Egal! Er brauchte ihre Hilfe, um den Code zu finden, alles andere war zweitrangig. Wenn Melanie und Lizzy erst wieder frei waren, würde er noch genug Zeit haben, sich mit Edda zu befassen.

Die Autobahn endete und ging in eine breite Hauptstraße über, die mitten durch Bad Oeynhausen führte. Von dort bogen sie nach wenigen Hundert Metern links ab Richtung Bergkirchen.

Die Straße stieg permanent leicht bergan und wand sich schließlich in steilen Serpentinen. Von hier aus hatte man einen fantastischen Blick auf Bad Oeynhausen, das sich unter ihnen wie ein glitzernder Lichterteppich ausbreitete.

Am Ende der Kurvenserie passierten sie das Ortseingangschild von Bergkirchen. Rechts und links drängten sich die Häuser an den Hang des Wiehengebirges. Der höchste Punkt Bergkirchens befand sich fast auf der Passhöhe, eine von mehreren Scheinwerfern angestrahlte Kirche stand dort. Edda stellte den Golf auf dem Parkplatz neben dem Gotteshaus ab und Marc stieg aus. Sein Blick fiel auf eine große Tafel am Rande des Parkplatzes. Er richtete die Taschenlampe, die Jörg ihnen überlassen hatte, darauf und der Lichtkegel erfasste eine verblasste Schrift *Geschichtstafel Bergkirchen.*

Gemeinsam studierten er und Edda den Text darunter:

Bergkirchen (163 Meter über NN) zeichnet sich durch seine geografische Lage an einer germanischen Pass- und Handelsstraße aus. Der Ort hat seinen Namen durch die Kirche erhalten, die vermutlich zur Zeit Karls des Großen (786–814) gegründet und durch Papst Leo III. (795–816) zu Ehren des Heiligen Nikolaus geweiht wurde. Die Sage sieht eine Verbindung zwischen der Gründung der Höhenkirche und einem Quellwasser, das den Sachsenherzog Widukind (auch Wittekind) veranlasste, sich taufen zu lassen. Die Bergkirche soll zuerst als Holzkirche auf einem heidnischen Quellheiligtum errichtet worden sein. Sie wurde um das Jahr 1.000 durch einen Steinbau ersetzt und in späteren Jahrhunderten ständig erweitert.«

Marc stieß Edda an. »Ich glaube, ich muss mich entschuldigen«, sagte er. »Offenbar hat es hier tatsächlich mal eine Quelle gegeben. Und über dieser Quelle wurde dann die Kirche errichtet. Die Frage ist nur, ob heute noch etwas von dieser Quelle zu sehen ist.« Er sah sich um. »Leider ist um diese Uhrzeit kein Mensch mehr unterwegs, den wir fragen könnten. Die braven Einwohner Bergkirchens liegen alle im Bett.«

»Dort unten befindet sich ein Hotel.« Edda zeigte auf ein großes Gebäude unterhalb der Kirche. »Vielleicht ist ja noch jemand auf.«

Sie gingen rechts um die Kirche herum. Im Halbdunkel zeichneten sich auf einer mit Maulwurfshügeln übersäten Wiese einige Grabsteine ab. Mitten durch den Friedhof führten ein Weg und eine Treppe hinab zu dem Hotel. Als sie vor dem Eingang standen, schauten sie sich an – das Etablissement hieß *Wittekindsquelle*.

»*Eine* Widukindquelle haben wir schon mal gefunden«, gab Marc zu. »Aber ob Ihr Vater dieses Hotel gemeint hat?«

Gemeinsam betraten sie den Eingangsbereich. Die Rezeption war nicht besetzt und Marc musste eine Klingel betätigen, bis ein müde aussehender Nachtportier erschien und sie verwundert musterte.

»Wir haben nur eine kurze Frage«, sagte Marc. »Wir interessieren uns für die Quelle, an der sich angeblich das Quellwunder Widukinds ereignet haben soll. Gibt es hier tatsächlich eine derartige Quelle?«

Der Gesichtsausdruck des Mannes wurde unwillig. »Und deshalb wecken Sie mich mitten in der Nacht?«

»Glauben Sie mir, es ist sehr wichtig«, versicherte Marc. Er holte sein Portemonnaie aus der Hosentasche und zog einen Fünfzigeuroschein heraus, den er auf den Tresen der Rezeption legte. »Es soll Ihr Schaden nicht sein.«

Der Portier warf einen Blick auf den Schein und dann in Marcs Gesicht. »Lassen Sie mal stecken«, sagte er besänftigt und schob den Schein zurück. »Ich fürchte allerdings, ich kann Ihnen nicht helfen. Ich komme aus Süddeutschland und arbeite erst seit einem Monat hier. Aber ich habe vor einigen Tagen einen älteren Herrn kennengelernt, der Stammgast in unserem Restaurant ist, und ein paar Worte mit ihm gewechselt. Mein Chef erzählte später, Herr Wolters habe sein ganzes Leben der Geschichte Bergkirchens gewidmet und sogar eine Chronik darüber verfasst.«

»Wo wir diesen Herrn Wolters finden können, wissen Sie nicht zufällig?«, fragte Marc ohne große Hoffnung.

»Doch, das war so ziemlich das Erste, was er mir erzählt hat. Er wohnt im angeblich geschichtsträchtigsten Haus Bergkirchens, der *Kaiser-Apotheke.*«

Edda stieß Marc an. »Die Apotheke ist mir aufgefallen, als wir nach Bergkirchen reingekommen sind«, sagte sie. »Sie liegt direkt an der Passstraße. Wir müssen nur ein Stück zurückgehen.« Sie wandte sich dem Portier zu. »Haben Sie vielleicht noch zwei Einzelzimmer frei?«, wollte sie wissen.

Bevor der Mann antworten konnte, fasste Marc Edda am Arm und zog sie einige Schritte zur Seite, bis sie außer Hörweite des Portiers waren. »Wir müssen diesen Wolters sofort aufsuchen«, zischte er.

»Jetzt?« Edda zeigte auf die Uhr an der Rezeption. »Es ist fast halb drei. Wolters liegt mit Sicherheit im Bett. Und da will ich langsam auch mal hin. Ich bin hundemüde. Außerdem verstehe ich die Eile nicht. Wir können Wolters doch morgen Vormittag besuchen.«

Marc sah ihr prüfend ins Gesicht. Wer auch immer diese Betrügerin war, im Gegensatz zu den Entführern schien sie nicht unter Zeitdruck zu stehen. Verzweifelt suchte Marc nach einer Ausrede. »Wenn Sie mit Ihrer Theorie recht haben, befindet sich der Speer in der Kirche«, sagte er. »Vielleicht müssen wir wieder graben. Auf jeden Fall müssen wir den Speer unbemerkt rausschaffen. Und das können wir nur nachts. Wenn wir nicht diese Nacht reingehen, müssen wir bis morgen Nacht warten und verlieren einen Tag.«

Edda kratzte sich am Hinterkopf. »Aber wie wollen Sie jetzt in die Kirche reinkommen?«

»Zur Not müssen wir eben wieder Jörg anrufen. Für ihn dürfte das Schloss kein Problem sein.«

»Und was ist, wenn wir erwischt werden? Ich möchte nicht, dass Sie und Jörg das für mich riskieren.«

Marcs Gesicht war kalkweiß, als er sagte: »Das ist kein Problem, wirklich nicht. Aber wir müssen die Sache gleich durchziehen. Ich weiß nicht, ob ich morgen noch den Mut dazu habe. Außerdem, was ist, wenn noch jemand hinter dem Speer her ist und uns zuvorkommt?«

Edda musterte ihn zweifelnd, gab sich dann aber geschlagen. »Also gut«, sagte sie. »Versuchen wir es bei diesem Wolters.«

Sie verabschiedeten sich von dem Portier und erreichten schon zwei Minuten später die *Kaiser-Apotheke.* Marc richtete den Strahl der Taschenlampe auf das Schaufenster, in dem ein riesiges, etwa zweieinhalb mal ein Meter großes Poster hing, auf dem Kaiser Wilhelm II. fast in Lebensgröße abgebildet war.

Der Name Wolters stand neben dem obersten Klingelknopf.

»Wir versuchen es einfach«, beschloss Marc. »Mehr als davonjagen kann er uns nicht.«

Edda trat einen Schritt zurück ins Dunkel. Offensichtlich fühlte sie sich unbehaglich.

Marc drückte den Klingelknopf und wartete. Als sich nichts tat, versuchte er es noch einmal, bis er schließlich Sturm schellte.

Endlich sprang das Licht im Treppenhaus an, Sekunden später wurde die Haustür aufgeschlossen. In der Öffnung erschien ein Mann im Schlafanzug. Er war etwa siebzig Jahre alt, die weißen Haare seines Haarkranzes, der ihm noch verblieben war, standen wie elektrisiert von seinem Kopf ab.

»Was ist los, verdammt noch mal?«, herrschte er Marc an und musterte die späten Besucher misstrauisch.

»Entschuldigen Sie bitte die Störung«, setzte Marc an. »Mein Name ist Hagen, das ist Frau Wehking. Sind Sie Herr Wolters?«

»Was wollen Sie von mir?«, blaffte der Mann.

»Es handelt sich um einen Notfall«, erklärte Marc. »Es geht um die Widukind-Quelle von Bergkirchen. Uns wurde gesagt, Sie seien ein absoluter Experte auf dem Gebiet.«

Dies schien den Mann nicht zu besänftigen, denn sein Gesichtsausdruck wurde noch ungnädiger. »Deswegen klingeln

Sie mich mitten in der Nacht aus dem Bett? Hat das nicht Zeit bis morgen?«

»Leider nicht«, bedauerte Marc. »Morgen sind wir nicht mehr hier. Und es ist wirklich äußerst wichtig. Ich kann Ihnen das jetzt nicht näher erklären.«

Wolters stutzte einen Moment. Dann lachte er plötzlich laut auf. »Geschichte wiederholt sich also doch«, prustete er. »Das Gleiche ist dem früheren Besitzer dieses Hauses, dem Apotheker Dr. Siek, im Jahr 1898 auch schon passiert. Damals war der nächtliche Störenfried allerdings kein Tourist, sondern Kaiser Wilhelm II. persönlich.«

»Befindet sich deshalb ein Poster des Kaisers im Schaufenster der Apotheke?«, hakte Marc schnell nach, um den Mann bei Laune zu halten.

»Genau. Am 10. September 1898 fand in Hüllhorst ein Manöver statt. In der Nacht vor dem letzten Tag kam Kaiser Wilhelm II. mit seinem Gefolge an dieser Apotheke vorbei. Ihm fiel auf, dass vom Balkon dieses Hauses ein weiter Blick in das Werretal möglich ist. Und den wollte der Kaiser sich nicht entgehen lassen und hat um vier Uhr morgens Einlass begehrt.« Wolters lachte wieder und musterte Edda und Marc erneut. »Na, jetzt bin ich eh wach«, sagte er und seufzte. »Dann können Sie auch reinkommen.«

Sie folgten Wolters die Treppe hinauf in seine Wohnung im ersten Stock, wo der alte Mann sie in sein Wohnzimmer führte. »Etwas zu trinken?«, fragte Wolters.

Marc lehnte ab. »Um Gottes willen nein. Wir wollen Ihnen nicht noch mehr Umstände machen. Nur ein paar Fragen, dann sind wir auch schon wieder weg.«

Wolters nickte und setzte sich in einen Ohrensessel. »Also, was wollen Sie wissen?«

»Wir haben auf der Geschichtstafel oben an der Kirche gelesen, dass es in Bergkirchen ein heidnisches Quellheiligtum gegeben haben soll«, sagte Marc. »Können Sie uns sagen, ob es heute noch Spuren dieser Quelle gibt?«

»Eine seltsame Frage mitten in Nacht.« Wolters betrachtete seine Besucher. »Aber ich fürchte, auf eine Nachfrage würde ich jetzt ohnehin keine ehrliche Antwort bekommen. Also: Die heidnischen Sachsen und Germanen sahen Quellen als Tore zur Unterwelt an und haben sie daher als heilig verehrt. Auch hier hat sich ein solches Quellheiligtum befunden, über dem nach der Christianisierung der Sachsen die Nikolai-Kirche errichtet wurde. Die Sage sagt, die Quelle habe sich vor den Stufen des Altars befunden. Aber diese Quellkirche ist heute verschwunden.«

»Oh«, meinte Marc enttäuscht. »Und was ist mit der Kirche auf der Passhöhe?«

»Diese Kirche war dem Pankratius geweiht, während die Quellkirche eine kleine Nikolai-Kapelle war. Die Nikolai-Kapelle stand am Fuße des Weges, der vom Eingang der heutigen Kirche wegführt. Genau an der Stelle können Sie auch heute noch eine Quelle besichtigen.«

Edda und Marc bedankten sich überschwänglich und machten sich eilig auf den Weg. Vom Haupteingang der Kirche aus führte eine Treppe siebenundzwanzig Stufen nach unten. Die beiden stiegen vorsichtig hinab, während sie den Strahl der Taschenlampe über die vom Regen rutschigen Stufen wandern ließen.

Unten stießen sie auf eine brunnenartige Grotte, die von einer Laterne in ein fahles Licht getaucht wurde. Noch einmal sieben Stufen führten zur Quelle hinunter. Das Wasser trat aus einem eckigen Ausfluss aus und ergoss sich über ein kleines Podest in ein flaches, annähernd quadratisches Becken aus Sandstein.

Marc richtete seinen Blick nach oben. Die hohe Bruchsteinwand der Grotte, die die Quelle umgab, war mit Moos und Efeu überwuchert. Hier unten war man praktisch vom Rest der Welt abgeschieden und bis auf das beruhigende Glucksen der Quelle herrschte Stille.

Marc ließ den Strahl der Taschenlampe über die nahe Umgebung der Quelle gleiten, bis der Lichtkegel eine verwitterte Bronzetafel mit einer sprachlich etwas verunglückten Inschrift erfasste: *Der Sage nach schlug Wittekinds Ross diesen Born, als er um den Christenglauben rang. Gebirgsverein Bergkirchen 1963.*

Marc und Edda wechselten einen Blick. Sie hatten die Widukind-Quelle gefunden.

»Das Schicksal liegt im Ursprung«, wiederholte Marc den letzten Satz der Botschaften Günther Wehkings. »Also muss in dieser Quelle etwas zu finden sein.«

Er beleuchtete das nur wenige Zentimeter tiefe, kristallklare Wasser unterhalb des Quellaustritts. Im Schein der Lampe waren auf dem Grund zahlreiche Steine zu erkennen.

»Da!«, rief Marc und zeigte auf einen großen Stein. In die Oberfläche waren Runen eingeritzt. »Eine weitere Nachricht Ihres Vaters.«

»Ach, ich hatte gehofft, der Speer befindet sich hier!« Edda war enttäuscht. »Ich glaube langsam, es gibt diesen Speer überhaupt nicht. Wir finden immer nur Hinweise, die zu weiteren Hinweisen führen.«

Marc hob wortlos die Schultern. Er betete innerlich, dass die Nachricht endlich den von den Entführern gesuchten Code enthielt. Entschlossen zog er ein Blatt Papier und einen Kugelschreiber aus seinen Hosentaschen und begann, die Runen abzumalen.

»Es nützt alles nichts«, sagte er. »Lassen Sie uns diese Botschaft übersetzen.«

44

Johanna Glauers Absätze klackerten wie Kastagnetten über den italienischen Carrara-Marmor. Vor wenigen Minuten hatte sie der Leitende Kriminaldirektor angerufen und ihr mitgeteilt, es gebe eine neue Entwicklung.

Die Sherpa riss die Tür auf und fand in dem Raum dahinter Berger, Rübberdt und vier weitere BKA-Männer vor.

Sie wandte sich an Berger. »Was gibt es?«

»Dem Kapitän der *Möhnesee* ist die Flucht von dem Ausflugsdampfer gelungen. Er hat ausgesagt, er sei von mehreren Männern gezwungen worden, das Schiff an die Staumauer zu steuern. Die Entführer hätten eine Bombe an Bord gebracht und dabei handele es sich aller Wahrscheinlichkeit nach um eine Nuklearwaffe. Wir haben jetzt also eine unabhängige Bestätigung, dass der anonyme Anrufer die Wahrheit gesagt hat.«

Johanna Glauer setzte ein nachdenkliches Gesicht auf. »Kein Zweifel? Und warum lassen Sie das Schiff nicht stürmen?«

Berger schüttelte sofort den Kopf. »Für einen Zugriff haben wir zu wenig Informationen. Die Gefahr ist zu groß, dass die Terroristen die Bombe genau in dem Moment zünden, in dem wir das Schiff betreten.«

Glauer nickte langsam. »Gut, wir evakuieren. Informieren Sie bitte umgehend die nordrhein-westfälische Polizei. Die sollen für die Räumung der umliegenden Städte und Dörfer und auch der Camps der Gipfelgegner sorgen.«

»Was die Evakuierung der Gipfelgegner angeht, mache ich mir ein wenig Sorgen«, mischte sich ein BKA-Mann ein. »Insbesondere die Demonstranten, die die Zufahrten zum

Hotel blockieren, lachen uns doch aus, wenn wir denen erzählen, dass eine Atombombenexplosion droht. Die werden denken, das sei ein billiger Trick, um sie vom Zaum zu entfernen.«

Ein anderer BKA-Mann kicherte. »Müssen wir die Demonstranten überhaupt warnen?«, fragte er in die Runde. »Ich meine, dann hätte diese Bombe wenigstens etwas Gutes. Das Gesindel geht mir gewaltig …«

Berger brachte den Mann mit einem scharfen Blick zum Schweigen. Dann sagte er an Glauer gewandt: »Was sagen die Kanzlerin und der Hauptsherpa?«

»Die beiden sind, wie ich, hin- und hergerissen. Es steht halt eine Menge auf dem Spiel. Immerhin haben wir jetzt eine seriöse Bestätigung für eine konkrete Gefahr. Ich nehme die Evakuierung erst mal auf meine Kappe, bin mir aber sicher, dass die Kanzlerin und Dr. Redecker, wenn auch zähneknirschend, zustimmen werden.«

»Gibt es schon Reaktionen der anderen Teilnehmerstaaten?«, wollte Berger wissen.

»Ja, die Kanzlerin hat die mögliche Evakuierung zur Chefsache gemacht und mit allen Delegationen gesprochen. Sie hat sie von der Notwendigkeit überzeugt, den Gipfel unbedingt zu Ende zu bringen. Und die Kanzlerin kann – wie wir alle wissen – sehr überzeugend sein. Alle haben sich mit einer eventuellen Evakuierung in den Atombunker einverstanden erklärt. Der Secret Service wollte zwar, dass der amerikanische Präsident umgehend das Land verlässt, aber letztendlich hat die Politik gewonnen. Schließlich weiß niemand, ob die Bombendrohung nicht doch nur ein schlechter Scherz ist. Wenn der amerikanische Präsident als Einziger abreist, steht er vor seinem Land und der Welt als Feigling da. Sie sehen, es gibt gruppendynamische Prozesse, denen sich selbst ein Obama nicht entziehen kann. Auf jeden Fall ist eine vorübergehende Evakuierung in den Bunker für alle Seiten der beste Kompromiss.«

Berger musste innerlich grinsen. Auf einmal tat die Glauer so, als sei die Evakuierung von Anfang an ihre Idee gewesen. Dabei hatte sie noch vor wenigen Stunden die gegensätzliche Meinung vertreten. Berger atmete durch. Nun, ihm sollte es egal sein. Hauptsache, die Evakuierung kam endlich ins Rollen.

45

Da die Botschaft sehr kurz war, dauerte die Übersetzung im Licht einer Taschenlampe keine fünf Minuten.

www.ragnaroek.de
Denk an den Geburtstag deines Großvaters

»Bei der ersten Zeile handelt es sich offenbar um eine Internet-Adresse«, stellte Marc fest und schaute Edda an. »Aber warum sollen Sie an den Geburtstag Ihres Großvaters denken? Gab es da mal ein besonderes Ereignis?«

Edda schloss die Augen. »Nicht, dass ich wüsste«, verkündete sie schließlich. »Zumindest fällt mir im Moment nichts ein.«

Marc rieb sich das stoppelige Kinn und seufzte. »Dann wird uns nichts anderes übrig bleiben, als wie immer mit der Entschlüsselung der ersten Zeile zu beginnen. Und dazu brauchen wir einen Internetanschluss.«

Edda und Marc verließen Bergkirchen und fuhren langsam durch die dunkle Innenstadt von Bad Oeynhausen. In der Nähe des Bahnhofs fanden sie zwischen einem DVD-Verleih und einem Erotikfachmarkt einen bis in den frühen

Morgen geöffneten Automatenspielsalon mit dem hochstaplerischen Namen *Casino Royal* und angeschlossenem Internetcafé.

Sie betraten die abgedunkelte, fensterlose Spielhölle, in der unzählige Automaten blinkten und piepten. Sie setzten sich vor einen freien PC. Marcs Blick fiel auf die Monitoruhr: 3.31 Uhr.

Er gab *www.ragnaroek.de* ein und die Seite baute sich auf. Ein Eingabefenster erschien.

»Die Seite wird durch ein Passwort geschützt.« Marc zeigte auf den Bildschirm, wo der Cursor ungeduldig blinkte.

»Das wir nicht kennen«, ergänzte Edda.

»Ich vermute, das Passwort ergibt sich aus der zweiten Zeile der Nachricht«, erwiderte Marc. »Wann hatten Ihre Großväter Geburtstag?«

Eddas Blick verlor sich in unbestimmter Ferne. »Lassen Sie mich nachdenken. Also, der Vater meines Vaters wurde am 14.3.1908 geboren.«

Marc nickte langsam. Die Frau wirkte, als habe sie das Datum nicht erfunden. Aber woher kannte sie solche Details, wenn sie nicht Wehkings Tochter war?

Er gab die Ziffern ein und klickte auf die Okay-Taste. Nichts passierte.

»Das war offenbar das falsche Datum«, stöhnte Marc. »Wann ist Ihr anderer Großvater geboren?«

»Das weiß ich nicht«, gab Edda zurück. »Kennen Sie die Geburtstage aller Ihrer Großeltern?«

Marc biss sich unzufrieden auf die Lippen. Anscheinend war sie doch nicht so gut informiert. Auf jeden Fall lief ihm die Zeit davon. »Es wird in Ihrer Verwandtschaft doch irgendjemanden geben, den Sie anrufen und fragen können«, sagte er.

»Um halb vier Uhr nachts? Außerdem wüsste ich nicht,

wen. Meine Großeltern sind tot, meine Eltern sind tot. Meine Familie existiert nicht mehr.«

Marc zwang sich zur Ruhe. »Tut mir leid, ich wollte Sie nicht angreifen. Aber irgendwie müssen wir weiterkommen. Konzentrieren Sie sich, vielleicht erinnern Sie sich doch.«

»Ich kann noch hundert Jahre überlegen, ich weiß einfach …« Sie hielt inne. »Doch, jetzt fällt es mir wieder ein. Der Vater meiner Mutter ist am 22. Oktober geboren. Er und meine Mutter hatten zufällig am gleichen Tag Geburtstag.«

»Und welches Jahr?«

»Es muss um das Jahr 1915 herum gewesen sein. Am besten, Sie probieren alle Jahrgänge zwischen 1912 und 1918 aus.«

»Hoffentlich haben wir nicht nur eine bestimmte Anzahl Versuche für das richtige Passwort.«

Marc gab alle infrage kommenden Zahlenkombinationen ein, aber keine wurde als Zugang akzeptiert. Also probierte er es auch noch mit den Jahrgängen 1910 bis 1920, ohne Erfolg.

»Und nun?«

Edda zuckte mit den Schultern. »Mehr Großväter habe ich nicht.«

»Ich verstehe das nicht«, sagte Marc verzweifelt. »Irgendetwas übersehen wir.« Er erhob sich von dem verschlissenen Stuhl. »Ich muss mal aufs Klo. Sie können es ja weiter versuchen.«

Er ging in den versifften Toilettenraum und kehrte drei Minuten später zurück. Edda blickte wie gebannt auf den Bildschirm.

»Liebe Edda«, las Marc. Er starrte Edda an. Sie hatte es tatsächlich geschafft, die Seite zu öffnen.

»Wie haben Sie …?«

»Später«, schnitt sie ihm das Wort ab. »Lesen Sie!«
Und das tat Marc.

Liebe Edda,
wenn du dies liest, hast du sehr viele und sehr schwierige Aufgaben gelöst. Ich bin stolz auf dich, wusste aber immer, dass du es schaffen wirst. Und dass nur du es schaffen kannst.
Ich musste meine Nachrichten verschlüsseln, weil dieser Brief nur für dich bestimmt ist und niemals in die falschen Hände fallen darf. Wenn du ihn zu Ende gelesen hast, wirst du verstehen.
Du weißt, unser Verhältnis war in den letzten Jahren nicht das beste. Ich wollte dir noch so viel sagen, jetzt muss ich es auf diese Weise tun.
Ich bin seit Jahrzehnten Mitglied der Thule-Gesellschaft, genauso wie mein Vater Mitglied dieser Gesellschaft war. Thule ist der **Ursprung** *unserer arischen Rasse, das Symbol für Reinheit, Erhabenheit, Heldentum, für Ewigkeit und Trost, für Tod und Überwindung des Todes.*
Wundere dich nicht, dass du noch nie etwas über die Thule gehört hast. Unsere Gemeinschaft existiert im Verborgenen. Ihr einziges Ziel sind der Schutz der arischen Rasse und die Bekämpfung der Feinde unseres Volkes.
Ich hatte eigentlich gehofft, dich ebenfalls eines Tages für die Thule-Gesellschaft begeistern zu können. Unter anderem auch diesem Zweck dienten meine permanenten ›Vorlesungen‹, so musst du es wohl empfunden haben, über die Edda *und unsere zahlreichen Ausflüge zu den Denkmälern unserer Ahnen. Aber ich fürchte, ich habe es übertrieben und damit das genaue Gegenteil dessen bewirkt, was ich wollte. Deshalb erzähle ich dir jetzt auf diesem Wege das Wesentliche über die Thule-Gesellschaft.*

Der Führer der Thule-Gesellschaft heißt Richard von Sebottendorff, sein Tarnname innerhalb der Gesellschaft lautet Odin.
Odin hat mir vor über einem Jahr einen Auftrag erteilt: Ich sollte für die Thule eine Atombombe besorgen. Ich hoffe, du bist jetzt nicht geschockt, aber wir müssen uns bewaffnen, um unsere Feinde zu bekämpfen und unsere Rasse zu retten.
Der Auftrag zur Beschaffung der Bombe ging an mich, weil unser Unternehmen schon immer über hervorragende Kontakte in den Fernen Osten und insbesondere nach China verfügt hat. Ein Chinese hat mich mit jemandem in Nordkorea bekannt gemacht. Die Leute dort sind bitterarm und die Korruption blüht, gerade beim Militär. Natürlich bekommt man auch in Nordkorea eine Atombombe nicht umsonst, aber fünfzig Millionen US-Dollar verbunden mit der Zusicherung, die Flucht aus Nordkorea in den Westen zu organisieren, sind für diese Menschen einfach ein unwiderstehliches Angebot. Der Transport der Bombe nach Deutschland stellte keinerlei Problem dar. Wir haben sie als Maschinenteile deklariert und per Schiffsfracht nach Deutschland bringen lassen.
Die Thule plant, mit der Bombe einen Anschlag auf den G8-Gipfel am Möhnesee zu verüben. Die Gesellschaft ist zwar im Besitz der Bombe, aber das reicht nicht aus, um sie zu zünden. Alle Kernwaffen verfügen über codierte Verschlussvorrichtungen, ältere Kernwaffen über mechanische, neuere über elektronische. Und diese Verschlussvorrichtung muss erst geöffnet werden, bevor die Waffe scharf gemacht werden kann. Dieses Hindernis ist bei den neuen Modellen gar nicht, bei den älteren nur mit sehr großen Schwierigkeiten zu überwinden.
Die Bombe, die ich aus Nordkorea besorgt habe, verfügt

über einen elektronischen Sicherungscode, bestehend aus acht Ziffern. Wenn der Code dreimal falsch eingegeben wird, wird der Zündkreis des Zünders unterbrochen und gesperrt und der Zünder somit unbrauchbar. Deshalb hat auch der beste Hacker der Welt keine Möglichkeit, den Sicherungscode zu knacken. Und deshalb ist die Thule auf den Code angewiesen, wenn sie den Anschlag wie geplant durchführen will.
Diesen Code kennt nur ein Mensch: ich. Ich habe den Code nicht gleich an die Thule weitergegeben, weil die Geschäfte des Unternehmens deiner Mutter in den letzten Jahren nicht besonders gut liefen. Hinzu kam Mamas langsames Sterben. Darüber habe ich die Geschäfte vernachlässigt und es ging noch weiter bergab. Jetzt stehen wir kurz vor der Insolvenz. Nach meiner Schätzung benötigen wir zur Rettung des Unternehmens etwa acht Millionen Euro. Und dieses Geld wollte ich von der Thule, als Gegenleistung für den Code.
Ich habe für die Thule sehr viel geopfert. Und ich weiß, dass die Thule reich ist, sehr reich sogar. Sie kann die acht Millionen ohne Probleme bezahlen, lass dir von ihnen nichts anderes einreden.
Ruf die folgende Nummer an: 0221/684570. Wenn du dort niemanden erreichst, versuche es unter 0170/8585769.
Sag, dass du Thors Tochter bist, und verlange nach Odin. Teile ihm mit, dass du im Besitz des Codes bist. Doch, du kennst den Code. Du musst meine Botschaften nur richtig lesen und verstehen. Und da du es bis hierher geschafft hast, habe ich keinen Zweifel daran, dass es dir gelingen wird.
Sag Odin, wenn er den Code haben will, muss er dafür bezahlen. Acht Millionen Euro. Und er wird zahlen, denn er braucht den Code unbedingt. Aber du musst vorsichtig sein. Diese Menschen sind sehr, sehr gefährlich.

Die Tatsache, dass du diesen Brief liest, bedeutet, dass die Thule mich erwischt hat und ich tot bin. Du bist die letzte Überlebende unserer Familie und ganz auf dich allein gestellt.
Mach es gut, meine Kleine. Es gäbe noch so viel zu sagen, aber der Platz reicht nicht. Ich verspreche dir, dies eines Tages nachzuholen. Ich bin mir sicher, dass wir uns in einem anderen Leben und an einem anderen Ort wiedertreffen werden.
Und dieser Ort wird, das ist meine feste Überzeugung, Walhall sein.
Lebe wohl, Edda!
Dein Vater

»Die Thule-Gesellschaft!«, stieß Marc hervor. »Ich dachte, die gibt es seit Ewigkeiten nicht mehr.«

Edda sah ihn mit großen Augen an. »Sie haben schon mal von dieser Gesellschaft gehört?«

Marc nickte. »Die Thule-Gesellschaft war ein rechtsextremer Verein, der kurz nach Ende des Ersten Weltkrieges in München gegründet worden ist.«

»Wieso wissen Sie das? Sie sind doch Jurist und kein Historiker«, wunderte sich Edda.

»Stimmt. Aber ich hatte mal vor, eine Doktorarbeit über sogenannte Sondergerichte zu schreiben. Aus der Promotion ist nichts geworden, aber ich habe einen Teil davon, der sich mit den Bayrischen Volksgerichten befasst hat, in einer juristischen Fachzeitschrift veröffentlicht. Ich habe mich mit der Frage beschäftigt, ob diese Volksgerichte mit der Weimarer Verfassung vereinbar waren. Der spektakulärste Prozess der Volksgerichte war das Hochverratsverfahren gegen Hitler und Ludendorff nach dem gescheiterten Putschversuch in München im November 1923.«

»Und was haben diese Volksgerichte mit der Thule-Gesellschaft zu tun?«

»Die Thule-Gesellschaft hat im Jahr 1919 gegen die kommunistische Münchner Räterepublik gekämpft«, erklärte Marc. »Im Laufe dieses Kampfes sind sieben Thule-Mitglieder im Keller des Münchner Luitpold-Gymnasiums von den Kommunisten erschossen worden. Der Prozess gegen die Täter fand im September 1919 vor dem Volksgericht München statt. Vorsitzender der Thule war damals ein Rudolf von Sebottendorff. Der Typ war vollkommen durchgeknallt, aber auch ein hochinteressanter Charakter. Ich habe damals einiges über ihn gelesen: ein fanatischer Antisemit, Abenteurer, Okkultist und Esoteriker. Er hat eine wüste Geschichte erfunden, was seine Herkunft angeht. Rudolf von Sebottendorff war nicht sein richtiger Name. Seinen Geburtsnamen weiß ich allerdings nicht mehr.«

Edda nickte langsam. »Auf jeden Fall haben wir uns die ganze Zeit geirrt«, sagte sie. »Es geht überhaupt nicht um den Speer des Schicksals. Es geht um einen Code für eine Atombombe. Und ich soll im Besitz dieses Codes sein. Aber ich weiß nichts davon.«

»Doch, Sie kennen den Code«, insistierte Marc. »Ich bin mir ziemlich sicher, dass er der zweiten Zeile der letzten Nachricht Ihres Vaters zu entnehmen ist. Der Code besteht aus acht Ziffern, genau wie ein Geburtsdatum. Das richtige Geburtsdatum ist also nicht nur das Passwort für die Internetseite, es ist auch der Code für die Bombe. Was haben Sie eingegeben?«

»Ist das nicht eigentlich egal?«, gab Edda zurück. »Diese Thule-Gesellschaft plant einen Anschlag auf den G8-Gipfel. Wir müssen sofort die Polizei anrufen.«

Marc konnte sich nicht länger zurückhalten. Er packte Edda an den Schultern und rüttelte sie durch. »Nein, das müssen wir nicht!«, schrie er Edda an. »Ich brauche den Code. Sofort! Sagen Sie ihn mir!«

»Aber …«

»Sofort!«

Edda starrte ihn entsetzt an.

Marc ließ sie los und atmete tief durch. »Tut mir leid, dass ich Sie so angebrüllt habe«, seufzte er. »Aber ich bin jetzt seit zwanzig Stunden auf den Beinen, um mit Ihnen dieses Rätsel zu lösen. Und ich glaube, ich habe einen gewissen Anteil daran, dass wir so weit gekommen sind. Meinen Sie nicht, dass ich jetzt auch einen Anspruch darauf habe, den richtigen Code zu erfahren?«

Edda wirkte immer noch schockiert. Doch dann entspannte sich ihr Gesicht und sie sagte: »Sie haben recht. Entschuldigen Sie. Mir ist eingefallen, dass der Vater meines Vaters eine neue Identität angenommen hatte. Und dazu hatte er sich natürlich auch ein neues Geburtsdatum zugelegt: den 24.11.1909. Mit diesen Ziffern konnte ich die Seite dann öffnen.«

Marc nickte erleichtert. Er zog sein Handy aus der Tasche und wählte Melanies Nummer.

»Hagen hier«, sagte er. »Ich habe den Code.«

Er spürte Eddas verwirrten Blick und wandte sich zur Seite, um ihr nicht in die Augen sehen zu müssen.

»Was geht hier vor?«, rief Edda.

Marc winkte ungeduldig ab. »Ich kann Ihnen das jetzt nicht erklären.« Dann konzentrierte er sich wieder auf sein Telefonat. »Also, der Code lautet: 24111909. Und jetzt lassen Sie bitte … Hallo, *hallo?*« Die Verbindung war unterbrochen, er drückte die rote Taste.

Edda war fassungslos. »Sie haben soeben nicht nur meinen Vater, Ihren Mandanten, verraten«, sagte sie mit Verachtung in der Stimme, »Sie haben auch mich verraten.«

Marc schnaubte. »Das müssen ausgerechnet Sie mir vorwerfen? *Sie* haben mich doch von Anfang an belogen. Ich weiß zwar nicht, wer Sie sind, aber ich weiß mit Sicherheit, wer Sie *nicht* sind: Günther Wehkings Tochter! Auch wenn Sie offenbar sehr gut über die Familie Wehking informiert sind.«

Edda blieb der Mund offen stehen. »Ach, ich bin nicht Günther Wehkings Tochter? Verraten Sie mir auch, woher Sie das wissen?«

»Gerne. Die Polizei hat mir ein Foto von Günther Wehking mit seiner Tochter gezeigt. Und diese Frau waren nicht Sie!«

»Das ist ja läch…«

Edda unterbrach sich, denn ein Mann trat auf sie zu. Ein Mann mit einem auffälligen Feuermal im Gesicht.

Er grüßte nicht, sagte nur: »Der Code, den Sie uns gegeben haben, ist falsch.«

Marc schüttelte ungläubig den Kopf. »Das kann nicht sein! Ich habe alles getan, was Sie wollten. Bitte lassen Sie Melanie und Lizzy frei! Die beiden …«

Der Mann hatte eine Hand in seine Jackentasche gesteckt. Als er sie wieder herauszog, hielt er eine Pistole in der Hand. »Sie werden jetzt mitkommen«, sagte er ganz ruhig. »Beide!«

46

Edda und Marc wurden zu einem parkenden Ford dirigiert, wo zwei weitere Männer auf sie warteten. Die fesselten ihre Hände mit weißen Plastikbändern auf dem Rücken zusammen, anschließend bedeutete ihnen der Mann mit dem Feuermal mit einem Schwenk seiner Waffe, sich in den Kofferraum zu legen.

Marc bemerkte die Panik in Eddas Blick, doch ihnen blieb nichts anderes übrig, als sich in das enge Heck des Wagens zu zwängen. Der Kofferraumdeckel wurde zugeschlagen und gleich darauf setzte sich der Ford in Bewegung.

Marc verlor jegliches Zeitgefühl. Als sie wieder anhielten, schätzte er die Dauer der Fahrt auf etwa zwanzig Minuten, während Edda eher auf eine Stunde tippte. Wahrscheinlich lag die Wahrheit irgendwo in der Mitte.

Edda und Marc wurden die Augen verbunden, dann aus dem Kofferraum gezerrt. Unter der Binde hindurch konnte Marc erkennen, dass sie zuerst über einen kopfsteingepflasterten Platz und anschließend durch einen langen Gang mit glattem Betonboden geführt wurden. Nachdem sie mehrere Stufen hinabgestiegen waren, wurde eine Tür geöffnet und Marc musste sich auf einen Stuhl setzen. Seine Beine wurden mit Isolierband in Knöchelhöhe an den Stuhlbeinen befestigt, seine Hände blieben auf dem Rücken gefesselt. Schließlich wurde ihm die Augenbinde abgenommen und die Männer verließen den Raum.

Marc blinzelte. Sie befanden sich in einem fensterlosen, etwa zweieinhalb Meter hohen Kellergewölbe mit halbrunder Decke. Die Wand bestand aus nacktem Stein, mehrere Fackeln in Wandhaltern sorgten für ein schummriges Licht und warfen unheimliche Schatten. Edda saß neben Marc und war in der gleichen Weise wie er an einen Stuhl gefesselt.

Marc sah zur anderen Seite und im gleichen Augenblick brach ihm der Schweiß aus: In dieser Ecke des Raumes stand eine mittelalterliche Streckbank. Und daneben etwas, was an einen großen Gartengrill erinnerte: ein viereckiger Kasten aus Eisen, der mit Kohle gefüllt war und über dem ein Rost befestigt war.

Marc spürte, dass die Angst von seinem Körper vollkommen Besitz ergriff. Er konnte sich beim besten Willen nicht vorstellen, dass diese Gerätschaften dem Grillen von Würstchen oder Steaks dienten.

»Mein Gott«, stammelte Edda. »Was haben diese Leute vor?«

»Ich fürchte, dieser Richard von Sebottendorff und die Thule-Gesellschaft sind davon überzeugt, von uns den Code erfahren zu können.« Marc schluckte. »Mit allen Mitteln. Richard von Sebottendorff«, wiederholte er nachdenklich. »Ich vermute, der Mann nennt sich so als Reminiszenz an den Gründer der Thule-Gesellschaft oder er ist auf irgendeine Weise mit ihm verwandt.«

»Mein Vater«, bestätigte eine sonore Stimme und ein großer silberhaariger Mann sowie zwei weitere Männer traten in Marcs Blickfeld.

»Richard von Sebottendorff«, stellte sich der silberhaarige Mann mit einer leichten Verbeugung vor. Dann deutete er mit dem Kinn auf den Mann mit dem Feuermal. »Hugin kennen Sie ja schon. Und das«, von Sebottendorff wandte sich seinem zweiten Begleiter zu, »ist Tyr alias Prof. Dr. Johannes Vogler, Facharzt für Chirurgie.«

Marc stellten sich die Nackenhaare auf. Das sah nicht gut aus. Gar nicht gut. Die Tatsache, dass diese Männer sich so offen und ungetarnt vor sie stellten und sogar ihre Namen verrieten, ließ für Eddas und seine Zukunft nicht viel erwarten. Hier kommen wir nicht lebend raus, davon war er überzeugt.

Von Sebottendorff richtete seine Aufmerksamkeit auf Edda. »Sie sind also Günther Wehkings älteste Tochter«, stellte er dann fest.

»Ich bin seine einzige Tochter«, korrigierte Edda. »Mein Vater hatte nur ein Kind.«

Von Sebottendorff lächelte nachsichtig. »Ja, das sollten Sie glauben. Leider hat Ihr Vater Ihnen nicht die Wahrheit gesagt. Aber er war halt ein notorischer Lügner. Ich hätte gleich wissen müssen, dass man einem Menschen, der seine Familie jahrelang betrogen hat, nicht trauen darf.«

Eddas Augen verengten sich. »Das verstehe ich nicht.«

»Nun, Ihr Vater hatte seit Jahrzehnten eine zweite Familie, die er vor Ihrer Mutter und vor Ihnen geheim gehalten hat. Die Ehe Ihrer Eltern war nicht besonders gut, egal, was Ihr Vater Ihnen erzählt hat. Deshalb hat er sich eine Art Nebenfrau gesucht und mit ihr eine Zweitfamilie gegründet. Sie haben einen Halbbruder, der heute fünfundzwanzig Jahre alt ist, und eine zweiundzwanzigjährige Halbschwester.«

»Das ist ja lächerlich!«

»Glauben Sie es ruhig. Ihr Vater hat Ihre Mutter nie geliebt, war aber von ihr finanziell abhängig. So kam es zu seiner zweiten Existenz.« Von Sebottendorffs Mund verzog sich zu einem bösen Grinsen. »Man könnte sagen, Ihr Großvater war seinem Sohn auch in dieser Hinsicht ein Vorbild.«

»Warum hat mein Vater seine Botschaften dann mir zukommen lassen und nicht einem seiner beiden anderen Kinder, wenn er seine ›Zweitfamilie‹ mehr geliebt hat?«

Von Sebottendorff hob die Schultern. »Ich weiß es nicht. Vielleicht hatte er Ihnen gegenüber ein schlechtes Gewissen. Außerdem hat er sich mit seinen beiden anderen Kindern auch nicht besonders gut verstanden, während es mit Ihnen zumindest in den letzten Jahren wieder zu einer Annäherung gekommen ist. Ich erzähle Ihnen das sowieso nur deshalb, um Ihnen klarzumachen, dass Ihr Vater keinen Schutz verdient. Sie verraten Ihren Vater nicht, wenn Sie uns den Code nennen. Der einzige Verräter ist Ihr Vater. Er hat sowohl uns als auch Sie getäuscht. Also: Wie lautet der Code?«

Edda schüttelte den Kopf. »Ich kenne den Code nicht«, sagte sie.

Von Sebottendorff seufzte und wandte sich an Marc.

»Und Sie sind also der Anwalt. Frau Wehking hatte enormes Glück, an Sie geraten zu sein. Nicht jeder verfügt über das Wissen, Botschaften zu entschlüsseln, wie sie Günther Wehking hinterlassen hat.«

Marc warf Edda einen Blick zu. Er hätte sich gerne bei ihr entschuldigt, dass er sie zu Unrecht verdächtigt hatte, nicht Günther Wehkings Tochter zu sein.

»Wie sieht es aus, Herr Hagen?«, fuhr von Sebottendorff fort. »Sind *Sie* bereit, uns den Code zu nennen?«

Marc versuchte zu lächeln, brachte aber nur eine schiefe Grimasse zustande. »Nichts würde ich lieber tun. Aber das Problem ist: Ich kenne den Code ebenfalls nicht.«

Von Sebottendorff musterte ihn. »Falls Sie den Code tatsächlich nicht kennen, sollten Sie sich Mühe geben, ihn in Erfahrung zu bringen. Um Punkt 5.39 Uhr geht über dem Möhnesee die Sonne auf. Bis dahin brauchen wir den Code. Um ihn zu erfahren, ist uns jedes Mittel recht.« Er warf einen bezeichnenden Blick durch den Raum.

Marc lief ein eiskalter Schauer über den Rücken. Er musste diesen Irren irgendwie am Reden halten. Je länger sie redeten, desto mehr Zeit gab es, Edda und ihn zu finden. Aber wer sollte sie finden? Niemand wusste, dass sie hier waren. Und noch schlimmer: Niemand vermisste sie! Aber vielleicht geschah ein Wunder und sie konnten sich irgendwie selbst befreien. Natürlich, das war das Einzige, worauf Marc im Augenblick noch hoffen konnte: ein Wunder.

»Warum sollten wir klüger sein als Sie?«, fragte Marc. »Ich nehme an, dieser Herr«, er nickte in Richtung Hugin, »hat Ihnen von der Internetseite mit der letzten Botschaft von Frau Wehkings Vater erzählt. Und ich vermute, seine anderen Botschaften sind Ihnen auch bekannt.«

Von Sebottendorff nickte. »Natürlich. Es war ein großer Glücksfall, dass Frau Wehking heute Morgen ausgerechnet

Professor Zeidler um Hilfe gebeten hat. Zeidler gehört der Thule seit Jahrzehnten an. Wir haben Zeidler angewiesen, Sie und Frau Wehking auf jede nur erdenkliche Weise zu unterstützen. Uns war klar, dass der alte Wehking Hinweise gegeben hatte, die nur seine Tochter verstehen konnte. Deshalb haben wir Sie auch ungestört suchen lassen.«

»Auf jeden Fall brauchen Sie uns jetzt nicht mehr, um den Code herauszubekommen«, stellte Marc fest. »Sie wissen genauso viel wie wir. Wahrscheinlich sind Sie sogar eher in der Lage, die Nachrichten zu entschlüsseln. Schließlich haben wir die Botschaften von Anfang an falsch verstanden. Wir dachten, wir suchen nach dem Speer des Schicksals.«

Von Sebottendorff lachte wiehernd. »Ja, das hat Zeidler erzählt. Wie konnte das nur passieren?«, fragte er Edda. »Sie hatten sich doch endlose Vorträge über das Relief bei den Externsteinen anhören müssen.«

»Ich war damals erst dreizehn oder vierzehn Jahre alt«, erwiderte Edda. »Mich hat das alles nicht interessiert.«

»Was haben wir eigentlich falsch verstanden?«, wollte Marc wissen, froh, dass sich von Sebottendorff in eine Diskussion verwickeln ließ. »Das Kreuzabnahmerelief stellt die Szene 19,38 aus dem Johannes-Evangelium dar. Von dort sind wir, wie angegeben, vier Schritte zurück, zur Szene 19,34 gegangen, in der Longinus Christus den Speer in die Seite sticht.«

»Und deshalb dachten Sie, Sie suchen den Speer des Schicksals?« Von Sebottendorff wirkte immer noch belustigt. »Nein, das war natürlich ein Hinweis auf Odins Runenopfer, von dem im *Havamal,* dem Hohen Lied der *Edda,* berichtet wird. Odin sagt dort: ›Ich weiß, dass ich hing am windbewegten Baum, neun Nächte hindurch, *verwundet vom Speer,* geweiht dem Odin, ich selber mir selbst, an dem mächtigen Baum, von dem Menschen nicht wissen, aus welchen Wurzeln er wuchs. Man bot mir kein Horn noch Brot zur Labung.‹ Sehen Sie die Ähnlichkeit zwischen Odins Runenopfer und der Kreuzigung des Christengottes? Odin hängt an Yggdrasil wie Christus am Kreuzesbaum. Beide leiden an Hunger, Durst, Kälte und Schmerzen, beide sind vom Speer durchbohrt, beide opfern sich: Odin opfert sich dem Odin, er opfert sich selbst ihm selbst. Jesus opferte sich Gott, dem Vater, mit dem er eins war. Lesen Sie das Johannes-Evangelium 10,30: ›Der Vater und ich sind untrennbar eins.‹ Erst durch dieses Opfer wurde das Kreuz für die Christen zum Sinnbild der Welt, genauso wie durch Odins Runenopfer Yggdrasil und die Irminsul für uns Germanen zum Symbol der Welt wurde.«

Der Mann hatte sich in einen fast ekstatischen Zustand geredet. Marc registrierte mit einer Mischung aus Faszination und Abscheu die fiebrig glänzenden Augen von Sebottendorffs. Der Mann war wahnsinnig, kein Zweifel. Aber solange er redete, war er nicht unmittelbar gefährlich.

»Woher hätten wir das alles wissen sollen?«, fragte Marc.

»Sie meinen abgesehen davon, dass Wehking seiner Tochter diese Geschichte in ihrer Jugend tausendmal erzählt hat? Nun, Sie hätten Wehkings Anweisungen richtig lesen müssen! Schon der erste Satz sagt doch alles: ›Die Irminsul weist dir den Weg!‹ Die Irminsul, das Symbol des Weltenbaums Yggdrasil, nicht das Kreuz. ›Die alte Schrift wird dir helfen!‹ Warum, glauben Sie, hat Wehking einen Großteil seiner Nachrichten in Runenschrift verfasst? Das war natürlich ein weiterer Hinweis auf Odin, der durch sein freiwilliges Opfer am Weltenbaum das Geheimnis der Runen entdeckt hat. Zeidler hat erzählt, dass er Ihnen das gesagt hat. Aber Sie waren so auf den Speer des Schicksals fixiert, dass Sie nicht hinhörten. Dabei ging es um ein ganz anderes Schicksal. Nämlich unser aller Schicksal, das Schicksal unserer Rasse in der neunten Nacht, wenn Odin vom Weltenbaum steigt und unser aller Not tilgt. Und deshalb brauchen wir den Code noch in dieser Nacht!«

Von Sebottendorff lachte erneut laut auf. »Obwohl, bei näherem Nachdenken passt es doch ganz gut: der Speer des Schicksals, die Waffe, mit der man angeblich das Schicksal der Welt in der Hand hält. Und Frau Wehkings Vater hat uns diese Waffe besorgt, damit wir damit unser Schicksal erfüllen können. Aber dann hat er uns verraten und erpresst. Denn das war Ihr Vater in Wahrheit, wie wir leider zu spät erkannt haben: ein mieser kleiner Erpresser. Er wollte uns den Code nur gegen Zahlung einer Summe von acht Millionen Euro geben. Das konnten wir natürlich nicht hinnehmen. Nicht, dass wir das Geld nicht hätten. Aber in unserer Gemeinschaft dulden wir keinen Verrat. Der Code gehört uns, wir haben bereits dafür bezahlt. Und deshalb müssen Sie uns den Code geben. Für Sie ist er ohne Bedeutung, für uns und unsere Aufgabe ist er existenziell wichtig.«

»Ja«, warf Edda ein. »Sie brauchen ihn, um eine Atombombe zu zünden! Sie sind völlig verrückt! Selbst wenn ich ihn wüsste, würde ich Ihnen den Code nicht verraten.«

Von Sebottendorffs Gesichtsausdruck wurde betrübt. »Ihre Einstellung ist bedauerlich. Sogar sehr bedauerlich. Dann müssen wir halt zu anderen Methoden greifen.«

Marc überfiel erneut die Panik: »Sie wollen uns foltern«, rief er entsetzt. »Genauso wie Sie Frau Wehkings Vater gefoltert haben.«

Marc spürte, dass Edda ihn anstarrte. Er hatte ihr die Folterspuren an den Händen ihres Vaters bisher verschwiegen.

Von Sebottendorff schüttelte langsam den Kopf. »Folter ist so ein hässliches Wort«, sagte er. »Wir bevorzugen den Ausdruck peinliche Befragung.«

»Was auf dasselbe hinausläuft. Sie quälen Menschen so lange, bis sie Ihnen alles sagen, was Sie wissen wollen.«

»Aber, aber, Herr Hagen.« Von Sebottendorff schnalzte tadelnd mit der Zunge. »Wir sind doch keine Barbaren! Im Gegenteil. Ich bin Jurist, genau wie Sie. Aber wir müssen die Wahrheit erfahren! Dazu gibt es keine Alternative. Und deshalb müssen wir Sie befragen! *Gründlich* befragen. Aber bei uns wird niemand gequält. Wir halten uns bei unseren Verhören exakt an die Grundsätze der Peinlichen Gerichtsordnung Kaiser Karls V. aus dem Jahr 1532. Wie Sie ja sicherlich wissen, gilt die *Carolina* als erstes allgemeines deutsches Strafgesetzbuch und als erste allgemeine Strafprozessordnung und war in ganz Deutschland anerkannt.«

Marc konnte kaum glauben, was er da hörte. »Wir sind nicht mehr im 16. Jahrhundert«, presste er hervor.

Von Sebottendorff lächelte böse. »Da muss ich entschieden widersprechen. Schauen Sie sich um. Wir befinden uns in einer Burg aus dem 16. Jahrhundert. Und dieser Raum wurde schon immer zu peinlichen Befragungen genutzt. Alle erforderlichen Gerätschaften sind noch vorhanden. Da wäre es doch schade, wenn wir die günstigen Umstände nicht nützen würden, meinen Sie nicht?«

Marc zog es vor, nichts mehr zu sagen, und von Sebottendorff atmete tief ein. »Ich fürchte, dass uns nichts anderes übrig bleibt, als mit dem Prozedere zu beginnen. Aber wie gesagt: Es soll alles seine Ordnung haben und streng nach den Grundsätzen der *Carolina* ablaufen. Danach stellt die erste Stufe des Verhörs immer die gütliche Befragung dar. Und deshalb frage ich Sie jetzt ein letztes Mal und mahne Sie ausdrücklich, Ihr halsstarriges und verstocktes Leugnen aufzugeben. Früher oder später werden Sie ja doch reden. *Alle* reden.«

Marc nahm seinen wenigen noch vorhandenen Mut zusammen. »Frau Wehkings Vater offenbar nicht.«

Von Sebottendorffs Gesicht verdunkelte sich für einen

Moment. »Ja, leider hat jemand bei seiner Befragung nicht aufgepasst und zugelassen, dass er entkommen konnte.« Er warf Hugin einen bezeichnenden Blick zu. »Aber eine derartige Flucht wird es nicht noch einmal geben. Niemand wird Ihnen helfen. Also: Wie lautet der Code? Meine Geduld geht zu Ende.«

Edda schüttelte den Kopf. »Ich habe Ihnen alles gesagt, was ich weiß.«

Von Sebottendorff richtete seinen Blick auf Marc.

»Ich weiß nichts«, schrie der.

»Nun, dann müssen wir zur nächsten Stufe des Verhörs, der Territion, übergehen.«

Von Sebottendorff wandte sich an seinen Gehilfen. »Hugin, wir beginnen mit der Schreckung.«

Der Führer der Thule sprach ganz normal, als hätte er diese Anweisung schon viele Male gegeben. Diese Erkenntnis schockierte Marc mehr als alles Bisherige.

Hugin rollte einen Tisch heran und schlug das Tuch zur Seite, das darauf ausgebreitet war. Auf dem Tisch wurden verschiedene Gegenstände aus Metall sichtbar, die Marc an das Operationsbesteck eines Chirurgen erinnerten: Zangen, Sägen, Bohrer, Messer, Skalpelle und Werkzeuge, von denen Marc sich nur in seinen schlimmsten Albträumen vorstellen konnte, wozu sie dienen mochten oder bereits gedient hatten.

Von Sebottendorff griff nach einem Gegenstand, der wie eine Saftpresse aussah.

»Zur Stufe der Verbalterrition gehört, dass ich Ihnen die Folterwerkzeuge zeige und ihre Funktionsweise erkläre«, sagte er. »Im ersten Foltergrad setzen wir die Daumenschraube ein.« Er hielt Marc das Furcht einflößende Objekt vor die Augen. »Eine Daumenschraube funktioniert so: Ihre Daumen oder ein anderer Finger werden in diese Zwinge gespannt und deren Gewinde durch miteinander verbundene

Backen zusammengezogen. Dann werden die Schrauben immer weiter gedreht und die Metallplatten dadurch aneinandergepresst.«

Er drehte sich um. »Tyr, du als Arzt kannst den beiden sicherlich besser erklären, was dies zur Folge hat.«

Der Angesprochene nickte freundlich. »Gern. Der Prozess, den Odin eben beschrieben hat, ist natürlich äußerst schmerzhaft und nicht selten mit Frakturen verbunden, welche bleibende Schäden an der Hand verursachen können. Wenn das noch nicht ausreichen sollte, machen wir mit den Fußzehen weiter. Mit jedem einzelnen.«

Marc schluckte schwer. Diese Verrückten meinten es zweifelsohne ernst.

»Wenn die gelinde Folter bei Ihnen nicht fruchten sollte, gehen wir zur zweiten Stufe über, auch mäßige oder gebührende Folter genannt.« Von Sebottendorff zeigte auf die Streckbank. »Ihre Füße werden auf der Bank fixiert, am anderen Ende werden Ihre Arme in einer Schlinge gefesselt und langsam immer weiter angezogen, bis Ihr Körper extrem gestreckt ist.« Er wandte sich zur Seite. »Tyr?«

Der Arzt nahm den Faden auf: »Dieser Vorgang führt zu einer extrem schmerzhaften Überdehnung der Muskeln und des Nervengeflechts der Arme, zu einer Störung der Blutversorgung durch eine Verrenkung der Armarterien, zu einer Verrenkung von Hand- und Schultergelenken sowie zu einer extremen Belastung der Sehnen, Sehnenscheiden und Gelenkkapseln. Manchmal werden die Knochen auch aus den Gelenken gelöst. Man kann die Schmerzhaftigkeit in etwa mit dem Abschlagen beider Hände vergleichen.«

Von Sebottendorff nickte zustimmend. »Falls das immer noch nicht reichen sollte, müssten wir zur dritten Stufe übergehen«, sagte er und zeigte auf den ›Grill‹. »Der scharfen Folter. Es käme dann zur Anwendung von Hitze und offenem Feuer. Allerdings mussten wir die dritte Stufe bisher noch nie anwenden. Alle haben vorher geredet.«

Marc fuhr erneut ein Schauer über den Rücken. *Alle!*

Odin plauderte weiter. »Die dritte Stufe besteht im Anhalten von brennenden Fackeln, Talglichtern, Kerzenbündeln oder Schwefelpflastern. Außerdem können wir Ihnen heiße Eier unter die Achseln klemmen oder glühende Kienspäne unter die Fingernägel treiben. Ich denke, Tyr muss Ihnen nicht näher erklären, welche Auswirkungen das hätte.« Er hielt einen Moment inne, um seine Worte wirken zu lassen. »Aber das war bisher, wie gesagt, noch nie erforderlich. Falls es doch so weit kommen sollte und Sie danach immer noch schweigen, werden wir Sie selbstverständlich gehen lassen, denn eine noch schärfere Form der Folter ist nach der *Carolina* nicht zulässig und wir halten uns streng an die Gesetze. Wie sieht es aus? Werden Sie mir jetzt endlich den Code verraten? Die Zeit wird knapp!«

Edda sah dem Mann in die Augen. »Wie oft soll ich es Ihnen noch sagen: Ich kenne den Code nicht!«

Von Sebottendorff lächelte. »Sie sind erstaunlich hartnäckig. Und mutig. Genau wie Ihr Vater. Muss an den Genen liegen.« Er wandte sich Marc zu. »Herr Hagen?«

Der wiederholte verzweifelt: »Ich kenne den Code ebenfalls nicht!«

»Aber ich bin mir sicher, dass Sie auf den Code kommen könnten, wenn Sie nur richtig nachdenken«, insistierte Odin. »Der Code muss irgendwo in den Nachrichten von Frau Wehkings Vater versteckt sein. Und Sie haben es geschafft, diese Botschaften zu entschlüsseln.«

»Dabei bin ich nicht mit Folter bedroht worden. Ich glaube kaum, dass mir das hilft, einen klaren Gedanken zu fassen.«

Von Sebottendorff stutzte. »Da ist etwas dran«, sagte er schließlich. »Andererseits glaube ich nicht, dass Sie sich richtig anstrengen, wenn Sie keinen ausreichenden Anreiz haben.« Er flüsterte Hugin etwas zu. Der nickte und verließ den Raum.

»Wir können gleich fortfahren«, lächelte von Sebottendorff.

47

In Marcs Kopf schossen die Gedanken wild durcheinander. Was hatte der Irre vor?

Zwei Minuten später hörte Marc in seinem Rücken das Knarzen der Tür und von Sebottendorff sagte: »Frau Schubert, schön, dass Sie uns Gesellschaft leisten.«

Marc wollte es nicht wahrhaben, doch nun gerieten sie in sein Blickfeld.

Hugin hatte seinen rechten Arm fast fürsorglich um die Schulter einer jungen Frau gelegt: Melanie.

Um Marc herum schien sich alles zu verengen. Das konnte doch alles nicht wahr sein! Bitte nicht!

Als Melanie Marc erkannte, stutzte sie einen Moment, dann trat ein flehender Ausdruck in ihr Gesicht. Ihr Mund formte Worte, aber kein Laut kam heraus. Marc hatte das Gefühl, als setzte sein Herz aus. Ihn überrollte eine Welle der Wut und der Verzweiflung. Wie wild zerrte er an seinen Fesseln, die sich dadurch nur noch fester um seine Handgelenke schlossen.

»Ich sehe, die Dame ist Ihnen bekannt«, bemerkte von Sebottendorff. »Frau Schuberts Tochter, Lizzy heißt sie, glaube ich, ist übrigens ebenfalls hier, ganz in der Nähe. Aber ich denke nicht, dass es vorerst nötig sein wird, sie in diese Sache zu verwickeln. Aber auch das hängt ganz allein von Ihnen ab.«

Von Sebottendorff gab Hugin ein Zeichen. Der begann umgehend, Melanie auf einen Stuhl zu fesseln.

Melanie zitterte und bebte am ganzen Körper, ihre Augen waren schreckgeweitet, aber sie sagte nicht ein einziges Wort. Nur von diesen flehenden Blicken ließ sie nicht ab, die Marc fast wahnsinnig machten. Er fühlte sich so hilflos wie noch nie zuvor in seinem Leben.

Der Chirurg beugte sich über Melanie und untersuchte sie, indem er ihren Körper abtastete und ihr in Mund und Augen schaute. Nach wenigen Sekunden verkündete er: »Kein Defectus judicii und intellectus, kein corporis debilitas.«

»Sie haben es gehört«, sagte von Sebottendorff. »Kein offensichtlicher Mangel an Verstand, keine Leibesschwäche. Damit ist die Folter grundsätzlich zulässig.« Er wandte sich seinem anderen Helfer zu. »Hugin?«

Der nahm die Daumenschraube von dem silbernen Tablett und legte Melanie das Folterinstrument mit geübtem Griff an. Melanie verzerrte vor Schmerzen das Gesicht, blieb aber weiterhin stumm. Offenbar war sie es durch die jahrelangen Misshandlungen ihres Mannes gewohnt, ihr Bewusstsein bei Gefahr auszuschalten. Auch Marc fühlte sich wie betäubt. Er wusste einfach nicht, was er tun sollte.

»Das ist Ihre letzte Chance«, verkündete von Sebottendorff mit einem Blick auf die Uhr. »Es ist 5.25 Uhr. Also: Wie lautet der Code?«

Marc schüttelte den Kopf. »Ich kenne den Code nicht!«

Hugin sah von Sebottendorff fragend an, der nickte. Hugin drehte an der Daumenschraube und Melanie schrie nun doch auf.

»Hören Sie auf!«, brüllte Marc. »Sie sind ja wahnsinnig. Genau wie Ihr Vater.«

Von Sebottendorff gab Hugin ein Zeichen, innezuhalten. »Was soll das heißen?«, fragte er.

»Ihr Vater ist 1917 entmündigt worden!«, erwiderte Marc mit Nachdruck. »Jeder weiß das!«

»Das ist eine Lüge!« Odin bekam einen hochroten Kopf. Seine Augen glitzerten vor Wut. »Eine unglaubliche Lüge.«

Marc redete weiter. Egal, wenn von Sebottendorff seinen Zorn gleich an ihm ausließ. Hauptsache, dieses Schwein hörte auf, Melanie wehzutun.

»Der einzige Lügner war Ihr Vater. Rudolf von Sebottendorff war nicht sein richtiger Name. Er hat diesen Namen gestohlen!«

»Mein Vater hat diesen Namen nicht gestohlen, er ist adoptiert worden. 1910 in Konstantinopel von dem Baron Heinrich von Sebottendorff, der damals als deutscher Offizier in der Türkei tätig war.«

Marc gab ein höhnisches Schnauben von sich. »Diesen Heinrich von Sebottendorff hat es niemals gegeben«, behauptete er. »Der Mann war eine Erfindung Ihres Vaters. Deswegen wurde ihm die Führung des Namens Rudolf von Sebottendorff sogar behördlich untersagt.«

Richard von Sebottendorffs Augen wurden schmal. Offenbar hatte Marc einen wunden Punkt getroffen. »Die Adoption durch Heinrich von Sebottendorff hat stattgefunden!«, brüllte er. »Allerdings ist sie nach türkischem Recht erfolgt. Deshalb hat Deutschland sie nicht anerkannt. Mein Vater ist 1914 noch einmal offiziell von Sigismund von Sebottendorff als Mitglied der Familie anerkannt worden und dessen Frau hat schließlich nach dem Tod ihres Mannes die Adoption von einem Notar in Baden-Baden wiederholen lassen.«

»Merkwürdigerweise existieren darüber keinerlei Unterlagen mehr«, stichelte Marc.

»Diese Unterlagen sind bei der Einnahme Münchens Anfang Mai 1919 in die Hände der Bolschewiken gefallen.« Von Sebottendorffs Stimme klang gepresst. »Die Adoption war rechtmäßig und damit basta! Ich weiß, was Sie vorhaben: Sie wollen die peinliche Befragung hinauszögern. Oder Sie wollen mich reizen, weil Sie auf eine Kurzschlussreaktion und auf einen schnellen Tod hoffen. Aber beides wird nicht passieren. Ihre Freundin wird weiterleiden. Es sei denn, Sie verraten uns den Code!«

Marc schüttelte verzweifelt den Kopf. »So kann ich nicht nachdenken! Geben Sie mir fünf Minuten!«

»Sie wollen nur Zeit schinden! Aber damit ist jetzt genug!«

»Nein!«, schrie Marc. »Ich brauche fünf Minuten, um in Ruhe nachzudenken! Nur fünf Minuten! Was haben Sie zu verlieren?«

»Wie ich schon sagte: Wir brauchen den Code noch diese Nacht und die Nacht ist gleich zu Ende. Aber gut. Ich gebe Ihnen zwei Minuten. Nicht eine Minute länger!« Odin sah mit Nachdruck auf seine Armbanduhr. »Die Zeit beginnt *jetzt!*«

Marc schloss die Augen. Konzentrier dich!, befahl er sich. Du musst dich konzentrieren! Nur wenn du dich zusammenreißt, besteht eine Chance, Melanie zu retten. Also: Er brauchte einen Code, der aus acht Ziffern bestand. Und dieser Code verbarg sich irgendwo in den Botschaften, die Edda von ihrem Vater bekommen hatte. Das Problem war nur, dass nirgends Zahlen genannt worden waren. Marc spürte ein Prickeln auf seiner Kopfhaut. Doch, natürlich!

Marc öffnete die Augen und fixierte Odin: »Ich glaube, ich hab's.«

»Sagen Sie ihn nicht!«, kreischte Edda. »Sobald sie den Code haben, werden sie uns töten. Sie haben den Brief meines Vaters doch gelesen. Und Sie wissen, was sie mit meinem Vater gemacht haben. Diese Männer gehen über Leichen.«

»Das stimmt nicht«, widersprach Odin. »Ich verspreche Ihnen, dass wir Sie am Leben lassen werden, wenn Sie uns den richtigen Code sagen. Abgesehen davon wäre jeder Tod besser als die Schmerzen, die Herr Hagens Freundin und danach Sie beide erleiden werden, wenn wir den Code nicht erfahren. Also, wie lautet der Code?«

Marc zögerte und Odin gab Hugin ein Zeichen. »Dreh die Schrauben zu«, sagte er.

»Nein!«, entschied Marc. »Der Code ergibt sich aus der dritten Zeile der dritten Botschaft von Günther Wehking. Es muss sich um die erste Koordinate handeln, die den Breitengrad Bodenwerders bestimmt. Schauen Sie in meiner Jackentasche nach! Ich habe die Koordinaten auf einen Zettel geschrieben.«

Hugin durchsuchte Marcs Jacke und zog mehrere Blätter daraus hervor. Wenige Sekunden später hatte er den richtigen Zettel gefunden. »Dort stehen zwei Zahlen«, sagte er dann. »51.973521 und 9.518142.«

»Die erste Zahl muss die richtige sein«, erklärte Marc. »Nur der Breitengrad besteht aus acht Ziffern.«

Von Sebottendorff wirkte verblüfft, aber dann meinte er: »Hört sich plausibel an. Ich hoffe für Sie, dass das stimmt.« Er wandte sich Hugin zu. »Du weißt, was du zu tun hast.«

Der Mann mit dem Feuermal hatte sein Handy schon in der Hand und zog sich damit in eine Ecke des Raumes zurück. Marc konnte leises Flüstern hören. Nach einer Minute stellte sich Hugin wieder neben von Sebottendorff.

»Der Code ist falsch«, sagte er.

Odin drehte sich mit wutverzerrtem Gesicht zu Marc um. »Das sollt ihr mir büßen!«, brüllte er.

Marc stand der Mund offen. Damit hatte er nicht gerechnet. »Aber … aber ich war mir so sicher«, stammelte er. »Geben Sie mir noch einmal zwei Minuten, um alles neu zu durchdenken. Nur zwei Minuten!«

»Nein!«, fauchte Odin. »Es ist jetzt exakt 5.40 Uhr. Soeben geht über dem Möhnesee die Sonne auf und die Nacht ist vorüber.« Er wandte sich seinem Helfer zu. »Hugin, ich brauche diese Herrschaften nicht mehr. Sorge dafür, dass sie verschwinden.«

»Das kann nicht sein!«, schrie Marc. »Der Code *muss* stimmen! Ich bin mir sicher!«

Von Sebottendorffs Stimme war eiskalt. »Hugin, ich will keinen schnellen Tod. Diese Leute sollen dafür bezahlen, was sie uns angetan haben. Du wirst sie jetzt ganz langsam zu Tode foltern. Und mit dieser Frau«, er zeigte auf Melanie, »fängst du an.«

48

Professor Zeidler schaute in den Rückspiegel seines BMW. Die Straße hinter ihm war leer. Gott sei Dank! Vor zwei Stunden hatte er sich heimlich auf den Burghof von Asgard geschlichen. Sein BMW war nicht verschlossen gewesen und sogar der Schlüssel hatte gesteckt.

Zeidler hatte sich zwei Minuten mit einem Chauffeur unterhalten, der in einem Mercedes auf seinen nächsten Einsatz wartete, und ihn dann wie beiläufig gebeten, seinen Wagen ein Stück zur Seite zu fahren, damit er ausparken konnte. Der Mann hatte keine Fragen gestellt, offenbar hatte er nicht die geringste Ahnung, was auf der Burg vor sich ging.

Zeidler hatte sich in sein Auto gesetzt und war langsam vom Burghof gerollt. Außer dem Chauffeur hatte er niemanden gesehen. Die anderen Fahrer hatten sich wahrscheinlich irgendwohin zurückgezogen und die Mitglieder der Thule-Gesellschaft warteten gemeinsam im Saal darauf, dass Odin seinen wahnwitzigen Plan verwirklichte.

Nachdem Zeidler das Burggelände verlassen hatte, fuhr er einige Kilometer einfach geradeaus. Sein einziger Gedanke war es, möglichst viel Raum und Zeit zwischen sich und die Burg zu bringen. Erst nach einer Fahrt von etwa zwanzig Minuten fühlte er sich halbwegs sicher und hielt an einer abgelegenen Stelle, um zu telefonieren. Seine ersten beiden Anrufe galten seiner Tochter und seinem Sohn, die beide in Paderborn lebten. Panisch verlangte er, sie sollten keine Fragen stellen, sich mit ihren Familien in ihre Autos setzen und die Stadt so schnell und so weit wie möglich in Richtung Nordosten verlassen. Genaueres könne er ihnen jetzt nicht sagen, sie müssten ihm einfach vertrauen. Es folgten weitere Telefonate. Nachdem er sein letztes Gespräch beendet hatte, drückte er das Gaspedal durch, als wäre der Teufel hinter ihm her. Nichts wie weg! Weg von der Atombombe, die nur etwa hundert Kilometer entfernt von hier jederzeit gezündet werden konnte, weg von diesen Wahnsinnigen, die er bis vor wenigen Stunden als seine Freunde und Förderer angesehen hatte.

Zeidler entspannte sich etwas. Bei realistischer Betrachtungsweise konnten ihm weder die Polizei noch die Thule-Gesellschaft irgendetwas anhaben. Die Thule würde sich selbst vernichten und im Zweifel sprach für ihn, dass er gleich, nachdem er das wahre Gesicht des Kreises erkannt hatte, die Polizei informiert hatte. Ihm würde nichts passieren. Dessen war Zeidler sich so sicher, dass er das rote Blinklicht vor dem ungesicherten Bahnübergang ignorierte.

49

Hugin beugte sich über Melanie, um die Daumenschrauben weiter zuzudrehen.

Im gleichen Moment flog die Tür mit einem lauten Knall auf und Sekundenbruchteile später stürmten mehrere schwer bewaffnete Männer in schwarzen Kampfanzügen, mit schwarzen Gesichtsmasken und Schutzhelmen aus Titan in den Raum. Wattstarke Taschenlampen, die unter den Gewehren und Pistolen der Männer angebracht waren, schnitten unruhige Lichtschneisen in den halbdunklen Raum.

»Polizei!«, rief einer der Männer. »Keine Bewegung!«

Hugin, Tyr und von Sebottendorff schienen vor Schreck oder Überraschung erstarrt. Auf ihren Körpern tanzten rote Lichtpunkte, die sich schließlich auf ihrer Brust festfraßen. Hugin schaute mit einem Ausdruck maßlosen Erstaunens an sich herab.

Doch auf einmal kehrte das Leben in ihn zurück. Blitzschnell führte der Thule-Mann seine rechte Hand an den Hosenbund und versuchte, eine Waffe herauszuziehen und gleichzeitig hinter der Streckbank Deckung zu finden. Marc vernahm ein doppeltes, schallgedämpftes Plopp und der Mann mit dem Feuermal sackte in sich zusammen.

Dann warfen die maskierten Polizisten auch schon von Sebottendorff und Tyr zu Boden, drehten ihnen die Hände auf den Rücken und tasteten sie von oben bis unten ab. Die beiden ließen alles widerstandslos über sich ergehen, ohne auch nur einen Laut von sich zu geben. Entweder hatte sich ihre Überraschung noch nicht gelegt, oder sie hielten es – was Marc für wahrscheinlicher hielt – für unter ihrer Würde, sich mit den Beamten abzugeben.

Dann waren Edda, Melanie und Marc an der Reihe. Die Polizisten befreiten sie von ihren Fesseln, hielten dabei aber ihre Waffen auf sie gerichtet.

»Wo ist meine Tochter?«, schrie Melanie, die endlich aus ihrer Lethargie erwachte.

»Wir haben ein kleines Mädchen im Nachbarraum gefunden«, berichtete einer der Polizisten mit beruhigender Stimme. »Soweit wir feststellen konnten, ist die Kleine unversehrt.«

Melanies Kehle entwich ein Stöhnen der Erleichterung. »Wo ist sie?«

Der Beamte warf einem anderen Polizisten, den Marc für den Einsatzleiter hielt, einen fragenden Blick zu. Der nickte bestätigend, Melanie zu ihrer Tochter zu bringen.

»Wer sind Sie?«, wollte der Einsatzleiter anschließend von Marc wissen.

»Mein Name ist Hagen, das ist Edda Wehking«, antwortete er. »Diese Männer«, er zeigte auf Odin und Tyr, »haben uns gekidnappt. Sie planen einen Anschlag auf den G8-Gipfel mit einer Atombombe.«

»Das ist uns bekannt«, entgegnete der Beamte zu Marcs Überraschung. »Die Bombe befindet sich auf einem Ausflugsdampfer auf dem Möhnesee.«

»Was Ihnen aber wahrscheinlich noch nicht bekannt ist, ist, dass die Terroristen die Bombe nicht zünden können, weil sie den Sicherungscode des Zünders nicht kennen.«

Der Einsatzleiter sah Marc prüfend ins Gesicht. Schließlich schien er zu der Überzeugung zu kommen, dass er Marc Glauben schenken konnte, denn er verließ im Laufschritt den Raum.

Marc wandte sich an Edda. »Ich bitte um Entschuldigung.«

Edda schaute ihn erstaunt an. »Wieso?«

»Dafür, dass ich gedacht habe, Sie seien nicht Edda Wehking. Und dafür, dass ich Sie hintergangen habe. Aber die Thule-Gesellschaft hat mich mit der Entführung meiner Freundin und ihrer Tochter erpresst.«

Bevor Edda etwas erwidern konnte, kamen Melanie und Lizzy in den Folterkeller zurück.

»Ihr geht es gut«, verkündete Melanie strahlend und drückte Lizzy an sich. »Ich hoffe, sie hat nicht allzu viel mitbekommen und wird den heutigen Tag schnell vergessen.«

Endlich hatte Marc Gelegenheit, die beiden zu umarmen.

Erleichtert stellte er fest, dass Lizzy tatsächlich vollkommen unbefangen wirkte. Sie schien sich eher Sorgen um ihre Mutter zu machen, deren Körper immer wieder von Schluchzen geschüttelt wurde, während die Anspannung sichtbar von ihr abfiel. Zärtlich wischte Marc seiner Freundin die Tränen von der Wange.

Kurz darauf trat der Einsatzleiter wieder in den Folterkeller. »Die Aktion auf dem Möhnesee ist praktisch gelaufen«, berichtete er. »Zum Glück waren die Kollegen auf die Stürmung des Schiffes vorbereitet und haben nur noch auf den Zugriffsbefehl gewartet. Wir haben die Terroristen überwältigt und die Bombe unter Kontrolle.«

Marc konnte und wollte sich nicht mehr zurückhalten. Am liebsten hätte er von Sebottendorff, der quasi bewegungsunfähig auf dem Steinboden lag, ein paar kräftige Fußtritte versetzt, doch er begnügte sich damit, ihn anzuschreien. »Das hättest du wohl nicht gedacht, du verdammtes Arschloch! Aber so schnell kann sich das Blatt wenden. Ich hoffe, ihr Wahnsinnigen vergammelt bis zum Ende eures miesen Lebens in einer winzigen Zelle!«

Zu Marcs Erstaunen erschien auf von Sebottendorffs Gesicht ein feines Lächeln. »Das glaube ich kaum, Herr Hagen. Die Wahrscheinlichkeit, dass ich ein Gefängnis von innen sehen werde, liegt bei exakt null Prozent. Es ist noch nicht vorbei. Noch lange nicht.«

Von Sebottendorff streckte sich auf dem Boden aus und dann hörte Marc ein leises Knacken. Gleich darauf erfüllte der bittermandelartige Geruch von Blausäure den kleinen Raum.

50

Der Führer der Thule-Gesellschaft war tot.

Edda und Marc wurden zu einem Helikopter gebracht, der auf einer Wiese außerhalb der Burg auf sie wartete. Melanie und Lizzy blieben zurück. Da sie zur weiteren Aufklärung der Sache nicht viel beitragen konnten, sollten sie gleich zu einer Untersuchung in ein Krankenhaus gebracht werden und dann möglichst schnell nach Hause.

Nach einem halbstündigen Flug, während dem alle ihren Gedanken nachhingen, landeten sie auf einer Betonfläche, die mit einem gelben H gekennzeichnet war. Marc konnte aus dem Fenster des Helikopters ein bewaldetes Mittelgebirge erkennen. Ein zweistöckiges Bauwerk mit Flachdach, auf dem mehrere Scheinwerfer und Überwachungskameras angebracht waren, schien sich direkt an den Berg zu lehnen. Das Ganze erinnerte Marc an den Eingang zu einem Gefängnis: ein Betonbau, auf den ein Wachturm gesetzt worden war.

Der Pilot gab Edda und Marc ein Zeichen. Sie sprangen aus dem Hubschrauber und rannten geduckt unter den noch laufenden Rotorblättern auf den Bau zu. Sekunden später hob der Helikopter schon wieder in den Morgenhimmel ab und verschwand hinter den Bäumen.

Edda und Marc wurden von einem etwa fünfzigjährigen, leicht übergewichtigen Mann im blauen Overall in Empfang genommen.

»Schulz«, stellte der Mann sich vor. »Wenn Sie mir bitte folgen wollen.«

Er öffnete einen mit einer Panzerplatte gesicherten Kasten neben dem Eingang des Betonbaus und drückte einen Knopf. Dann schloss er die Schutzklappe wieder.

Eine schwere Tür schwang auf und sie passierten eine Zugangskontrolle. Hinter einer dicken Scheibe blau getönten Sicherheitsglases saßen mehrere Männer und starrten auf eine Reihe Monitore; an der Decke über Edda und Marc waren Überwachungskameras angebracht, die jeden ihrer Schritte beobachteten.

»Was ist das hier eigentlich?«, wagte Marc zu fragen. »Erinnert mich irgendwie an den Hochsicherheitstrakt von Stuttgart-Stammheim.«

Schulz lächelte. »Damit liegen Sie gar nicht so falsch. Sie befinden sich im Atombunker der Bundesregierung. Das heißt, eigentlich befinden Sie sich momentan noch außerhalb des Bunkers.«

Marc konnte nicht weiter fragen, denn eine weiße Schiebetür wurde zur Seite bewegt.

Nach etwa zehn Metern erreichten sie ein mächtiges Schleusentor. Davor war der Boden auf etwa zwei Meter Breite gelb-schwarz schraffiert. An der Wand stand mit roter Schrift: *Achtung! Lebensgefahr! Bei Blinklicht und Hupton Bodenmarkierung nicht betreten!*

»Hier beginnt der eigentliche Bunkerbereich«, erläuterte Schulz. »Jetzt nicht erschrecken.« Er drückte einen Knopf und setzte damit einen beeindruckenden Mechanismus in Gang: Sirenen heulten wie bei einem Tieffliegerangriff, überall blinkten rote und gelbe Warnlampen und dann öffnete sich zischend die schwere Beton- und Stahlschleuse.

»Das ist einer von vier regulären Eingängen des Bunkers«, brüllte Schulz gegen den Lärm an. »Daneben gibt es mehrere Notausgänge. Die Haupteingänge schützen rollbare MAN-Tore aus Stahl und Beton mit einem Gewicht von jeweils fünfundzwanzig Tonnen. Trotzdem können wir die Tore innerhalb von fünfzehn Sekunden schließen.«

Als sich das Schleusentor ganz geöffnet hatte, wehte ihnen ein Schwall kalter Luft entgegen. Edda fröstelte und schlang ihre Arme um den Oberkörper.

»Keine Angst«, versicherte Schulz. »Wir verfügen über ein umfangreiches und ausgeklügeltes Klima- und Belüftungssystem, das mit präzise berechneten Durchsatzmengen jeden Raum mit ausreichend sauberer und warmer Luft versorgt. In den Wohnbereichen herrscht eine konstante Temperatur von 22 Grad.«

Auf der anderen Seite des Tores stand ein Elektrokarren, der Marc an einen Golfwagen denken ließ.

Sie kletterten hinein und fuhren fast einen Kilometer geradeaus durch einen etwa sieben Meter hohen Stollen. An der Decke zogen sich dicke Rohre und Kabel entlang. Sie überholten Fahrradfahrer, andere Elektrokarren und einige wenige Fußgänger.

»Das gesamte Tunnelsystem ist über siebzehn Kilometer lang«, erklärte Schulz, der das Gefährt lenkte. »Wir haben hier unten 753 Büro- und 847 Schlafräume. Das ist eine richtige Kleinstadt: ein Lazarett mit Operationssaal, eine Zahnarztpraxis, Küchen, ja sogar an einen unterirdischen Friseursalon ist gedacht worden.«

Sie erreichten einen Querstollen und Schulz stoppte den Elektrowagen. Zu Fuß ging es weiter durch einen schier endlos langen, gefliesten Flur mit Neonröhren an der Decke. Rechts und links säumten Türen den Weg. Je tiefer sie in den Berg hinein gelangten, desto mehr verzweigten sich die Gänge. Schulz hatte nicht zu viel versprochen: Hier war es tatsächlich wesentlich wärmer als im Hauptstollen und auch die Frischluftzufuhr schien gut zu funktionieren.

Nach einem Fußmarsch von fast zehn Minuten erreichten sie erneut eine massiv aussehende Stahltür.

»Wir haben hier unten fünfzehntausend ›normale‹ Türen«, erläuterte Schulz. »Was Sie hier sehen, das ist eine Sicherheitsschleuse. Obwohl so eine Panzertür tonnenschwer ist, kann sie mit einer Hand und wenig Kraftaufwand bewegt werden.«

Wie um seine Worte zu beweisen, streckte Schulz zwei Finger der rechten Hand aus und demonstrierte den Öffnungsmechanismus. Und tatsächlich schwang das schwere Tor so leicht auf, als handele es sich um eine einfache Holztür.

Nun dauerte es nicht mehr lang und sie erreichten einen hohen Raum, der von einem großen Konferenztisch, an dem mindestens dreißig Personen Platz fanden, beherrscht wurde. An der Wand hingen Landkarten und Bilder, die vielleicht über nicht vorhandene Fenster hinwegtäuschen sollten.

Ein Mann kam Edda und Marc entgegen und streckte seine rechte Hand aus. »Frau Wehking, Herr Hagen!«, begrüßte er sie herzlich. »Schön, dass Sie so schnell zu uns kommen konnten. Mein Name ist Berger. Ich bin Leitender Kriminaldirektor im Bundeskriminalamt und verantwortlich für den Schutz des G8-Gipfels. Sie befinden sich im Not-Besprechungsraum des Bundeskabinetts im Falle eines Angriffs mit ABC-Waffen.«

Marc schüttelte die angebotene Hand und sah sich beeindruckt um. »Ich habe nicht gewusst, dass so etwas existiert.«

Berger lächelte schmallippig. »Das *sollen* Sie auch gar nicht wissen. Deshalb muss ich Sie und Frau Wehking auch bitten, eine Schweigepflichtserklärung zu unterschreiben, bevor Sie uns wieder verlassen.«

»Wie haben Sie uns eigentlich gefunden?«, redete endlich auch Edda wieder, die der Bunker offensichtlich nicht interessierte. »Bisher konnte oder wollte man uns nichts sagen.«

»Um ehrlich zu sein, waren Sie mehr oder weniger ein Zufallsfund. Wir wussten nicht, dass in der Burg jemand gefangen gehalten wurde. Wir sind durch einen anonymen Anruf darüber informiert worden, dass Terroristen planen, einen

Anschlag auf den G8-Gipfel zu verüben, indem sie auf dem Möhnesee eine Atombombe zünden. Später haben wir einen zweiten anonymen Anruf erhalten, nach dem sich die Drahtzieher des Anschlags auf der Reggenburg im Münsterland aufhalten, und sofort den Zugriff veranlasst. Dank Ihrer Information, dass die Bombe von den Terroristen nicht scharf gemacht werden kann, konnten wir das Schiff auf dem Möhnesee stürmen. Bei der Atombombe handelt es sich übrigens aller Wahrscheinlichkeit nach um eine Bombe koreanischer Bauart.«

Marc nickte. »Die Bombe ist mit einem Code versehen, den die Terroristen nicht kannten.«

»Wissen Sie den Code?«, fragte Berger schnell.

Marc schüttelte den Kopf. »Ich hatte eine Vermutung, aber die hat sich als falsch herausgestellt.«

»Ich kenne den Code.«

Marc drehte sich erstaunt zu Edda um. »*Sie* kennen den Code?«

»Ich glaube es zumindest.«

»Und, wie lautet er?«

Edda zögerte. »Ich weiß nicht, ob ich den Code einfach so …«

»Es wäre für unser Bombenentschärfungsteam außerordentlich hilfreich, wenn es den Code wissen würde«, insistierte Berger.

Edda rang noch einige Sekunden mit sich, aber schließlich sagte sie: »Ich bitte um Verzeihung, aber dieses Wissen ist doch eine gewaltige Verantwortung. Schließlich kann die Bombe theoretisch immer noch gezündet werden.« Sie zog einen Zettel aus der Tasche: »Ich glaube, der Code lautet: 17922119.«

Marc musterte sie erstaunt. »Wie kommen Sie darauf?«

»Der Code besteht aus acht Ziffern. Die Botschaften meines Vaters enthielten nur eine einzige Zahl mit acht Ziffern – den Breitengrad Bodenwerders.«

»So weit war ich auch schon«, warf Marc ein.

»Als Sie mir das sagten, fiel mir ein«, fuhr Edda unbeeindruckt fort, »dass Runen auch Zahlen symbolisieren können. Umgekehrt könnte also ein aus acht Buchstaben bestehendes Wort für eine Zahl stehen. Und ich fand es gleich auffällig, dass mein Vater das Wort ›Ursprung‹ in seiner letzten Botschaft fett gedruckt hat. Im Ursprung liegt das Schicksal und nach dem, was dieser von Sebottendorff uns erzählt hat, bedeutet die Zündung der Atombombe für die Thule-Gesellschaft doch so etwas wie die Erfüllung ihres Schicksals. Doch Ursprung passt nicht, weil manchen Runen bzw. Buchstaben zweistellige Zahlen zugeordnet sind. So symbolisiert der Buchstabe S die Zahl 16, der Buchstabe N die Zahl 10 und bei Ursprung ergäbe sich ein Code, der aus zehn Ziffern besteht.«

»Also kann Ursprung nicht stimmen«, bemerkte Marc.

»Ja«, bestätigte Edda. »Eben, während des Fluges, habe ich mir die letzte Botschaft noch mal angeguckt. Und jetzt habe ich es, glaube ich, kapiert: ›Thule‹ ist nach Meinung meines Vaters der Ursprung, der Ursprung der arischen Rasse. Wenn man die Buchstaben T und H trennt und ihnen jeweils einen Zahlenwert zuordnet, erhält man die acht Ziffern 17922119. Das müsste der richtige Code sein.« Damit schloss Edda ihren Vortrag. Sie wirkte zufrieden.

Berger dachte über das Gehörte nach. »Danke«, sagte er dann und griff zum Telefon. Er wählte eine Nummer und gab die Ziffern an einen Gesprächspartner am anderen Ende weiter.

Nachdem Berger aufgelegt hatte, fragte Marc: »Brauchen Sie uns noch? Ich bin todmüde und vermute, Frau Wehking geht es genauso.«

»Dafür habe ich vollstes Verständnis.« Berger lächelte mitfühlend. »Aber wir benötigen in einem weiteren Punkt Ihre Hilfe. Dazu müssen Sie eines wissen: Nachdem wir von dem geplanten Anschlag auf den G8 erfahren hatten, haben wir die Gipfelteilnehmer umgehend hierher evakuieren lassen.«

Marc schaute sich unbehaglich um. »Soll das heißen, der amerikanische Präsident ist in diesem Augenblick ebenfalls hier?«, flüsterte er leise, als befürchte er, der mächtigste Mann der Welt könne jeden Moment hinter ihm stehen.

Berger nickte. »Exakt. Genauso wie der russische, der japanische, der französische und viele andere Staatsoberhäupter. Auch natürlich die Bundeskanzlerin. Wie Sie ja vielleicht schon bemerkt haben, ist der Komfort in diesem Bunker mit dem eines Sechs-Sterne-Schloss-Hotels nicht zu vergleichen. Deshalb ist uns sehr daran gelegen, die Gipfel-Delegationen möglichst schnell wieder zum Hotel zurückzubringen. Leider ist das momentan noch nicht möglich.«

»Besteht denn noch eine Gefahr?«, erkundigte sich Marc. »Sie haben die Bombe doch sichergestellt. Ich verstehe Ihr Problem nicht.«

»Das Problem ist«, hob Berger an, »dass wir von Anschlägen aus der Vergangenheit wissen, dass Terroristen gerne Serien, zumindest aber eine zweite Bombe zünden. Sie kennen das vielleicht aus den Nachrichten: Oft dient die erste Bombe nur der Ablenkung, und wenn die Schaulustigen sich versammelt haben, explodiert die zweite Bombe. Bevor wir die Evakuierung beenden, müssen wir sicher sein, dass es dort draußen keine weiteren Bomben gibt. Und da kommen Sie ins Spiel: Haben Sie irgendwelche Erkenntnisse über eine zweite Bombe?«

Edda und Marc wechselten einen Blick, dann antwortete Marc für sie beide: »Von einer zweiten Bombe ist uns nichts bekannt. In der letzten Nachricht von Herrn Wehking, der die Bombe im Auftrag der Thule-Gesellschaft besorgt hat, war ausdrücklich nur von einer Bombe die Rede. Was sagen denn die Terroristen, die Sie auf dem See und in der Burg festgenommen haben?«

Berger schüttelte resignierend den Kopf. »Diese Thule-Gesellschaft scheint wie eine Sekte oder die Mafia organisiert zu sein. Die Thule-Mitglieder weigern sich, mit uns zu sprechen.« Er unterbrach sich, weil die Tür zu dem Besprechungsraum geöffnet wurde.

Regierungsdirektor Rübberdt lief mit einem Zettel in der Hand auf Berger zu.

»Was ist los?«, herrschte Berger den Mann an. »Ich hatte doch ausdrücklich angeordnet, jetzt nicht ...«

»Ich glaube, es ist wichtig«, fiel Rübberdt seinem Vorgesetzten ins Wort. »Wir haben eine Meldung von der GSG 9 erhalten. Die haben inzwischen die gesamte Burg durchsucht und in den unterirdischen Gewölben ein geheimes Chemielabor, um nicht zu sagen, eine Chemiefabrik mit Reaktoren, Einspritzanlagen, Rohrsystemen, Umwälzpumpen und Destillationsgeräten gefunden. Die GSG 9 hat Fässer mit den verschiedensten Chemikalien sichergestellt. Und was ihnen Sorgen macht«, Rübberdt musste die Namen langsam und Silbe für Silbe von einem Zettel ablesen, »Phosphoroxichlorid, Methylzyanid, Natriumflorid und Isopropylalkohol.«

»Was soll dieses Kauderwelsch?«, schnauzte Berger und Marc musterte ihn erstaunt. Der bisher so souveräne Beamte verlor offenbar die Contenance. »Sprechen Sie Deutsch mit mir! Ich bin kein Chemiker!«

Rübberdt holte tief Luft. »Die Experten von der GSG 9 sagen, das seien die vier Ausgangsstoffe für ein sehr gefährliches Nervengas: Sarin.«

Marc kramte in seinem Gedächtnis. »Ist das nicht das Gas,

mit dem diese Aum-Sekte den Anschlag auf die Tokioter U-Bahn verübt hat?«

»Das war im Jahr 1995«, bestätigte der Regierungsdirektor. »Es gab zwölf Tote und über fünftausend Verletzte. Sarin ist ein wahres Teufelszeug: farblos, geruchlos und absolut tödlich, mit einem einzigen Gramm kann man bis zu tausend Menschen töten. Doch ein Problem ist das Ausbringen des Sarin in einer wirklich massenvernichtenden Weise, weil es sich im Freien in Minutenschnelle verflüchtigt. Eine U-Bahn ist für einen Anschlag mit chemischen Waffen nahezu ideal: ein weitläufiges unterirdisches Labyrinth, verbunden durch Korridore, durch die sich ein beständiger Menschenstrom ergießt. Die Giftgase werden durch das Belüftungssystem der U-Bahn eingesogen und auf die Köpfe der am nächsten Bahnsteig wartenden Fahrgäste geblasen. Zudem verteilen die Luftwirbel, die die ein- und ausfahrenden Züge verursachen, die Gase blitzschnell über alle U-Bahn-Stationen einer Linie und in den Zügen.«

»Und trotzdem gab es nur zwölf Tote?«, staunte Edda.

»Nun, auch U-Bahn-Stationen sind natürlich nicht luftdicht abgeschlossen, sodass sich das Gift nicht allzu lange halten konnte. Außerdem hat die chemische Unreinheit des Sarin, das die Aum-Leute hergestellt haben, Tausenden das Leben gerettet.«

»Und jetzt glauben Sie, dass die Thule ebenfalls einen Sarinanschlag geplant hat?«, nahm Marc den Faden auf.

»So sieht es aus«, bestätigte Rübberdt. »Das Rezept, wie das Nervengas angemischt werden muss, finden Sie in jeder Fachbibliothek.«

»Was haben die wohl damit vorgehabt?«

»Vielleicht wollten sie den Stausee vergiften«, überlegte Berger. »Andererseits ist auf dem Ausflugsdampfer kein Giftgas gefunden worden.«

»Oder die Mitglieder der Thule, die wir noch nicht verhaftet haben, planen, das Sarin irgendwann irgendwo freizusetzen«, ergänzte Rübberdt. Er hielt inne, als er Eddas entsetztes Gesicht sah. »*Sie* brauchen allerdings keine Angst zu haben«, erklärte er. »Sie befinden sich am wahrscheinlich sichersten Ort der Welt: Um jedes Risiko auszuschließen, arbeiten wir seit der Ankunft der G8-Delegationen permanent im hermetischen Betrieb, das heißt, der gesamte Bunker ist luftdicht abgeschlossen. Egal, ob gerade irgendwo in Deutschland eine Atombombe explodiert oder ein Sarin-Anschlag verübt wird: Hier kann nichts eindringen, weder radioaktive noch chemische noch biologische Kampfstoffe. Sie können ganz beruhigt sein.«

In diesem Moment betrat eine Frau den Raum, deren Betonfrisur an Maggie Thatcher erinnerte. Die Frisur und ihre äußerst konservative Kleidung ließen sie älter aussehen, als sie war: Sie war mit einem dunkelblauen Kostüm, einer blauen Strumpfhose und gleichfarbigen Pumps bekleidet, einziger Schmuck war eine Brosche, die an ihrer Brust heftete. »Das ist Frau Dr. Johanna Glauer«, stellte Berger den Neuankömmling vor. »Sie ist Politische Direktorin im Auswärtigen Amt. Frau Dr. Glauer, das sind Frau Wehking und Herr Hagen. Ihnen ist es maßgeblich zu verdanken, dass die Atombombe unter unserer Kontrolle ist.«

Marc runzelte die Stirn. »Glauer?«, sagte er langsam. »Ich glaube, ich habe den Namen irgendwo schon mal gehört.«

»Das ist gut möglich«, antwortete Berger. »Frau Dr. Glauer hat den Gipfel maßgeblich organisiert und ihr Name war in diesem Zusammenhang sehr häufig in der Presse zu lesen und zu hören.«

Die Politische Direktorin nickte Edda und Marc kurz zu. »Auf jeden Fall möchte auch ich mich herzlich bei Ihnen bedanken, dass die Sache so glimpflich ausgegangen ist.« Sie wandte sich an Berger. »Wie sieht es aus? Wie lange müssen wir noch in diesem Bunker bleiben?«

»Ich hoffe, nicht mehr allzu lange. Von der Bombe auf dem Möhnesee geht keine Gefahr mehr aus. Nach dem, was wir wissen, ist es auch äußerst unwahrscheinlich, dass die Terroristen irgendwo eine zweite Bombe versteckt haben. Allerdings hat die GSG 9 in der Burg ein Labor mit Chemikalien gefunden, aus denen Sarin hergestellt werden kann.«

»Sarin?«, wiederholte Glauer mit einem ungläubigen Gesichtsausdruck. »Sie meinen das Giftgas, das diese Aum-Sekte benutzt hat?«

»Exakt«, bestätigte Berger. »Und wir wissen noch nicht, ob die Terroristen tatsächlich über Sarin verfügen und was sie gegebenenfalls damit vorhaben.«

»Ich möchte, dass die Evakuierung erst beendet wird, wenn für die Teilnehmer keinerlei Gefahr mehr droht«, entschied Glauer. »Aber dann auch sofort. Ich will den Delegationen diesen unwirtlichen Ort nicht länger als unbedingt nötig zumuten.«

Das Telefon auf dem Tisch schellte. Berger nahm ab und lauschte einige Sekunden. Als er wieder auflegte, lächelte er Edda an: »Das war das Bombenentschärfungsteam. Meinen Glückwunsch. Der von Ihnen vermutete Code war korrekt.«

Marc atmete erleichtert durch. »Dann können Sie uns ja endlich nach Hause bringen.«

»Ich fürchte, das geht noch nicht«, bedauerte Berger. »Sie werden verstehen, dass wir Sie noch ausführlich befragen müssen. Ich schlage daher vor, Sie versuchen, erst mal hier ein paar Stunden zu schlafen. Das muss ein langer Tag für Sie gewesen sein. Ich habe eine Unterkunft für Sie vorbereiten lassen. Schlafräume gibt es hier schließlich wie Sand am Meer. Wenn sich auch bei uns die Lage etwas beruhigt hat, werde ich Sie wecken lassen.«

51

Über das bunkerinterne Kommunikationssystem rief Berger einen Mitarbeiter herbei, der Edda und Marc den Weg zeigen sollte.

Sie kamen an einer Tür vorbei, vor der Männer in schwarzen Anzügen mit Knöpfen im Ohr und Sonnenbrillen standen, obwohl wahrlich kein Sonnenstrahl hier eindringen konnte. Wahrscheinlich schläft hinter dieser Tür der amerikanische Präsident, überlegte Marc. Ihn schauderte angesichts der Tatsache, dass sich hinter all den Türen, die sie gerade passierten, die wichtigsten Staats- und Regierungschefs der Welt aufhielten.

Schließlich stoppte ihr Begleiter und zeigte auf ein Zimmer. Edda und Marc betraten einen spartanisch eingerichteten Schlafraum mit zwei schmalen Pritschen, die nebeneinander an der Wand standen. Der Rest der Einrichtung bestand aus einem spindartigen Schrank, einem Tisch mit einem Telefon darauf, vier Stühlen und einem Waschbecken an der Wand.

»Haben Sie auch Einzelzimmer?«, wollte Marc von dem Mann wissen.

»Oh«, sagte der. »Ich dachte, Sie gehörten zusam…, also ich glaubte, Sie wären ein …«

»Nein, sind wir nicht«, fiel Edda ihm ins Wort. Sie wandte sich Marc zu. »Aber ich habe auch nicht vor, mich auszuziehen, sondern will mich nur ein wenig ausruhen. Von mir aus können wir uns das Zimmer teilen.«

Marc lenkte ein. »Ist okay. Wir bleiben hier.«

Als sie allein waren, nahm Marc den kleinen Raum genauer in Augenschein. An der Wand neben dem Schrank hing ein Plan des Bunkers: ein verwinkeltes System aus Hauptstollen,

Seitenstollen, Fluchtstollen, Zugangsstollen, Querstollen, Parallelstollen und Verbindungsstollen.

»Sieht aus wie ein riesiger Ameisenbau«, meinte Marc.

»Oder wie ein U-Bahn-Plan«, ergänzte Edda, die sich neben ihn gestellt hatte.

Im Schrank hingen mehrere Handtücher, daneben zwei Schutzanzüge und ebenso viele Gasmasken. In den Fächern auf der rechten Seite lagerten Unmengen Zahnbürsten, Zahnpasta, Rasierschaum, Pinsel und Seife, alles in Plastik verpackt.

»Um unsere Körperhygiene brauchen wir uns keine Sorgen zu machen, auch wenn wir noch monatelang hierbleiben müssen«, meinte Marc und reichte Edda Seife und ein Handtuch.

Schließlich streckte er sich auf einer der Pritschen aus und verschränkte die Hände hinter dem Kopf.

»Was für ein Tag!«, sagte er. »Vor genau vierundzwanzig Stunden haben Sie mich in meiner Kanzlei aufgesucht. Ich hoffe, dass ich so etwas nie wieder durchmachen muss.«

»Mit dem Wunsch sind Sie nicht allein«, verkündete Edda vom Waschbecken her. »Wahrscheinlich ist die Welt nur um Haaresbreite einer nuklearen Katastrophe entgangen.«

»Ich kann nur nicht nachvollziehen, was im Kopf Ihres Vaters vorgegangen ist«, überlegte Marc. »Selbst wenn er es irgendwie geschafft hätte, von der Thule für den Code acht Millionen Euro zur Rettung seines Unternehmens zu bekommen, hätte er doch nicht einfach so weitermachen können. Ich meine, wir sprechen hier von der Explosion einer Atombombe. So etwas hat jahre- und jahrzehntelange Auswirkungen auf die gesamte Wirtschaft. Und so weit ist Enger nun auch nicht vom Möhnesee entfernt, dass es von radioaktiven Niederschlägen völlig verschont geblieben wäre.« Marc schüttelte den Kopf. »Ihr Vater muss vollkommen verrückt gewesen sein.«

»Oder vollkommen verzweifelt«, verteidigte Edda ihren Vater. »Vielleicht hat er einfach keinen anderen Ausweg mehr gesehen. Genau wie Ihre Freundin, als sie ihren Mann erschossen hat. Und genau wie Sie! Schließlich waren Sie bereit, diesem von Sebottendorff den Code zu verraten, als er Melanie gefoltert hat.«

Es gab eine lange Pause, bevor Marc antwortete. »Ich glaube nicht, dass man das vergleichen kann.«

»Vielleicht«, erwiderte Edda. »Aber ich denke, diese Diskussion ist sowieso überflüssig. Tatsache ist, dass mein Vater den Code eben *nicht* verraten hat.«

Marc runzelte die Stirn. Edda hatte eben etwas gesagt, was in seinem Kopf ein Rädchen in Gang setzte. Irgendetwas ergab keinen Sinn.

»Eines begreife ich immer noch nicht«, murmelte er. »Ohne Code konnte von Sebottendorff die Bombe nicht zünden.«

Edda drehte den laufenden Wasserhahn ab. »Was haben Sie gesagt?«

»Ich sagte, ohne den Code konnte der Anschlag mit der Atombombe nicht funktionieren. Das muss von Sebottendorff doch klar gewesen sein. Nachdem Ihr Vater tot war, musste von Sebottendorff davon ausgehen, dass es keine Möglichkeit gab, an den Code zu kommen. Also hätte er seinen Anschlagsplan doch eigentlich abblasen müssen.«

Edda sah Marc verständnislos an. »Aber er glaubte doch, er würde den Code noch rechtzeitig von uns bekommen.«

»Von dieser Chance hat er aber erst heute Mittag durch Zeidler erfahren. Der Anschlag muss aber schon lange vorher vorbereitet worden sein. Es wäre organisatorisch unmöglich gewesen, in der Kürze der Zeit alle Leute zu aktivieren und die Bombe an den Möhnesee zu bringen.«

»Aber was macht es für einen Sinn, eine Atombombe an

den See zu bringen, wenn man davon ausgeht, sie nicht scharf machen zu können?«

»Eben. Das ist ja das Problem, das ich habe.«

Edda trocknete sich das Gesicht ab und legte sich auf die zweite Pritsche. »Vielleicht wollten sie mit der Bombe nur drohen«, spekulierte sie. »Das ist doch das eigentliche Ziel von Terroristen: Angst und Schrecken zu verbreiten.«

»Möglich. Aber was hätte eine solche Drohung bewirkt? Dasselbe, was jetzt passiert ist: Das Gipfelhotel ist evakuiert worden. Das ist sicherlich aufsehenerregend und für alle Beteiligten äußerst unangenehm, aber in seiner Wirkung doch wohl kaum mit der Explosion einer Atombombe zu vergleichen. Sie haben von Sebottendorff doch gehört: Diese Leute wollten einen entscheidenden Schlag führen. Da glaube ich kaum, dass sie sich damit zufriedengeben wollten, mit einer Drohung ein wenig Chaos zu stiften. Nein, ich bin mir sicher, die haben noch irgendwas in der Hinterhand. Etwas, was mit diesem Sarin zu tun hat.«

Edda schnaubte. »Aber das Sarin nutzt der Thule jetzt nichts mehr, zumindest, wenn sie damit einen Anschlag auf den Gipfel geplant haben. Berger hat es doch selbst gesagt: Sämtliche Staats- und Regierungschefs befinden sich in diesem Bunker. Und hier sind wir absolut sicher. Jetzt geben Sie endlich Ruhe. Ich will schlafen.«

Marc ließ sich das durch den Kopf gehen. Edda hatte recht. Er sah Gespenster, aber das war aufgrund des Schlafmangels ja auch kein Wunder. Er lehnte sich auf seiner Pritsche zurück. Nach wenigen Sekunden hörte er Eddas gleichmäßige Atemzüge und ihm fielen selbst die Augen zu.

Plötzlich schreckte er hoch. »U-Bahn!«, sagte er laut.

»Was?«, murmelte Edda schlaftrunken.

»Das haben Sie vorhin richtigerweise festgestellt: Der Plan des Bunkers ähnelt einem U-Bahn-Plan.«

Edda richtete sich halb auf und rieb sich die müden Augen. »Ja, und?«, fragte sie genervt.

»Um Sarin möglichst wirksam in Umlauf zu bringen, brauchen Sie einen Ort, an dem es sich gut verteilen und nicht schnell verflüchtigen kann. Einen Ort wie eine U-Bahn. Oder ein Bunkersystem, das durch Stollen, Gänge und Röhren miteinander verbunden ist.«

Edda schüttelte den Kopf. »Der Bunker ist hermetisch abgeschlossen! Hier kommt nichts rein!«

»Eben! Es kommt nichts rein. Aber es kommt auch nichts raus!« Marc sprang wie elektrisiert von seiner Pritsche auf und zeigte auf die in der Wand eingelassenen Lüftungsschlitze. »Dieser Schulz hat es uns doch erklärt: Alle Räume sind an das Klimatisierungs- und Belüftungssystem angeschlossen. Ein Terrorist braucht das Sarin nur in einem beliebigen Raum in den Kreislauf einzuführen, dann verteilt es sich in Minutenschnelle im ganzen Bunker. Und es hält sich noch wesentlich länger als in einer U-Bahn, weil wir hier luftdicht abgeschlossen sind!«

Edda starrte ihn an. »Glauben Sie wirklich?«

Marc ließ sich zurück auf seine Pritsche fallen. »Auf jeden Fall wäre dieser Bunker ein idealer Ort für einen Giftgasanschlag. Die Bombe war nur die Ablenkung. Der eigentliche Anschlag soll hier stattfinden.«

»Aber der Bunker befindet sich im Alarmzustand«, widersprach Edda mit einem leicht panischen Unterton in der Stimme. »Wie soll es irgendeinem Terroristen gelingen, eine ausreichende Menge Sarin unbemerkt hier reinzuschaffen?«

Marc erinnerte sich an die Sicherheitsvorkehrungen bei der Eingangskontrolle. »Das ist wohl wahr«, musste er zugeben. Dann stutzte er. »Aber vielleicht ist es auch gar nicht mehr notwendig, das Sarin in den Bunker zu bringen.«

Edda musterte ihn verwirrt. »Das verstehe ich nicht.«

»Das Sarin ist schon hier! Spätestens nachdem von Sebottendorff davon ausgehen musste, dass er die Atombombe nicht zünden konnte, hat er sich den Plan mit dem Sarin ausgedacht und ein Mitglied der Thule hat das Sarin vorzeitig in den Bunker reingeschmuggelt. In den Schränken hier steht doch alles mögliche Zeugs. Vielleicht gibt es ein Mitglied der Thule, das in der Lage ist, die Materiallieferungen für den Bunker zu kontrollieren und zu beeinflussen.«

»Dann hätte die Thule aber wissen müssen, dass die Gipfelteilnehmer im Falle eines Anschlages hierher gebracht werden.«

»Die Thule hatte schon immer Zugang zu den höchsten Kreisen. Vielleicht befindet sich darunter jemand, der die Sicherheitsmaßnahmen und Evakuierungspläne dieses Gipfels genau kennt. Möglicherweise stammte ja sogar der erste anonyme Anruf, der vor der Atombombe gewarnt hat, von der Thule selbst. Das war der Startschuss für die Evakuierung.« Marc hatte sich immer mehr in Rage geredet. »Ich bin mir zwar nicht hundertprozentig sicher, dass meine Theorie stimmt, aber es passt alles zusammen. Auf jeden Fall müssen wir die Leute hier warnen. Wenn ich recht habe, kann der Sarinanschlag jeden Moment stattfinden.«

Er langte nach dem altmodischen Telefon mit Wählscheibe und nahm den Hörer ab. Daneben lag eine Liste mit den wichtigsten Nummern. Marc gab die Nummer der Zentrale des Bunkers ein. »Bitte verbinden Sie mich mit Herrn Berger vom BKA«, sagte er.

Er wartete fast eine Minute, dann wurde ihm mitgeteilt, Herr Berger sei momentan nicht auf seinem Zimmer und auch sonst nicht zu erreichen.

Marc bat darum, Berger auszurichten, er möge sich sofort bei ihm melden. Ihm fiel etwas ein. »Geben Sie mir dann bitte Frau Dr. Glauer«, verlangte er.

Zehn Sekunden später vernahm er eine weibliche Stimme. »Herr Hagen? Was ist denn?«

»Ich glaube, es gibt in dem Bunker ein sehr ernsthaftes Sicherheitsproblem«, antwortete Marc.

»Lassen Sie hören!«

»Ich denke, es ist besser, wenn ich Ihnen das persönlich erkläre.«

Nach einem kurzen Schweigen stimmte Glauer zu: »Gut, kommen Sie her. Meine Zimmernummer lautet IV/1407.«

Marc legte auf und Edda sah ihn erwartungsvoll an. »Soll ich mitkommen?«, fragte sie.

»Nein. Bleiben Sie lieber hier, falls Berger gleich zurückruft.«

52

Marc lief durch die schier endlosen Gänge und versuchte, sich an den Wegweisern zu orientieren, die in regelmäßigen Abständen an der Wand hingen: Es gab schwarze Richtungspfeile, die zu den Ausgängen *Nord, Süd, West* und *Ost* führten, und rote Richtungspfeile mit der gelben Aufschrift *Notausgang.* Außerdem waren an jeder Weggabelung Zahlen angebracht, die die Nummer des Stollens, der Flure und der Zimmer anzeigten, die man von dort aus erreichen konnte. Marc hatte erhebliche Mühe, sich in dem labyrinthischen System zurechtzufinden, und verlief sich mehrfach.

Um ihn herum erwachte der Bunker langsam zum Leben. Menschen verschiedenster Nationalitäten und Hautfarben traten in die Flure und strebten in unterschiedliche Richtungen.

Nach zehn Minuten erreichte er endlich die Tür, hinter der die Politische Direktorin untergebracht war. Marc klopfte, hörte jemanden »Einfach reinkommen« rufen und trat ein.

Johanna Glauer trug dasselbe Kostüm, das sie im Besprechungszimmer getragen hatte, nur ihre Brosche hatte sie abgelegt. Sie stand mit wild zerzausten Haaren vor dem Spiegel und drehte sich nur kurz zu Marc um.

»Entschuldigen Sie meine Aufmachung«, sagte sie. »Ich habe in zehn Minuten ein Meeting mit den anderen Sherpas und muss mich noch ein wenig instand setzen. Es war auch für mich eine lange Nacht.« Sie kontrollierte ihr Make-up und fletschte die Zähne, um zu schauen, ob sich in den Zwischenräumen noch Essensreste verbargen. »Was gibt es denn so Wichtiges?«, sagte sie zu ihrem Spiegelbild.

»Ich glaube, ich habe herausgefunden, wozu die Thule-Gesellschaft das Sarin benutzen will«, erwiderte Marc. »Die Leute planen einen Anschlag auf den Bunker.«

Johanna Glauer hielt in der Bewegung inne und drehte sich um. Marc hatte ihre volle Aufmerksamkeit. »Erzählen Sie«, sagte sie.

Marc berichtete ihr von seinem Verdacht und die Politische Direktorin hörte ihm zu, ohne ihn zu unterbrechen.

»Ich kann das einfach nicht glauben«, sagte sie dann. »Nein, ich *will* das nicht glauben. Das wäre eine Katastrophe! Nicht nur für uns, sondern für die ganze Welt. Haben Sie Berger schon von Ihrer Theorie erzählt?«

Marc schüttelte den Kopf. »Nein. Ich habe versucht, ihn zu erreichen, aber er war nicht in seinem Zimmer. Anschließend habe ich gleich Sie angerufen.«

Johanna Glauer nickte bedächtig. »Wenn Sie recht haben – wer könnte das Sarin hierher gebracht haben?«

Marc hob die Schultern. »Irgendjemand, der wusste, dass dieser Bunker als Ausweichquartier für den Gipfel vorgesehen war.«

Glauer dachte nach. »Nein!«, sagte sie dann bestimmt, als wollte sie sich ihre eigenen Gedanken verbieten. »Das kann nicht sein!«

»Was?«, fragte Marc.

»Berger! Er ist für die Sicherheit des Gipfels verantwortlich und hat die Pläne erstellt. Er war es, der die Evakuierung der Gipfelteilnehmer vorgeschlagen hat. Berger hat mir erzählt, er habe den Bunker vor einigen Wochen persönlich inspiziert. Bei der Gelegenheit hätte er das Sarin natürlich hier reinschmuggeln können. Oder er arbeitet mit einem der Lieferanten zusammen. Ich habe allerdings keine Ahnung, welche Menge für einen derartigen Anschlag erforderlich wäre.« Sie schüttelte den Kopf. »Aber wie gesagt: Das kann nicht sein. Berger ist seit über dreißig Jahren Beamter. Ein Mann mit untadeligem Ruf. Warum sollte er so etwas tun?«

»Sie kennen diese Thule-Leute nicht«, erwiderte Marc. »Das sind Verrückte. Die haben eine Ideologie.«

Glauer stand auf und ging zu dem Telefon, das auch in diesem Raum auf dem Tisch stand. Sie nahm den Hörer ab, wählte eine vierstellige Nummer und wartete. »Berger ist noch immer nicht in seinem Zimmer«, berichtete sie, nachdem sie es mehrmals hatte schellen lassen. Sie wählte eine andere Nummer. »Herr Dr. Redecker? Hier ist Dr. Glauer. Ich habe wichtige Neuigkeiten. – Nein, es ist sehr dringend. – Ich halte es für unbedingt erforderlich, dass bei unserem Treffen auch der Bunkerkommandant und die Bundeskanzlerin, zumindest aber ihr persönlicher Referent, teilnimmt. – Ich will das am Telefon nicht näher erklären, aber es könnte ein sehr, sehr ernsthaftes Sicherheitsproblem geben. – Gut, bis gleich. Ach, und ich bringe noch einen Herrn Hagen mit. – Nein. – Bis gleich.«

Sie legte den Hörer auf die Gabel zurück und blies die Backen auf. »Okay. Ich möchte Sie bitten, mit zu dem Sherpa-

Treffen zu kommen, damit Sie Ihren Verdacht dort selbst vortragen können. Dann werden wir gemeinsam besprechen, wie wir weiter vorgehen. Geben Sie mir nur noch zwei Minuten. Sie können hier warten.«

Johanna Glauer trat wieder an den Spiegel, fuhr sich durch die Haare und begann, mithilfe eines Kammes, einer langen Nadel und jeder Menge Haarspray ihre Frisur zu betonieren.

Marc sah sich derweil in der kleinen Kammer um. Die Einrichtung entsprach weitgehend der des Zimmers, in dem Edda und er untergebracht waren. Allerdings war dieser Raum offenbar von vorneherein für eine Frau vorgesehen. In dem halb geöffneten Schrank entdeckte Marc außer dem obligatorischen Schutzanzug, der Gasmaske, Seife, Zahnpasta und Zahnbürsten etwa zwei Dutzend Dosen Haarspray. Marc musste unwillkürlich an die dämliche Werbung denken. Wie ging die noch mal? Ach ja. Hamburg, 8.30 Uhr, wieder mal Regen. Perfekter Halt fürs Haar. Zwischenstopp München, es ist ziemlich windig. Perfekter Sitz. Weiterflug nach Rom, die Sonne brennt. Perfekter Schutz ... Marc musste grinsen. Wie kam er nur dazu, angesichts der Bedrohung, der sie alle hier ausgesetzt waren, an so was Schwachsinniges wie Haarspray-Werbung zu denken?

Marc sah seufzend auf sein Handgelenk, doch er hatte seine Armbanduhr neben seiner Pritsche vergessen. Sein Blick fiel auf den Tisch vor ihm, worauf die Brosche lag, die Johanna Glauer im Besprechungsraum getragen hatte. Marc drehte sie mit den Fingerspitzen so, dass er die Form des Zeichens auf dem Schmuckstück erkennen konnte. Eine diamantenbesetzte Säule mit gabeligem Ende.

Marc erstarrte. Eine Irminsul. Und auf einmal stand alles glasklar vor seinen Augen. »Glauer!«, stieß er aus.

Johanna Glauer beobachtete ihn im Spiegel, ohne sich umzudrehen. »Was haben Sie gesagt?«

»Glauer!«, wiederholte Marc. »Ihr Name kam mir ja gleich bekannt vor. Der Gründer der Thule-Gesellschaft Rudolf von Sebottendorff hieß vor seiner angeblichen Adoption mit Nachnamen Glauer. Genau wie Sie!«

Johanna Glauers Mund verzog sich zu einem Lächeln. »Die Welt ist klein«, sagte sie.

»So klein auch wieder nicht«, gab Marc zurück. »Der Name Glauer ist sehr selten. Außerdem sehen Sie und Richard von Sebottendorff sich sogar ähnlich. Sie könnten seine Tochter sein.«

Johanna Glauer schnaubte empört. »Was unterstellen Sie mir da? Sie vergessen offenbar, mit wem Sie reden! Ich bin die Hauptverantwortliche für die Sicherheit dieses Gipfels!«

Marc wollte etwas erwidern, spürte aber auf einmal, dass ihm schummrig wurde. Ein ekliger, beißender, süßlicher Gestank hatte sich in dem kleinen Raum verteilt. Dieses verdammte Haarspray, dachte er. Riecht einfach pestilenzialisch. Seine Nase begann zu laufen, seine Augen tränten und juckten. Und dann wurde ihm auf einmal kalt. Furchtbar kalt. Verdammt, dachte er. Hoffentlich hatte er sich nicht irgendwo einen Virus eingefangen. Eine Erkältung war das Letzte, war er jetzt gebrauchen konnte. Reiß dich zusammen!, befahl er sich. »Als eine der Hauptverantwortlichen für den Gipfel müssen Sie alle Pläne für eine etwaige Evakuierung gekannt haben«, sagte er und zog die Nase hoch. »Zumindest waren Sie in der Lage, sich diese Pläne zu besorgen. Sie wollen alle Gipfelteilnehmer töten.«

Johanna Glauer schnaubte verächtlich. »Das ist ja lächerlich.«

»Nein, das ist nicht lächerlich. Das ist sogar sehr logisch.«

Marc wurde immer kälter. Wellen von Schüttelfrost durchliefen seinen Körper, der sich gleichzeitig merkwürdig taub anfühlte. Er bekam einen trockenen Hals und gleich darauf einen heftigen Hustenanfall, als er eine Wolke Haarspray einatmete. Dieses verfluchte Zeug!, dachte Marc.

Und plötzlich verstand er. Mit der letzten Kraft seiner Stimme sagte er: »Sarin! Sie versprühen das Sarin mit dem Haarspray.«

Johanna Glauer lachte. »Oh, Sie haben es endlich kapiert. Leider zu spät. Sie sind praktisch schon tot. Und nach Ihnen werden alle anderen Menschen in diesem Bunker sterben! Die wichtigsten Staats- und Regierungschefs der Welt! Das ist das Signal an die Welt, auch wenn wir die Atombombe aufgrund von Wehkings Verrat leider nicht zünden konnten: Heute ist Ragnarök, der Tag, an dem die Welt, so wie Sie sie kennen, untergeht!«

Marc bemerkte, dass ihre Augen ganz weiß und die Pupillen wie kleine Punkte waren. »Aber Sie werden auch sterben!«, röchelte er.

Johanna Glauer lächelte nachsichtig. »Ein weiterer Irrtum, Herr Hagen. Ich habe Pyridostigmin-Tabletten eingenommen und mir eine Spritze mit Atropinsulfat injiziert. Beides sind Sarin-Gegenmittel. Mir wird nichts geschehen. Nicht, dass ich Angst vor dem Tod hätte. Aber ich werde noch gebraucht. Denn nach Ragnarök bricht ein neues Zeitalter an: Die Hauptgötter der alten Welt, Odin, Thor, Tyr und Heimdall, kehren nicht wieder. Das war meinem Vater übrigens immer bewusst. Er hat vorausgesagt, dass er und viele Mitglieder des innersten Kreises diese Nacht nicht überleben werden. Aber ein neues Göttergeschlecht löst die alten Götter ab und ein neues Asgard entsteht. Der blinde Gott Hödr, der Gott der Dunkelheit, und sein Bruder Baldur, der strahlende Lichtgott, kehren aus Hels Totenreich zurück. Ich bin Hödr und zusammen mit meinem Bruder Baldur werde ich die Thule-Gesellschaft weiterführen und noch größer und mächtiger machen.«

Marc japste nach Luft wie ein Fisch an Land. Das Komische war, dass er eigentlich normal atmen konnte, aber irgendwie kriegte er zu wenig Sauerstoff. Ein weiterer Hustenanfall schüttelte ihn durch und seine Augen begannen zu flackern. Ungefähr zehn Sekunden war alles dunkel, dann konnte er wieder sehen.

Johanna Glauer ging seelenruhig zu ihrem Schrank, holte die Gasmaske heraus und setzte sie auf. Dann nahm sie eine neue Flasche Haarspray zur Hand. »Ich werde das Sarin jetzt in das Belüftungssystem einbringen«, hörte Marc ihre Stimme, die durch die Maske gedämpft war. »Dazu muss ich nicht einmal mein Zimmer verlassen. Die Menschen, die schon wach sind, werden sich vielleicht über den merkwürdigen Geruch wundern, dem aber keine Bedeutung beimessen. Und die Menschen, die jetzt noch schlafen, werden nie wieder aufwachen.«

Sie lachte. Ein verrücktes Lachen. Marc hatte nur noch einen Gedanken: Er musste raus aus diesem Zimmer! Sofort!

Mit letzter Kraft raffte er sich von seinem Stuhl auf, stürzte aus dem Raum und knallte die Tür hinter sich zu. Johanna Glauer machte keinerlei Anstalten, ihn aufzuhalten. Warum auch – für sie war er schon tot.

Als Marc im Flur stand, hatte er den Eindruck, jemand habe das Licht ausgeschaltet. Er hob den Blick mühsam zur Decke. Die Neonröhren brannten noch, allerdings waren sie kaum zu sehen, als würde er eine Sonnenbrille tragen. Marc erlitt einen weiteren entsetzlichen Hustenanfall. Als der vorbei war, bekam er wieder etwas besser Luft. Aber er musste weiter. Nur weg von hier!

Wie ein Betrunkener stolperte Marc den langen Flur entlang. Außer ihm befand sich kein Mensch auf dem Gang. Niemand, den er hätte warnen können, niemand, den er um Hilfe hätte bitten können.

Marc hatte die Orientierung vollkommen verloren. Er wusste nicht, in welche Richtung er ging, ja noch nicht einmal, ob er nicht schon wieder auf dem Weg zurück zu Johanna Glauers Zimmers war. Doch auf einmal registrierte er einen großen roten Richtungspfeil mit einer gelben Aufschrift an der Wand. Marc torkelte darauf zu, konnte die Schrift aber trotz der riesigen Buchstaben nicht fixieren. Alles verschwamm vor seinen schmerzenden Augen.

Instinktiv schleppte er sich weiter. Seine Arme und Beine zitterten unkontrolliert, mittlerweile hustete er ununterbrochen.

Er stolperte und fiel hin. Mit letzter Kraft raffte er sich noch einmal auf und tastete sich an der Wand entlang weiter vor.

Und dann erkannte er etwas, was ihm neue Kraft verlieh: eine graue Schleusentür, auf der anderen Seite würde er sicher sein.

Nach drei endlos langen Schritten hatte er das Panzertor erreicht. Marc legte die Hand auf den Hebel und versuchte, ihn herunterzudrücken, aber nichts tat sich. Komisch, dachte er. Bei diesem Schulz hatte es doch so leicht ausgesehen.

Marc keuchte, als habe er einen Marathonlauf hinter sich. Er musste sich setzen und übergab sich. Als er wieder aufstehen wollte, versagten seine Beine. Du musst hochkommen!, befahl er sich. Hinter der Tür bist du in Sicherheit. Doch nichts ging mehr.

Alle Kraft war aus Marcs Körper gewichen und er hatte nur noch den Wunsch zu schlafen. So muss es sein, wenn man an Altersschwäche stirbt, ging es ihm durch den Kopf. Er dachte an Melanie und Lizzy, die er nie mehr wiedersehen würde. Und an Jana, die vor fünf Jahren auf Antigua bei einem Autounfall ums Leben gekommen war. Wie oft hatte er sich gewünscht, noch einmal mit ihr sprechen zu können.

Vielleicht würde sein Wunsch in wenigen Sekunden in Erfüllung gehen. Plötzlich machte ihm der Gedanke an den Tod keine Angst mehr. Alles würde gut werden.

Dann versank die Welt um ihn herum in Dunkelheit.

53

Als Marc wieder zu sich kam, lag er in einem Bett. In seinem Kopf drehte sich alles, seine Schläfen taten entsetzlich weh. Und atmen konnte er auch nicht richtig, es kam ihm vor, als steckte etwas in seinem Hals.

Langsam fiel ihm alles wieder ein: Er hatte Sarin eingeatmet. Dann war er bewusstlos geworden. Aber wie war er in dieses Bett gekommen?

Er öffnete die Augen und versuchte, etwas zu erkennen, doch alles war verschwommen. Marc blinzelte mehrmals, erzielte aber keine Besserung.

Eine weibliche Stimme meldete sich zu Wort: »Ich glaube, er wacht auf. Kannst du bitte einen Arzt holen?«

Dann wandte die Stimme sich ihm zu. »Marc! Marc! Kannst du mich hören?«

Er versuchte, etwas zu sagen, bekam aber nur ein schwaches Krächzen hin. »Woocri...«

»Sprich nicht zu viel. Du bist im Krankenhaus.«

Marc versuchte weiter, seinen Blick scharf zu stellen. Er blinzelte erneut und endlich erkannte er Melanie, die neben ihm auf der Kante des Bettes saß und seine Hand hielt. Von dort führte ein Schlauch zu einem Tropf, der irgendetwas in seine Arterien leitete.

Marc drückte Melanies Hand und lächelte. »Schödiezuseh«, krächzte er.

»Schön, *dich* zu sehen«, gab sie zurück. »Obwohl ich dich

eigentlich die ganzen letzten zwei Tage ununterbrochen angestarrt habe. So lange hast du nämlich im Koma gelegen.«

»Was ... ist geschehen?« Langsam ging es mit dem Sprechen wieder besser.

»Du wurdest im Bunker vor einer Schleusentür gefunden«, berichtete Melanie. »Offenbar hast du versucht, herauszukommen, es aber nicht mehr geschafft.«

»Wie ... warum lebe ich noch?«

»Du hattest riesig viel Glück. Zum einen, weil du bewusstlos geworden bist. Der Arzt hat mir erklärt, dadurch seien deine Augen geschlossen gewesen und du hättest flacher geatmet. Zum anderen bist du sehr schnell gefunden worden und konntest noch im Bunker mit PAM, einem Sarin-Gegenmittel, behandelt werden. Normalerweise verfügen die pharmazeutischen Abteilungen in Krankenhäusern nur über einen kleinen Vorrat an PAM, aber das Lazarett in dem Bunker ist natürlich hervorragend ausgestattet.«

Marc nickte verstehend. Im gleichen Augenblick kam ein Arzt im weißen Kittel in das Zimmer. Edda folgte ihm auf dem Fuße.

»Ihre Pupillen sind immer noch verengt«, stellte der Arzt fest, nachdem er in Marcs Augen geleuchtet hatte. »Wie geht es Ihnen?«

»Danke, ganz gut.« Kaum hatte Marc das gesagt, bekam er einen heftigen Hustenanfall. Als er sich wieder beruhigt hatte, fragte er: »Wann komme ich hier raus?«

Der Arzt lächelte. »Nun mal langsam. An eine Entlassung ist so bald nicht zu denken. Gestern hatten Sie noch vierzig Grad Fieber. Ihr Cholinesterase-Wert ist viel zu niedrig und auch Ihre Nierentätigkeit ist stark eingeschränkt. Sie bekommen noch einige Tage Infusionen. Seien Sie froh, dass Sie noch leben. Nicht jeder hat bei einer Sarin-Vergiftung so viel Glück wie Sie.«

»War das wirklich Sarin?«, fragte Marc. »Das Zeug hat fürchterlich gestunken. Ich dachte, Sarin sei geruchlos.«

»Das gilt nur für reines Sarin«, erklärte der Arzt. »Die Terroristen haben dem Sarin in den Haarspraydosen offenbar Acetonitril beigegeben, um seine Verflüchtigung zu verlangsamen. Daher betrug die Konzentration nur dreißig Prozent. Das hat Ihnen wahrscheinlich das Leben gerettet.«

»Was ist mit den anderen im Bunker passiert?«, wollte Marc wissen.

»Zum Glück gab es nur einige Leichtverletzte«, mischte sich Edda ein. »Etwa eine Viertelstunde, nachdem Sie unser Zimmer verlassen hatten, um zu der Glauer zu gehen, rief Herr Berger zurück. Ich habe ihm von Ihrem Verdacht erzählt und er hat umgehend veranlasst, dass die Klimatisierungs- und Frischluftzufuhr gestoppt wird. Dann hat er die Evakuierung des Bunkers angeordnet und ein Team zusammengestellt, das sich auf die Suche nach Ihnen und der Glauer gemacht hat. Sie sind keine zwanzig Meter von dem Raum entfernt gefunden worden, in dem die Glauer untergebracht war.«

»Tatsächlich?«, staunte Marc. »Ich dachte, ich wäre kilometerweit gerannt.« Er hielt inne. »Was ist aus ihr geworden?«

»Aus der Glauer? Man hat sie in ihrem Zimmer entdeckt. Sie war immer noch damit beschäftigt, das Sarin in die Belüftungsschlitze zu sprayen. Zum Glück konnte sie schnell überwältigt werden. Sie war selbst schon halb bewusstlos.«

»Aber sie hat mir doch erzählt, sie habe ein Sarin-Gegenmittel genommen«, sagte Marc. »Außerdem hatte sie eine Gasmaske auf.«

»Das hat sie aber nicht ausreichend geschützt«, erklärte Edda. »Sie hat offenbar nicht gewusst, dass Sarin auch über die Haut aufgenommen wird.«

»Ist … ist sie tot?«, fragte Marc.

Edda schüttelte den Kopf. »Nein. Aber sie hat sehr leiden müssen. Das Nervengas hat ihre Kontaktlinsen förmlich an den Augen angeschweißt. Ihr mussten beide Augen operativ entfernt werden.«

Was für eine Ironie!, dachte Marc. Johanna Glauer hatte sich für den blinden germanischen Gott Hödr gehalten. Und jetzt teilte sie sein Schicksal. »Was ist aus den anderen Thule-Mitgliedern geworden?«, fragte er.

»Die meisten Führungsmitglieder sind im Gefängnis oder tot. Noch drei andere haben mit Zyankali Selbstmord begangen. Nur ein Mitglied des innersten Kreises, der Sohn Richard von Sebottendorffs, Joachim, konnte bisher noch nicht gefasst werden. Und Professor Zeidler ist auf der Flucht in seinem Pkw auf einem Bahnübergang von einem Zug erfasst worden und ebenfalls tot. Er ist wohl erst am Tag des geplanten Anschlags Mitglied der Führungsspitze geworden und hat Panik bekommen, als er von dem Plan erfahren hat. Das war unser Glück. Der anonyme Anruf, der die Polizei über die Burg informiert hat, auf der wir gefangen gehalten worden sind, stammte von ihm. Hätte er nicht angerufen, wären wir tot.«

Marc musste das Gehörte erst mal verdauen. Nachdenklich meinte er: »Das war also das Ende der zweiten Thule-Gesellschaft. Ich hoffe nicht, dass es irgendwann eine dritte gibt.«

Nachbemerkung

Bei diesem Buch handelt es sich um einen Roman, das heißt, ich habe mir die Freiheit genommen, einige Orte zu erfinden oder zu verfremden. So existiert im Sauerland weder ein *Schlosshotel Wagnerhof* noch gibt es dort - soweit bekannt - einen Atombunker der Bundesregierung. Auch eine Reggenburg im Münsterland wird man vergeblich suchen.

Ansonsten sind sämtliche in diesem Buch vorkommenden Schauplätze und Sehenswürdigkeiten korrekt bzw. authentisch wiedergegeben.

Das Gleiche gilt für die Schilderungen aus der *Edda*, die vorgestellten Theorien und historische Fakten.

Und es hat auch eine Thule-Gesellschaft und ihren Gründer, Rudolf von Sebottendorff, gegeben. Ob eine ›neue‹ Thule-Gesellschaft existiert, ist dagegen nicht bekannt …

Marc Hagen-Krimis von Andreas Hoppert

Der Fall Helms

ISBN 978-3-89425-273-1

»Der Politthriller ist reich an Leichen, Rätseln, brenzligen Situationen und deutlichen Anspielungen, etwa was die innere Sicherheit Deutschlands angeht.« Tip Berlin – Stadtmagazin

Erbfall

ISBN 978-3-89425-281-6

»Der Roman ist nicht nur mit Überraschungen und Spannung gespickt. Er ist auch eine Geschichte von Liebe und Verrat. Eine deutsche Geschichte zwischen den Generationen – und wie die heutige Generation mit dem Erbe der vergangenen fertig wird.« Richter ohne Robe

Die Medwedew-Variante

ISBN 978-3-89425-308-0

»Schon sein ›Fall Helms‹ und sein ›Erbfall‹, beide mit zeitgeschichtlichem Hintergrund, boten Spannungslektüre, mit dem neuen Buch hat er sich übertroffen. ... Binnen Kurzem befinden wir uns in einem undurchdringlichen Gewebe von Schurkereien, Vorspiegelungen und Lügen. Das liest man in einem Zug, atemlos und ungeduldig, bis zum Ende.« Neue Westfälische

Zug um Zug

ISBN 978-3-89425-315-8

»Wie Marc Hagen versucht, seinen Mandanten gegen alle Indizien vor dem Knast zu retten, ist hervorragend und kenntnisreich geschrieben.« Brigitte

Menschenraub

ISBN 978-3-89425-340-0

»Andreas Hoppert ist ein Spezialist für ungewöhnlich konstruierte Krimis. ... Aus verschiedenen Perspektiven schildert Hoppert diesen Fall. Spannend!« Badisches Tagblatt

grafit